» LA GAJA SCIENZA «

VOLUME 1419

LA RAGAZZA DEL COLLEGIO

Tutte le storie sono storie d'amore.

Robert McLiam Wilson, *Eureka Street*

La premessa

È successo che un giorno la Wally ha chiamato Claudio, quando noi eravamo a Washington DC già da quasi due anni, dicendogli che grazie alla quota cento riusciva ad andare in pensione. Al che io e lui ci siamo guardati e ci siamo detti: « Ha già l'età? » La Wally sembra Dracula nel film di Francis Ford Coppola, un individuo senza età, inquietante Dio solo sa quanto, capace di tutto e invero succhiare il sangue sembra persino il meno.

Per essere pienamente sinceri bisognerebbe anche aggiungere che è stata gentile. Gli ha detto che non si ritirerà se non avrà la certezza di poter lasciare le redini a una persona di valore. Non può garantire nulla, ma ritiene elevate le possibilità che il posto di professore ordinario e direttore dell'Istituto possa toccare a Claudio – che lavora sodo in questa direzione da quando era specializzando.

E così nel nostro piccolo appartamento al piano rialzato a Georgetown, con le pareti esterne tinteggiate di rosa – è un miracolo che lui me l'abbia concesso, bisogna dirlo – e con le lucine di Natale accese tutto l'anno – se ne è fatto una ragione – si è insinuato il subdolo tarlo del dubbio.

Siamo due medici legali. A Washington lui è un *visiting professor*; io sono alla fine del mio dottorato e, dal momento che mi era stato elargito senza il beneficio di una borsa di studio, in concreto in America viviamo con i soldi di Claudio. Gli ho sempre detto che questa situazione non sarebbe potuta durare e che prima o poi avremmo dovuto fare una scelta. Restare per sempre in America mi obbliga a studiare per l'abilitazione e a trovare un vero lavoro qui. Nel mio intimo non sono sicura di volerlo... e lui ne è consapevole. Sa che mi manca Roma fin dentro le viscere, come ai fiori recisi mancano i prati. Intendiamoci, ci sono vasi bellissimi in cui metterli, ma l'acqua prima o poi stagna e puzza di cimitero.

Claudio non aveva molta fretta di rientrare, ma adesso si sente intrigato dalla possibilità di diventare il nuovo Supremo. E sta lì e si chiede: « Supremo Conforti o Conforti Supremo? »

« Dopotutto è quello che hai sempre, sempre voluto. Forse non hai mai desiderato niente di più che diventare direttore del nostro Istituto. »

« Ma a volte i desideri cambiano » ha risposto sibillino, e a me si è rizzato il pelo perché il dottor Conforti qualche tratto di megalomania ce l'ha.

Tuttavia, complice anche l'imprevedibile impatto della pandemia sulla sua imperscrutabile psiche, ha scoperto in sé tanta voglia di tornare a casa. E, quanto al concorso, di giocarsela.

Per farla breve, si è messo al computer e ha acquistato i biglietti per Roma.

1

I know I've grown, but I can't wait to go home.
Ed Sheeran

Roma.

Calda, caotica e seducente come solo lei sa essere. Riacclimatarsi è facile e difficile insieme. Non posso dire che sia come se tutto questo tempo in America non fosse mai trascorso, perché non è così. In certi momenti, l'America si imponeva come un presente tanto vivo ed entusiasmante che, sulla linea del tempo, riusciva a comprimere il passato e il futuro. Era un presente extralarge come le bottiglie del latte o del succo di frutta che si trovano soltanto lì, come le distanze al suo interno, come la distanza da casa, casa quella vera. Durante i mesi a Washington mi sono proibita la nostalgia. Mi sembrava inutile, contraddittoria e da ingrati, dal momento che quando ho scelto di partire l'ho fatto pensando che in quel modo avrei avuto tutto quello che desideravo. Però, insomma. Siamo esseri umani, contraddittori per definizione. È normale sentire la mancanza dei luoghi e delle persone, anche se in cambio la vita mi ha dato quella che amo più di tutte.

Adesso qui a Roma posso avere la botte piena e la

moglie ubriaca, come direbbe mia nonna Amalia. Ma è davvero così?

A proposito di mia nonna, lo devo ammettere, è lei quella che mi è mancata più di tutti. Più dei miei genitori – i quali comunque forse lo sospettano, pur se non sarebbe garbato confessarlo, proprio no – ma in tempi eccezionali si scovano sempre risorse eccezionali e quindi la nonna, nonostante i postumi dell'ictus e certi acciacchi alla memoria, ha imparato a usare un telefono che fu di mio fratello. Ma WhatsApp le ha preso la mano. Scrive a tutti i parenti ogni mattina, sa inviare gif animate che lei crede significhino una cosa ma poi in realtà sottendono altro e un giorno che non le si accendeva pare che abbia detto a mia madre: « Non posso più vivere senza l'Aifòn ».

È la prima persona che sono andata a trovare dopo la traversata dell'Atlantico, la notte sono rimasta a dormire lì da lei, nel lettone, e io che ero ancora frastornata dall'impatto del ritorno in patria, più che dal viaggio fisico in sé, mi sono sentita in pace e di nuovo un po' bambina.

« Ti tratta bene il dottorino? »

« Sì, nonna. »

« Corna te ne ha messe più? »

« Spero proprio di no. Penso di no. Anzi, so che è no. È un uomo nuovo. Ogni tanto mi presta pure la sua macchina. » Ebbene sì, è successo. Negli States Claudio ha comprato una Ford Mustang usata con una tremebonda *vanity plate*, cioè una targa personalizzata, rappresentante la bandiera dell'America e il motto *In God We Trust.* È tornata in Italia con noi e di tanto in tanto me la presta. Io credo che, per come è fatto, non potesse darmi prova d'amore più grande di questa. Non mi servono le fedi, né giuramenti.

«Meglio così, gioia mia.»

Nel frattempo, comunque, oltre all'accelerazione tecnologica di mia nonna, svariate cose sono cambiate o stanno per farlo.

Tanto per cominciare, la mia amica Cordelia sta per sposarsi con il suo farmacista che somiglia a Ben Barnes e sta organizzando il matrimonio con la tragica stramberia che l'ha sempre contraddistinta.

Oggi pomeriggio la accompagno a fare l'ennesimo giro per restringere il campo sull'abito giusto per lei, e sciaguratamente si porterà dietro Estella, il suricato che ha adottato mentre ero in America. Solo lei poteva considerare la mangusta un animale d'affezione. Per di più, la bestiola non può rimanere sola a casa perché è geneticamente predisposta a vivere in branchi numerosi. «La solitudine potrebbe renderla aggressiva» mi spiega lei mentre la sbaciucchia. «E poi è un angioletto, non dà nessun disturbo.»

E in verità, non è lei in quanto tale a disturbare, bensì la curiosità che suscita. Del resto una biondina che somiglia vagamente a Meryl Streep che gira con un viverride nella borsetta è quanto meno inusuale. Tra l'altro Estella squittisce di continuo e, lo ammetto, io non trovo poi tante differenze con un topo, mi dico mentre la tengo tra le mani (che lei mordicchia) in attesa che Cordelia faccia la sua apparizione in una nuvola d'amore.

« Io sono innamorata di questo! »

E in effetti è incantevole. Sul tessuto bianco affiorano tono su tono delicate sfere che compongono una geometria solo accennata eppure molto particolare. L'abito le lascia scoperte le spalle, che sono sempre un po' troppo scarne, e sui fianchi è poggiata una sottile cintura che si annoda in un piccolo fiocco. È davvero perfetto per lei, romantico ma eccentrico quel tantino che le si confà.

« Hai ragione! È proprio il tuo! » Anche Estella è tutta giubilante.

« A mia madre non piace » mormora lei.

« In genere tu non mi sembri molto interessata alla sua opinione... »

« Sì, però sta di fatto che vengo qui, sola o con altri, lo provo e lo riprovo, lo voglio e lo rivoglio, ma alla fine non concludo. »

« Non hai ancora molto tempo per pensarci, temo. »

« Per niente... In media le spose lo comprano un anno prima! Praticamente siamo a un mese dal matrimonio e io mi sono ridotta all'ultimo. »

« Ti mancava il mio assenso. Per me è un grande sì, per quel che vale. »

« Vabbè. Intanto per questo matrimonio può andare. »

« Come, per questo matrimonio? »

« Lo sai cosa si dice, che si finisce sempre per somigliare alle proprie madri. In quest'ottica ne ho davanti altri due.»

«Ma sei seria?»

«No, figurati...» replica, solo che non sembra troppo convinta.

«Aspetta un momento» le dico, prendendo il telefono dalla borsa mentre con l'altra mano non oso mollare Estella.

È la Procura.

Sono rimpatriata da qualche settimana e una delle prime cose che ho fatto è stata recarmi all'ufficio albo periti e CTU per segnalare che, forte dell'esperienza *ammmericana*, sono pronta a offrire di nuovo i miei servizi alla giustizia italiana.

«Anche il dottor Conforti è tornato dall'America?» mi ha chiesto subito la segretaria, una rossa alta e procace.

«Sì.»

«Allora, se lo vede, gli chieda se vuole essere reinserito nei turni.»

«Be'... In verità noi eravamo in America insieme» ho buttato lì, ripiena d'orgoglio come un tacchino farcito, «quindi sì, lo vedo.»

«È il più bravo e puntuale di tutti.»

«Vero.»

«E anche il più bello» ha aggiunto lei, pulendo le lenti degli occhiali con un lembo della camicetta.

«Concordo» ho risposto sognante.

«Ma anche il più stronzo» ha bisbigliato quindi con tono amichevole e confidenziale, come se tra noi potessimo capirci. Le ho sorriso ma ho preferito non approfondire.

Comunque, la segretaria dell'ufficio è stata efficiente e questo conta, visto che mi stanno già chiamando e per l'esattezza mi viene riferito che sono stata incaricata di un sopralluogo presso il Collegio Beata Dorotea Paoletti.

« Sa dov'è? Vuole recarsi là da sola o la mandiamo a prendere? »

« No, grazie, vado da me se mi dà l'indirizzo... Di cosa si tratta? » E vorrei appartarmi per sentire bene ciò che mi stanno dicendo dall'altro capo del filo, ma la sciagurata Estella nel frattempo ha iniziato a smaniare. Cerco di porgerla a Cordelia, che tuttavia si rifiuta perché teme che con i suoi piccoli artigli acuminati possa rovinare il vestito, allora una commessa si offre con gentilezza di prenderla, però dopo essere stata morsa con quei dentini minuscoli ma appuntiti, la lascia cadere. Rapida, furtiva e guardinga come un ratto, il suricato scappa per tutto il negozio con la sposa che la insegue e la commessa che dal canto suo mostra segni d'impazienza. Io ovviamente non ho capito una mazza di quello che mi hanno riferito al telefono, ma tant'è.

La morte per cui sono stata convocata non è avvenuta, in realtà, nel Collegio Beata Dorotea Paoletti, bensì in via Stern, nel quartiere Flaminio; tuttavia la vittima è una studentessa residente presso il collegio, che si trova a poca distanza da via Stern e da cui era appena uscita, prima di essere investita da un'auto che si è data alla fuga. Si chiamava Francesca Rebaldi e, da quello che mi dicono, aveva ventitré anni ed era una studentessa di Scienze Politiche.

I suoi occhi, di uno straordinario colore verde cristallino che ricorda l'acqua di un lago di montagna, sono ancora aperti sul cielo di oggi, su una vita che nessuno le ridarà, e le labbra socchiuse, già secche e livide, rivelano una dentatura perfetta. Porta una giacca leggera a scacchi bianchi e neri. Gli scarponcini Dr. Martens sono rimasti ben saldi ai suoi piedi, insolitamente piccoli rispetto alle fettone di tante ragazze di oggi, che sembrano tutte avere non meno del 39. I capelli sono biondi, ancora profumati di una qualche crema che sa di violaciocca, sparsi sull'asfalto, sporchi di sangue sulla tempia sinistra, così come anche la cute, lacerata da una ferita. Il dorso di una delle mani è graffiato e sulle unghie corte, con le cuticole intatte di chi non va dall'estetista, spicca uno smalto rosso, estivo, gioioso, così stridente oggi, così infelice adesso.

La mia presenza era indispensabile, e pur tuttavia il mio compito è semplice e come tale presto fatto. Prendo gli appunti, scatto le foto, provo il solito dispiacere profondo e insopprimibile – come se Francesca Rebaldi fosse mia cugina – che rende il mio lavoro una condanna.

«Alice!» mi sento chiamare alle spalle quando sto già per andare via. Riconosco subito la voce, anche se è un bel po' che non la sento dal vivo: è Calligaris, il vicequestore aggiunto che può ben dire di avermi vista crescere, da quando ero una specializzanda alle prime armi. L'ex ispettore mi canta – ed è sorprendentemente intonato – *Tu vuo' fa' l'americano* prima di stringermi in un poderoso abbraccio che è il suo *bentornata*.

Benché mi sia mancato, non sono granché in vena di affettuosità.

« Ho molta pena. Era così giovane. »

« Chi l'ha investita è scappato. » Anche il tono di Calligaris tradisce la sua rabbia.

« Telecamere in zona? » gli chiedo.

« Stiamo verificando. »

« Il collegio non ne ha? »

« Sì, una, ma è fissa sul cancello. Non inquadra il punto della strada in cui è successo l'incidente, però speriamo che possa aver ripreso la macchina in fuga. Sul manto stradale sono state rinvenute tracce di pneumatici per circa quaranta metri, dalle quali emerge che l'investitore ha percorso la curva a destra e da lì in poi ha rallentato. »

Annuisco, un po' sovrappensiero. Se Francesca Rebaldi avesse perso un momento in più con qualche scemenza – dimenticando qualcosa nella sua stanza, per esempio, e dovendo tornare indietro a riprenderla... O rispondendo a un saluto, o fermandosi a scorrere un post su Instagram che aveva attirato particolarmente la sua attenzione. Se, se. Oppure è stato proprio un attimo in più che ha perso a metterla sulla traiettoria di chi l'ha centrata in pieno. Se, se. Un'inutile sequela di se su cui non perdo il vizio di rimuginare.

« Come sta sua moglie? I ragazzi? » gli chiedo, sia per interesse, sia per pensare ad altro.

« Bene, bene. E Conforti? Si è riambientato a Roma? »

« Sembrerebbe di sì. Casa mancava un po' anche a lui. »

« La casa, la casa... Non lo facevo così sentimentale, il dottor Conforti. »

Ah, be', non è che lo sia poi tanto: l'amore della sua vita è una macchina. Però a un certo punto ha mostrato un insospettabile patriottismo.

Nel frattempo, una ragazza in uniforme, alta, atletica e con una elegante coda di cavallo bionda da cui non osa sfuggire un capello si avvicina al vicequestore.

« Ah, Alice. Ti presento l'ispettore Sofia Vattimo. È stata trasferita da Catania mentre tu eri in America. Vattimo, questa è la dottoressa Allevi, ti ho già parlato di lei. »

La poliziotta sbatte le ciglia, deliziata. Che bel colore di capelli ha, mi trovo a considerare. Chissà chi le fa le mèche.

Mi porge la mano dalle unghie corte e prive di smalto. « Dottoressa, che piacere » si presenta con tono sicuro. « Mi sono state dette meraviglie sul suo conto. »

« Esagerazioni! » mi schermisco, ma in realtà sono molto lusingata.

« Ascolta, Alice, da quello che ho sentito il pm non disporrà l'autopsia ma il solo esame esterno. »

« Come preferisce, io sono a disposizione. »

« Vado. Sono arrivati i parenti » annuncia Calligaris, indirizzando lo sguardo oltre le mie spalle. Mi giro e vedo avvicinarsi persone con i lineamenti del viso stravolti dalla disperazione. « Vieni, Vattimo. »

Sofia obbedisce, rivolgendomi un ultimo cenno di commiato.

« Ci aggiorniamo » mi congedo quindi prima di riprendere la mia strada. Sinceramente, farmi ritrovare il buonumore sarà molto, molto difficile.

Torno a casa di Claudio con i mezzi.

Lo so, lo so. Non dovrei definirla « casa di Claudio » bensì « casa nostra », ma mi fa ancora uno strano effetto. Per me, casa nostra era l'appartamento di Washington, perché è lì che abbiamo imparato a vivere insieme. Si dice che l'America è una promessa molto spesso mantenuta: nel mio caso, devo riconoscere che ne ha mantenuta più d'una. Adesso che sono qui, ho nostalgia di là: forse ho solo bisogno di riassestarmi.

« Com'è stata la tua giornata? » gli chiedo. Nel frattempo vado a dare un po' d'acqua alla Maranta Leuconeura che Cordelia mi ha fatto recapitare come regalo di bentornata. È una pianta sui generis, come del resto colei che me l'ha donata: la Maranta infatti si muove durante il giorno, in base alla luce che riceve e, malgrado possa sembrare inverosimile, anche in base a chi o cosa è nelle vicinanze – ma questa è una mia sensazione, nata da quando ce l'ho qui in casa. In buona sostanza è un essere senziente con una sua personalità e, dico io, anche con un pessimo carattere: certe volte la ritrovo con le foglie tutte ripiegate sul fusto, e mi convinco di averle dato troppa acqua e che per questo morirà. Poi invece alcuni pomeriggi la trovo tutta tronfia peggio di una pianta rampicante di quelle infestanti. Se le metto un'altra pianta accanto si offende e si appiattisce. Poi la sposto e dopo mezz'ora lei si rialza. Adesso ha orientato le foglie verso la finestra, spalmandole sul vetro come se cercasse una via di fuga. Vorrei tanto chiederle «Che ti manca? Ti ho anche comprato il fertilizzante».

«Lasciamo perdere» risponde Claudio. «Ho ricevuto un'ammenda perché ho ritirato in ritardo la raccomandata di un'udienza.»

«Se non sei andato all'udienza, ti tocca. Ma potevi dirmelo, sarei passata io a ritirarla.»

«Non sei la mia segretaria.»

«L'avrei fatto con piacere. Come dice mia nonna, non è servo chi spazzola il proprio cavallo.»

«Amo tua nonna. Ma comunque, è il principio. Trattato *tamquam excrementum*. Ricordami perché abbiamo scelto questo lavoro.»

«Io l'ho scelto per causa tua» ammetto, sentendomi subito dopo un po' gatta morta.

Lui mi si avvicina lentamente e mi guarda provocatorio mentre chiede: «Ti ho traviata?»

« Fosse solo per il lavoro... »

Deliziato e allusivo, si siede accanto a me. « Ci sono riuscito proprio perché non era *solo* lavoro. »

« E ne vai fiero. »

« Che anni gloriosi, quando l'Istituto era la mia riserva di caccia » commemora con aria sognante.

Mi picco. « Però curioso che alla fine si sia estinto il cacciatore e non le prede... »

Lui strizza gli occhi con aria furba e mi risponde a bassa voce: « Sagace... »

2

Il punto è vivere ogni cosa. Vivere le domande ora. Forse ti sarà dato, senza che tu te ne accorga, di vivere fino al lontano giorno in cui avrai la risposta.

Rainer Maria Rilke, *Lettere a un giovane poeta*

« E dunque, Allevi. Mi stupisca con effetti speciali. » Sono seduta davanti alla scrivania della Wally, mentre lei mi osserva con aria truce e impaziente. « Perché mi sembra ovvio che la sua tesi come minimo dovrà essere degna di pubblicazione. Da un'allieva che ha trascorso metà dottorato alla Georgetown University ci si aspetta molto. Specialmente nel caso in cui, ipotesi non remota, la suddetta allieva venga sospettata di favoritismi. »

Ma che favoritismi e favoritismi, mi viene da dire. Sono anni che la Wally in persona mi colloca lì, nell'occhio del ciclone, costringendomi a smazzarmi la qualunque per dimostrare sempre di essere all'altezza.

« Posso promettere che farò del mio meglio » ribatto invece, perché la Wally è un po' come le sadiche zie di *The Handmaid's Tale*, che pretendono sempre obbedienza e devozione anche se tu, dentro, stai ribollendo.

« Prima di ritirarmi voglio lasciare un Istituto solido. Non sono di quelli che pensano *aprè muà le deluge*. »

« No, no, certo. »

« A chi verrà dopo di me lascerò una gioielleria. E in gioielleria non si vendono zirconi. Intesi? »

Ma che bella metafora gemmologica.

« Non vorrei mai disonorare la gioiell... l'Istituto. »

« A proposito... » dice la Wally strizzando gli occhi, con quel suo sguardo che frantumerebbe un diamante, « lei vorrebbe rimanere qui in Istituto anche dopo il termine del suo dottorato? »

« La mia volontà è una cosa. Le reali possibilità sono un'altra. »

« Che sano pragmatismo. Bene. Uscita da qui mi faccia la gentilezza di chiamare la Dogliani. »

Teresa Dogliani è la nuova cocca della Wally, la specializzanda entrata durante il nostro periodo americano, che nel suo cuore ha soppiantato prima Ambra Negri Della Valle – che ha scelto di mollare tutto e tutti e di trasferirsi in Israele ove ci risulta vivere felice e contenta con uno scultore di nome Ghassam e due bambine belle e brillanti quanto e più di lei – e poi Erica Lastella, succeduta ad Ambra.

« Teresa Dogliani è un elemento particolarmente dotato, su cui vale la pena investire » prosegue la Wally. « Quindi, Allevi, si ricordi di portarsela dietro al prossimo sopralluogo. »

Ma credo che Teresa non abbia bisogno di essere patrocinata: mi sembra proprio una che sa bene come prendersi cura di sé. Inutile dire che, alla mia amica e collega Lara, Teresa sta sull'anima. La dolce Lastella, che adesso è al suo ultimo anno di specializzazione, invece guarda a lei con un misto di ammirazione e sconcerto in cui in genere prevale uno stato di incanto. Sostanzialmente ritiene di aver sbagliato tutto. « Avrei dovuto essere così anche io » ha detto ieri davanti alla macchinetta del caffè. A Lara per poco non è andato di traverso.

« Erica, non uscirtene più con una sparata del genere, che dovevi essere come lei, altrimenti ti levo il saluto. »

Personalmente trovo Teresa davvero in gamba. Ed è anche gentile.

E quanto meno non fa gli occhi dolci a CC, come le altre due prima di lei.

Il ricambio generazionale di specializzandi e il vai e vieni di ricercatori consentono quel movimento continuo che mantiene in vita ogni Istituto, secondo l'ormai assodato principio per cui tutto deve cambiare per rimanere sempre uguale.

Fatto sta che, qualche ora dopo, quando Calligaris mi chiama per avvisarmi che ci sono novità sulla ragazza investita davanti al collegio, ho Teresa di fronte che drizza le sensibilissime antenne. In lei a volte scorgo qualcosa di me. La curiosità, l'interesse che va oltre il tecnicismo. Una piccola scintilla di follia.

« Sta per chiamarti il pm, ha disposto l'autopsia. Il fatto è... » Calligaris tentenna un secondo come se quello che sta per dire gli sembrasse molto strano. « Insomma, c'è qualcosa che non ci convince. »

« Del tipo? »

« Ci sono i segni di una frenata della macchina sull'asfalto, ma venti metri prima di dove abbiamo trovato il corpo di Francesca Rebaldi. »

« Mentre avrebbero dovuto essere in prossimità del cadavere, giusto? »

« Esatto. La cosa può spiegarsi in vari modi: per esempio l'impatto è avvenuto venti metri più indietro, e Francesca ha camminato fino al punto in cui ha perso i sensi e infine è morta. Però non ci sono tracce di sangue prima del punto in cui tu l'hai esaminata. »

« A mio avviso, la ferita alla testa se l'è procurata quando è stata proiettata sull'asfalto dopo essere stata colpita. Se è successo venti metri prima un po' di sangue dovrebbe esserci. E poi era una ferita molto grave, non so se avrebbe avuto la forza di reggersi in piedi. »

« E invece, niente. Altra ipotesi, più sconfortante: il soggetto alla guida frena. Poi, però, riparte e la centra in pieno. Lo fa apposta? »

« Mi sta dicendo che potrebbe essere stata investita di proposito? »

« Ti sto dicendo questo. »

« Ma perché avrebbe frenato prima? »

« Magari l'investitore ha frenato apposta per darle l'illusione di poter attraversare senza rischi, poi ha accelerato per essere sicuro di stenderla. E cinque metri oltre il cadavere c'era un'altra frenata: il conducente forse è sceso per controllare di aver raggiunto l'obiettivo? Anche questo non quadra del tutto. Chi scappa in genere non perde tempo e non rischia di farsi vedere da qualche passante.»

«Che storia.»

«Il punto è proprio che non capiamo molto, di questa storia. Il pm ti porrà dei quesiti molto specifici.»

«Perché i casi facili non ci piacciono.»

«Stavolta meno che mai.»

Una delle prime cose da fare rientrata in Italia è trascorrere un weekend intero a Sacrofano con i miei – e non solo con nonna Amalia, che comunque è sempre della partita. E quindi eccoci qui, io e Claudio, in realtà (e per fortuna) marginali, perché tutta l'attenzione è presa dai bambini di mio fratello Marco. Il piccolino, che si chiama Leonardo, ha nove mesi e gattona rapido come un furetto, è nato mentre io ero in America e finalmente lo conosco.

Diciamo anche che nel giro di mezz'ora ho già sviluppato una dipendenza dal tenerlo in braccio, sbaciucchiarlo e sniffarlo – odora di yogurt alle more e miele, non perché l'abbia mangiato, ma è proprio la fragranza della sua pelle. Il piccolo però è vivace e alle coccole di una zia semisconosciuta preferisce esplorare la casa e soprattutto disturbare sua sorella, mia nipote Camilla, che anche se ha solo sei anni è un tipo un po' precisino.

« Ziaaaaa, Leo ha distrutto la casa di Lego che abbiamo fatto insieme... distrugge TUTTO! »

« È maschio » è la spiegazione di nonna Amalia.

Mio fratello non gliela lascia passare. « Evvai con gli stereotipi di genere. »

« Credo intenda dire che i maschietti sono un po' più... turbolenti? » mitigo quindi io.

« No, intendo dire che se gliene dai modo i maschi sfacelano. Casette fatte con quei cosi, come si chiamano, i *Leggo*, oppure con le femmine. Loro prendono, fanno e disfanno. »

« L'avete data stasera la vitamina alla nonna? » domanda Marco. La vitamina è il nome in codice della Sertralina che la nonnetta prende tutte le sere senza essere pienamente consapevole di assumere un farmaco psicotropo.

« Ma è un po' troppo chiedere alla nonna di parlare con gli asterischi egualitari di genere » intervengo ancora. E poi mia nonna era politicamente scorretta quando era in sensi, figuriamoci adesso.

« Però in effetti Leo è più irruente di com'era Camilla » si azzarda ad ammettere mia cognata Alessandra, con borse sotto gli occhi che avrebbero bisogno di un paio di impacchi alla caffeina.

« Perché è diverso, non c'entra niente che sia maschio » insiste mio fratello. Nel frattempo, vedo Claudio avviarsi verso il giardino e, poiché a differenza mia non fuma, non ha la scusa della sigaretta. Infilo un cardigan di mia madre e lo seguo oltre la portafinestra della sala. È una magnifica sera di maggio, dolce e odorosa di gelsomino.

« Tutto bene? » gli chiedo, accostandomi.

« Sì, tranquilla. Dentro non prende e volevo controllare una cosa su PubMed. »

« Adesso? »

« La ricerca è come l'amore: non puoi non pensarci. »

« Ma tu non pensi mai all'amore. »

« Chi te l'ha detto? Sei nella mia mente, tu? » Segue un silenzio durante il quale mi avvinghio al suo braccio e che lui riempie, a sorpresa, dicendo: « Sei brava con i bambini di tuo fratello ».

E io butto lì l'argomento spinoso per eccellenza. « Sarebbe bello avere un cucciolo. »

Impassibile, replica: « Puoi sempre prenderti un ratto, come la figlia di Malcomess ».

« Claudio... non è strano, secondo te, che ancora non arrivi? Un bambino, intendo. »

« No. Non ti fissare. Ci siamo riusciti già una volta, è evidente che abbiamo tutto in regola per farlo di nuovo. Lo hanno detto anche tutti i ginecologi con cui abbiamo parlato. »

« Ci pensi mai... a lui? »

A volte facciamo domande di cui però non vogliamo conoscere la risposta sincera.

L'argomento del nostro bambino mai conosciuto affiora raramente in superficie. Fa male a me, fa male a lui. Ma anche seppellirlo nel silenzio non credo ci faccia bene.

Lui non risponde, si limita ad accarezzarmi il capo con tenerezza.

« Sarei felice se arrivasse. Ma a me non manca niente » dice soltanto, secco in maniera un po' maldestra. So cosa intende, non vuole essere indelicato, vuole soltanto evitare l'ossessione. Se gli rispondessi che invece a me quel bambino che non abbiamo mai conosciuto manca, manca eccome, significherebbe trasmettergli il pensiero che non mi basta più quel che abbiamo. Dopotutto ha ragione. Se ci siamo riusciti una volta, ci riusciremo una seconda. Devo solo saper aspettare.

3

Io credo che ci sia un'altra parte dove le cose continuano a esistere.

Dove finiscono i mandarini

Calligaris presenzia molto di rado alle autopsie. Magari si fa vedere all'inizio, o magari alla fine. Ma non sta lì impalato a seguirle tutte minuto per minuto.

Invece la sua nuova collega, Sofia, è qui con me da un'ora e non fa cenno di voler levare le tende.

Animata da un'inspiegabile voglia di coinvolgerla, le spiego che ho fatto sottoporre il corpo di Francesca anche a un esame RX per verificare le fratture agli arti – entrambe le tibie sono rotte, come pure due costole, a sinistra, ove peraltro è situata la frattura cranica che è per me la causa della morte.

Ci sono contusioni ed ecchimosi diffuse anche sul lato destro del corpo, che forse derivano dall'urto con l'asfalto dopo che Francesca è stata proiettata al suolo. Ma il fatto che i traumi più gravi siano localizzati prevalentemente alle spalle dà un'indicazione della direzione in cui si muoveva Francesca al momento dell'impatto, e c'è qualcosa che non mi quadra del tutto: secondo la ricostruzione degli inquirenti, Francesca era uscita dal collegio per andare a lezione presso la sua università. Ma se questa fosse stata la sua direzione, l'auto l'avrebbe urtata a destra, e dunque mi sarei aspettata di trovare più fratture in quell'emilato del corpo.

« Però, una volta che una persona viene colpita può anche venire imbarcata dall'auto e quando ricade al suolo la dinamica lesiva può essere molto più complessa da ricostruire » si sente in dovere di aggiungere l'ispettore, quando ho finito di illustrare le mie considerazioni. « Scusi. È che sono appassionata di medicina legale. L'ho dato anche all'università, in Giurisprudenza, come esame facoltativo. Con la vostra direttrice, la Boschi, che – lo saprà meglio di me – non è un tipo facile. » Madonnina se non lo è. « Ho preso trenta e lode » conclude, con un tono che minimizza, ma solo all'apparenza.

La posizione qui è un po' curiosa e anche paradossale. Io, medico legale, che mi cimento con indagini da commissario di polizia. Lei, membro in carriera delle forze dell'ordine, che si atteggia a medico legale.

Le rispondo, con pazienza: « Certo. Tuttavia, se dovessi sbilanciarmi, e temo di doverlo fare, io propenderei per un impatto verificatosi sul lato posteriore del corpo ». Il che, penso tra me e me, lascerebbe ritenere che Francesca fosse di spalle e che quindi non stesse seguendo la sua solita direzione per recarsi verso la facoltà. « Forse chi l'ha investita dapprima ha frenato, non so, per parlarle, e dopo le è arrivato addosso da dietro, senza che la Rebaldi se ne accorgesse... »

« Dunque, ricapitolando » fa la Vattimo, « la sua ricostruzione tratta dalle ferite presenti sul corpo è che chi ha investito abbia dapprima frenato, il perché lo stabiliremo noi, abbia pazienza, e poi l'abbia colpita alle spalle cogliendola di sorpresa. Corretto, dottoressa? »

Annuisco.

« Tutte le altre lesioni derivano dalla proiezione del corpo sull'asfalto. Corretto, dottoressa? »

In teoria svolge con ammirevole scrupolo il suo lavoro, ma mi sembra che vada un po' oltre – e in questo dovrei sentirla affine, io che il limite lo supero sempre. Questo atteggiamento in genere con me lo ha il pm e mi fa specie che a interrogarmi in maniera così stringente sia una mia coetanea. Mi scatena quasi un brivido di freddo.

« E la morte? È stata sul colpo? »

« Credo sia stata pressoché immediata. » Questa è sempre una consolazione, l'idea che non si abbia il tempo di aver paura.

Per il resto gli organi di Francesca erano sani e giovani come ci si aspetta che siano in una ragazza della sua età. Che l'impatto sia stato intenzionale o meno, i segni sono quelli di una morte da politrauma per incidente stradale e il corpo non svela altri misteri. Prelevo dalla giacca a scacchi del terriccio che probabilmente si è staccato dalle ruote o dal sottoscocca dell'auto a causa dell'impatto per consegnarlo alla Scientifica.

« Me ne occupo io. Sono qui apposta » mi dice Sofia Vattimo, molto professionale, allungando le braccia slanciate per ricevere i campioni. « È stato molto interessante assistere, dottoressa Allevi. »

Non ringrazia. Semplicemente, sa che poteva rimanere e lo ha fatto. Non c'è quindi da comportarsi come se io le avessi fatto un favore.

« Sono lieta che lo abbia trovato stimolante, ispettore. »

« Mi complimento, è stata anche molto precisa e attenta. »

« Faccio il mio dovere. »

Impettita e marziale, Sofia sorride e gira i tacchi.

Lo ammetto, mi sento sollevata.

Il mio lavoro è finito, almeno per oggi, e sono pronta ad abbandonare la sala settoria per lasciare che venga pulita a fondo, ma appena uscita, con ancora le narici impregnate dell'odore della morte, mi imbatto nella Wally.

« Com'è andata l'autopsia della ragazza investita, Allevi? »

« Con i limiti del caso, direi che è andata bene. »

« Limiti? » ripete, la voce di un tono più alta del necessario per meglio rappresentare lo sconcerto. « Mi meraviglio di lei, che si vanta di aver imparato tutto da Conforti. Dovrebbe sapere che un'autopsia ben fatta non ha limiti. È l'esecutore, eventualmente, ad averne. Ma tutto quello che deve dire, un corpo lo dice. Sempre. »

« Certo, prof. »

« Ahi ahi, poveri noi » geme, seminandomi, la voce che si ovatta in lontananza. Mentre io mi abbandono a un sospiro riflettendo sulle sue parole e chiedendomi se c'era qualcosa che avrei dovuto vedere e invece non ho visto, intravedo un capannello di persone fuori dall'obitorio. Una se ne distacca venendomi incontro. Dal momento che assomiglia molto a Francesca desumo sia la sorella. In soldoni, dopo avermi annunciato che si chiama Valeria e confermato che sì, è la sorella della ragazza, vorrebbe scucirmi anticipazioni che non solo di fatto non ho, ma che comunque non potrei darle.

« Mi dispiace ma... dovrà aspettare l'esito di tutti gli esami » replico con la formula ben collaudata. Chi me lo doveva dire che sarei diventata come Claudio. Forse era inevitabile.

« D'accordo » risponde Valeria, comprensiva sì ma anche un po' spazientita. D'altra parte, chi passa attraverso una bufera del genere, pazienza in media ne conserva poca.

« Dal momento che è qui, c'è qualcos'altro che vorrebbe dirmi sulla salute di sua sorella e che potrebbe essermi utile? »

« Non so se può servire, ma era daltonica. »

« Francesca? »

« Sì. »

« Non vedeva il verde, il rosso o entrambi? » domando d'impulso.

« Il verde. »

Non credo proprio che questo c'entri qualcosa. In Italia le persone affette da daltonismo ottengono la patente senza limitazioni, sicché mi sembra davvero irrilevante. Pur tuttavia le domando: « Lo ha detto alla polizia, questo? »

« No. Ma se ritiene che sia utile lo farò, anche se io penso che abbia soltanto attraversato la strada a cavolo, come mille altri prima di lei » dice, con tono piuttosto severo, certamente più di quanto mi aspetterei da una sorella affranta.

« Nel dubbio, è sempre meglio dire che non dire. »

« D'accordo. Lo faccio subito. »

« Che strano » mormoro poi tra me e me.

« Cosa? »

« Essendo una malattia trasmessa attraverso il cromosoma X, è molto più rara nelle donne. »

« I nostri nonni erano cugini tra loro, dipende da questo. »

« Ah, be', spiegherebbe com'è possibile che sua sorella avesse entrambi i cromosomi X portatori del gene, ragione per cui esprimeva la malattia. »

La sorella di Francesca assume un'espressione un po' annoiata. « Sono anche io un medico. »

« Oh. Scusi. »

« Non lo poteva sapere. Anzi, è stata gentile a spiegarmelo. Sa dirmi quando possiamo riavere... il corpo? »

« Bisogna che il pm firmi il nullaosta al seppellimento. Ora che l'autopsia è stata effettuata, credo che lo farà a breve. »

Valeria annuisce in silenzio. Somiglia proprio tanto a Francesca, peccato per la pelle del viso segnata dalle cicatrici di una pregressa acne, che evidentemente lei cerca di coprire con strati di fondotinta e appesantendosi con il trucco.

« Grazie » dice infine, raggiungendo quelli che credo siano gli altri membri della famiglia.

Io proseguo verso l'Istituto, dove mi metto a cercare immagini illustrative di com'è la vista per chi soffre di deuteranopia, la forma di daltonismo da cui era affetta Francesca. Il giallo per loro è giallo. Anche il rosso appare giallo ma vira verso il marrone, mentre il verde è un giallo grigiastro. Fondamentale è anche cosa ci sta intorno, ma insomma, dev'essere come vedere il mondo in una perenne palette autunnale.

Poi mi metto sulle tracce di chi era Francesca da viva. È una cosa che faccio sempre, anche se non ha una motivazione scientifica, questo è certo. Quando ho chiesto a Claudio se lui lo fa mai, mi ha risposto che sono io che, di base, non sono normale.

Nella foto che mi colpisce di più Francesca porta i capelli sciolti, con un ferretto a destra che li tira su solo da un lato e una lunga frangia che ricade sulla fronte. Il suo profilo social rivela che era schierata a favore di ideali molto impegnati; d'altra parte, era una studentessa di Scienze Politiche: è intuibile che avesse gli occhi ben aperti sul mondo che la circondava. Cara Francesca, quante cose buone avresti potuto fare con il tuo entusiasmo, mi dico mentre scorro la pagina leggendo i suoi appelli a cause di ogni tipo, per lo più contro la discriminazione razziale e in difesa della condizione femminile. Un'altra passione di Francesca era la musica, ovviamente – ma qual è la ventenne che non ascolta musica?

La sera prima dell'incidente era stata a un concerto

di un gruppo romano in un locale al Pigneto, gli Astonishing. Ha pubblicato varie foto, venute pure male se devo dirla tutta, e una gran quantità di video. Si godeva la serata, si godeva la sua età. Appena quindici ore prima della grande transizione, dal tutto dei vent'anni al nulla della morte. Clicco sul profilo degli Astonishing, si esibiscono di nuovo lì stasera.

Francesca... Andrò ad ascoltarli anche per te.

4

A ton of love, a ton of hate.
Editors

L'eco roboante della musica degli Astonishing rompe il muro del suono fin oltre il locale e quando io e Claudio varchiamo la porta venendo travolti dal riff di *A Ton of Love* degli Editors mi dico che non ne uscirò con i timpani integri.

Claudio, che si arrabattava per mettere insieme quattro soldi quando era ragazzo suonando in posti malfamati, ha invece un sussulto di nostalgia – la batteria è la sua madeleine proustiana.

C'è una ressa di under trenta che fa casino e tra i quali cerco di farmi largo per vedere più da vicino i ragazzi del gruppo, quattro baldi giovani piuttosto avvenenti. Il frontman è un brunetto esile dal profilo molto squadrato. Al basso e alla chitarra due biondini dai capelli lunghi e con gli abiti sbrindellati che sembrano fratelli. Alla batteria un ragazzo nero, con una maglietta da giocatore di calcio, rossa e azzurra.

Impigrito, Claudio mi segue con una birra in mano che beve a canna per disperazione.

« Ma tutta questa voglia di venire al Pigneto a vedere questi scappati di casa? »

« Non ti ci ritrovi? »

« Ogni cosa nella vita ha la sua data di scadenza. »

« Sarei curiosa di sentire come la suonava il leggendario batterista della Garbatella. Il repertorio, almeno, *te gusta*? »

Hanno appena iniziato *Take Me Out* dei Franz Ferdinand e dunque lui concede: « Su questo non ho da ridire ».

Al termine della canzone, che dunque è l'ultima della serata, il bel batterista lancia le bacchette indefinitamente verso il pubblico con un movimento lieve, in maniera da non ferire nessuno.

E sorpresa! Le prendo io! Mi metto a saltellare come una gallina, Claudio mi guarda allibito.

« Non le tiravi anche tu? »

« Col cavolo, poi avrei dovuto ricomprarmele. »

Il batterista intanto mi fa un cenno con la mano che a Claudio non piace.

« È solo un ragazzo » lo difendo, con tenerezza più che con vanità.

Ma il concerto non è finito. Il frontman, ricci scuri e incarnato chiaro, una sorta di Biancaneve al maschile, un tipo di fascino innocente solo all'apparenza, ma che guardando bene ha qualcosa di vagamente perverso nell'espressione del viso, chiede a tutti di rimanere in silenzio. Si fa prestare dal chitarrista il suo strumento e inizia a suonare e cantare *Canzone per un'amica* di Francesco Guccini. Lo fa con un arrangiamento ancor più triste dell'originale, e la sua voce si incrina spesso, ma non è stonato, è solo che lui stesso non ce la fa a rimanere saldo e a me vengono i brividi, gli occhi mi si orlano di lacrime. Come i suoi.

« Ma che è, piangi? » mi bisbiglia Claudio all'orecchio.

« Credo che la stia cantando per la ragazza... Quella del collegio. »

« Quella dell'autopsia? »

« Sì. »

« Ecco perché siamo qui. Alice, tu questo vizio di giocare alla *Signora in giallo* devi togliertelo. È stupido, inutile e potenzialmente pericoloso. »

« Shhh. Fammi ascoltare. »

Quando si è giovani è strano
poter pensare che la nostra sorte
venga e ci prenda per mano

E poi conclude la sua canzone, la gente è stranita, non lo acclama come quando canta i Red Hot Chili Peppers. « Grazie » dice, a tutti e a nessuno. E il chiasso si riaccende, ma lui se n'è già andato.

« Vicequestore? »

« Sì, Alice. Dimmi tutto. »

« Lei conosce il gruppo degli Astonishing? »

« Sono inglesi? »

« No, italiani. Romanissimi. »

« Erano a Sanremo? »

« No. Però piacevano molto a Francesca Rebaldi... »

« Alice... »

Lo interrompo. « ... e la mia sensazione è che ci fosse un legame speciale tra loro. Così, io la butto lì, non si sa mai che la pista dell'omicidio volontario prenda piede e allora bisogna valutare tutte ma proprio tutte le persone attorno a lei e ogni eventuale implicazione. »

Calligaris deglutisce (secondo me una caramellina, è golosissimo) e aggiunge: « In effetti, scandagliando i social della Rebaldi, Sofia ha trovato un episodio molto spiacevole ».

« Cioè? »

« È stata vittima di una shitstorm su Twitter il mese scorso. »

Caspiterina, il vicequestore è al passo con i tempi, non si può negare! La shitstorm è quando letteralmente ti piove addosso tanta cacca, anche se in questo caso è metaforico e si intendono gli insulti scritti online da parte dei cosiddetti « leoni da tastiera ». Questa cosa me l'ero persa, perché mi ero focalizzata più su Instagram e Facebook, forse perché mi sento più attratta dalle immagini.

« E perché? »

« Tutto è partito da alcuni tweet che lei aveva scritto a favore degli sbarchi a Lampedusa e la questione è degenerata. Il profilo di Francesca era molto seguito. La polizia postale sta lavorando su un paio di utenti con falsi nickname, particolarmente aggressivi. Tra gli insulti tipo 'gallina ubriaca di merda' le è arrivata anche qualche minaccia di morte. »

« E lei non aveva mai sporto denuncia alla polizia postale? »

« No. Mai. Secondo l'ispettore Vattimo però non è una pista solida. »

« No? E secondo l'ispettore qual è una pista solida? »

« Quella sentimentale. »

« Mi aggiorna se ne sa di più? »

« Va bene, Alice, va bene. Ma io mi chiedo, come resistevi in America senza fare la piccola detective? »

« Non lo so. » Ho letto tanti gialli però, molti più di quanti ne leggessi prima, perché ho sempre preferito i *romance*. E guarda caso, azzeccavo sempre il colpevole.

Dopo aver messo giù con Calligaris mi avvio verso la biblioteca per la solita indispensabile pausa caffè e ci trovo Claudio.

« Toh. Nemmeno se ci fossimo dati appuntamento. Ri-buongiorno, *my love*. »

« Buongiorno un cazzo. »

« Che è? »

« Sai chi ha fatto domanda per il concorso da direttore dell'Istituto? »

« Se non me lo dici... »

« Ciminna. »

« Maria Vergine! » E con questa esclamazione non miglioro di certo il suo umore. E del resto come faccio? Se la medicina legale fosse il mondo Marvel,

Claudio sarebbe Iron Man e Ferdinando Ciminna sarebbe Thanos. I due si odiano e nemmeno tanto segretamente, cioè, in ambiente medico legale lo sanno tutti ma tutti fingono di non saperlo. Ciminna ha un paio di anni più di Claudio, è napoletano ma cresciuto nel vivaio della scuola milanese, è stato anche lui per lungo tempo all'estero, è sostanzialmente irreprensibile fatte salve le spaventose camicie a fantasia che indossa in maniera spregiudicata. In più, controllando su Scopus, ha un cacchio di h-index di 32, che per la medicina legale è un'enormità. Claudio ha 30. Questa cosa lo devasta, perché lui è uno di quei tipi, un po' come certi tifosi, che godono di più quando i nemici perdono di quando la propria squadra del cuore vince. La rivalità tra lui e il collega se la porta sul groppone da almeno dieci anni, anche perché il subdolo Ciminna all'inizio lo blandiva come se Claudio fosse l'inarrivabile *enfant prodige*, poi però in un paio di casi di rilevanza nazionale ha portato lui a casa il risultato. In altri ha vinto Claudio, ma temo che la palla non sia al centro. Se a Ferdinando Ciminna andassero davvero il posto di ordinario e la direzione del nostro Istituto, penso che per farlo accettare a Claudio lo si dovrebbe sottoporre a un elettroshock.

« Ma non gli è mai interessata Roma. Secondo me è un dispetto. »

« Macché. Pare che si sia trovato una compagna a Roma... » e prosegue con una serie di variegate e ignobili ingiurie rivolte alla suddetta incolpevole compagna che non gli fanno onore, no.

«Ascolta, andrà come deve andare. Come c'è scritto anche negli spogliatoi di Wimbledon, se tratterai allo stesso modo Successo e Fallimento, quei due impostori...»

«Siamo zen adesso?» mi interrompe. «Tu che Wimbledon manco lo segui, poi.»

«Non è che ti farebbe male esserlo anche tu, un pochino zen.»

«Ma io lo sono. Qua lui non ci viene, mi dovessi vendere il...»

«Claudio. È un gran peccato che non si possa tradurre in italiano per bene la parola *overreacting*.»

«Si può: reazione eccessiva. Ho afferrato il punto.»

«Ti giocherai l'ultimo pezzo di cuore, come Che Guevara. E vincerai il concorso.»

«Hai tirato fuori pure Che Guevara. È vicino l'Armageddon.»

Mi fa una carezza accennata che non si capisce se voglia andare a finire sul mio viso o sui miei capelli, ma che si arena sulla spalla, come una pacca a un compagno di squadra. Che poi mica mi dispiace far squadra con lui, lo trovo anche più prezioso di quell'incendio perenne che per anni ci ha ridotti in cenere.

5

Dimenticare i morti era come ucciderli un'altra volta.

Christelle Dabos

Anche se Claudio disapproverebbe (e io non glielo dico, infatti), mi preparo per raggiungere una fiaccolata in memoria di Francesca organizzata da alcune sue amiche di cui ho trovato notizia scorrendo un quotidiano locale. Si terrà di fronte al Collegio Beata Dorotea Paoletti, lungo la stessa strada su cui è stato rinvenuto il suo bel corpo senza vita. Dato che Francesca era del Trentino, è un modo per salutarla per tutte le persone che non sono potute andare al suo funerale.

« Ma hai una candela nella borsa? » mi domanda, perplesso, prima che io esca. In effetti, lo stoppino fuoriesce dalla tasca, ma io ho larga esperienza nel raccontare balle in estemporanea.

« Vado in chiesa ad accendere un cero alla Madonna per il tuo concorso. Me lo ha consigliato mia nonna. »

Lui rotea gli occhi ma poi forse considera che, ora che di mezzo c'è Ciminna, tutto sommato la protezione divina male non può fargli. « E vabbè. In guerra ogni buco è trincea. Vai in chiesa. »

« A dopo, *my love* » lo saluto quasi in fuga, dicendomi che prima di andare alla fiaccolata devo veramente passare dalla chiesa più vicina per accendere un cero, o stanotte sarò incapace di dormire quello che mia nonna chiama il sonno dei giusti.

Il corteo è piuttosto esteso, devo dire. Palloncini bianchi, foto di Francesca, striscioni con scritto DENTRO DI NOI NON MORIRAI MAI. Tiro fuori la candela e l'accendino e mi unisco al gruppo, che incede lento, triste e silenzioso per le strade del quartiere Flaminio.

Dopo un paio di centinaia di metri di marcia mi sento chiamare.

« Dottoressa? » È la sorella di Francesca, quella che sembra lei ma ha il viso un po' rovinato. « Si ricorda di me? Sono Valeria Rebaldi. »

« Sì, Valeria, certo, come sta? »

La sorella sorvola sulla mia stupidissima domanda di circostanza. Sta da schifo, si vede. « È bello da parte sua essere venuta qui... per ricordare Francesca. Lei è una persona molto sensibile. »

« È che non riesco mai a lasciarmeli alle spalle. »

« Chi? »

« I miei... morti. »

Valeria abbassa gli occhi sulla strada prima di chiedere: « E questo è un bene o un male? »

« Entrambe le cose, direi. »

E poi la verità è anche che Francesca è la prima dopo tanto tempo, perché in America il sistema è talmente diverso che quasi quasi stavo dimenticando come si fa un'autopsia. Quasi. Non puoi mai dimenticarlo davvero, ma quello che avevo momentaneamente tralasciato è il male che ti si incolla addosso e che ci vuole un po' a togliersi dalla pelle.

Procediamo ancora, e io mi soffermo ad ammirare le belle palazzine anni Venti intorno a me, con i loro eleganti basamenti, cornici e modanature. Come dice Nanni Moretti, le città sono fatte di case, e quanto mi era mancata la mia città – quante ore, giorni e settimane ho trascorso sentendomi straniera. Poi arriviamo fino a un punto preciso del Lungotevere e lì i palloncini bianchi vengono lasciati liberi di levarsi in alto.

Prima che il corteo si dissolva, una ragazza bruna alza la voce, scandendo bene ogni parola. « Francesca. È impossibile dirti quanto ci mancherai. È impossibile spiegare quanto tutto questo sia ingiusto. Non starò qui a dire cosa si meriterebbe chi ti ha lasciata lì sulla strada, a morire. Non ribadirò l'ovvio, e cioè che non avevi nessuna colpa. Dirò piuttosto quanto eri bella. Che eri un raggio di sole e illuminavi ogni cosa. Eri capace di mettere in connessione le persone e di creare legami speciali e duraturi. Io non credo in Dio, ma se esiste invidio gli angeli, che potranno averti con loro. »

Dopo queste parole, tante persone piangono. Anche Valeria, e solo quando sembra più accessibile le domando, indirizzando lo sguardo verso la ragazza che ha parlato: «Chi è?» Perché non potrò mai, mai resistere alla mia curiosità.

«Lei è Isabella. Era la più cara amica di Francesca, sono cresciute insieme a Rovereto.»

A tal proposito mi chiedo anche come mai Valeria sia qui e non in Trentino, ma domandarglielo mi sembra troppo persino per una come me. Dubito che viva anche lei a Roma, altrimenti Francesca non avrebbe avuto bisogno di stare in un collegio. Forse è qui per questioni di tipo burocratico, o magari per svuotare la stanza appartenuta alla sorella.

Guardo meglio Isabella, e in effetti il viso mi è familiare, devo averla già vista nelle foto su Instagram di Francesca. Ha una lunga treccia bruna che le scivola aggraziata sulla spalla ma che non riesce a addolcire qualcosa che imprime durezza al suo volto. Non so se è lo sguardo, o la piega severa della bocca, ma ho comunque l'impressione che non dipenda soltanto dal dolore.

Saluto Valeria e le auguro buon rientro a casa. Lei ringrazia e non aggiunge altro.

«Ma perché non potevo andarci?» domando a Claudio di fronte alle immagini di un servizio trasmesso da un'emittente televisiva locale in cui sono chiaramente riconoscibile. E difatti, anche se non so come il giornalista lo abbia scoperto – non sono così famosa, proprio no –, la voce che parla sull'RVM afferma: «... alla fiaccolata era presente anche il medico legale incaricato dell'autopsia sul corpo della ventitreenne...»

Ho il dubbio che a dirlo possa essere stata Valeria, non vedo chi altri. La cosa è giunta all'orecchio e alla vista di un cancelliere amico di un cugino della Wally, poi di Claudio e adesso a me. Come in *Alla fiera dell'est* di Branduardi, il topo alla fine sono io, e senza capire perché mi prendo un cazziatone da Claudio, sempre felice di indossare i panni dell'Angelo della Morte. «Che c'è di male?» insisto.

«Alice, ma come che c'è di male? Potrebbero accusarti di parzialità.»

«Parzialità? E allora? Io non posso e non devo essere imparziale. Io sono dalla parte di Francesca.»

Lui resta interdetto. «Ma che ti ho insegnato in tutti questi anni?»

«Che il mio solo scopo è far conoscere al giudice la verità. E questo come entra in conflitto con il partecipare a una fiaccolata?»

«Alice, tu devi schivare i guai, non te li devi cercare. Anziché andare alla fiaccolata perché non pensi al dopo?»

«Il dopo?»

«L'orologio fa tic tac. Cosa farai appena finito il dottorato?»

«Continuerò a lavorare per il tribunale. Non mi

cambia proprio niente, dato che per il mio dottorato non percepisco un euro. Però per esempio potrei provare a richiedere all'università il titolo di cultrice della materia.»

Lui quasi si ribalta dalla sedia. «Sei seria?»

«Ora mi offendo.»

«Ma dai...»

«Oppure faccio un bel concorso in polizia, appena ne bandiscono uno.»

«E con che scusa verrai in Istituto?»

«Fidanzata del direttore.»

Ignoro volutamente il gesto scaramantico cui si abbandona tradendo per un istante la patina sofisticata che si è costruito con fatica. Proseguo assumendo quindi un'aria molto serena e propositiva, che in realtà sono ben lontana dal provare. «Come tu stesso hai detto non più tardi di qualche sera fa, ogni cosa ha impressa la data di scadenza. Non sarei potuta rimanere in Istituto in eterno e non è roba mia far carriera universitaria. Ho la mia bella partita IVA, batto ancora di più il tribunale e via la paura.»

«Ma tornando alla fiaccolata...»

«Avevo tutto il diritto di andarci. Magari non di dirti che andavo in chiesa ad accendere un cero per il tuo concorso, cosa che comunque per la cronaca alla fine ho anche fatto. Quindi stai sereno, abbi fede, la Madonna veglia su di te.»

Di ceri, peraltro, ne ho accesi due. Uno per il posto di ordinario, l'altro per una doppia linea blu al prossimo test di gravidanza. Ma a lui non lo confesserei mai.

Il pm mi ha telefonato personalmente per chiedermi se il daltonismo di Francesca può aver avuto un ruolo nella dinamica dell'incidente.

Ribatto dandomi un tono molto professionale (o comunque ci provo): « Come già sicuramente saprà, nessuna legge italiana o europea impedisce ai daltonici di prendere la patente di guida. Il che la dice lunga sul resto, perciò no, non credo che abbia influito. Mi permetta tuttavia di svolgere qualche rilievo sul posto, per capire se la vittima possa aver ignorato qualsivoglia segnale ».

Con ogni probabilità, il mio è uno scrupolo non necessario, ma non è che poi abbia tanto di meglio da fare che tornare in via Stern a perlustrare la zona.

« Dottoressa, lei non ha certo bisogno della mia autorizzazione formale per farsi un giro in zona. »

« Certo. Intendo dire però che farò questo giro, come lo chiama lei, prima di darle una risposta definitiva. Sono giovane, ma molto precisa. Non voglio sbilanciarmi. »

« D'accordo. Mi richiami stasera. » Saluta a malapena e riattacca.

Subito dopo, telefono a Calligaris pensando a qualcosa che mi è venuto in mente parlando con il pm, ma di cui non ho osato far cenno per non farmi rimettere al mio posto. Il vicequestore però ci è abituato e non se la prende, anzi, si diverte.

« Io sinceramente non credo che in via Stern troverò qualcosa di cui Francesca non si è accorta a causa del suo daltonismo. Però... Sempre ammesso che lei abbia visto l'auto, e non ne sono nemmeno sicura, potrebbe non averne riconosciuto il colore. All'atto pratico, si traduce con il sospetto che aveva minori possibilità di riconoscere un'automobile come appartenente a qualcuno, perché aveva a disposizione una minore gamma di colori. Specie nella scala cromatica del verde e del giallo. »

Calligaris assume un tono paternalistico. « Alice, mia cara, ti ricordo che non sei più in America, dove ci sono tanti taxi gialli. Qui, nella realtà, di auto gialle se ne vedono pochine. E anche rosse poi, se ci pensi, ma comunque sempre molte di più delle gialle. Quindi a Francesca non cambiava poi tanto. »

« Vabbè. Io ho detto la mia. »

« Ma non la dire al pm che ti fa una pernacchia, quello è pure un tipo irritabile. »

D'accordo, non la dirò. Ma comunque raccolgo trench e borsa, avviso la Wally e Claudio che esco prima per motivi di lavoro – non si sa come mai, ma nessuno mi crede quando dico così – e prendo i mezzi per arrivare al quartiere Flaminio.

Passo da piazza Perin del Vaga davanti alla fontanella con quelli che sembrano due pesci, poi di fronte a un panificio in cui compro una focaccina e infine giungo in via Stern. La strada alberata è residenziale e silenziosa, cosa di cui non mi ero accorta in occasione del sopralluogo, con tutto il caos generato dall'incidente. Non ci sono segnaletiche o indicazioni che Francesca potrebbe aver ignorato a causa del suo daltonismo; lo sospettavo, ma almeno ora ne sono completamente certa.

Il cancello del Collegio Beata Dorotea Paoletti è aperto, probabilmente per via di un corriere parcheggiato lì davanti con le quattro frecce accese che dev'essere qui per le consegne. È proprio un invito a entrarci, per scoprire che è un giardino fuori dal tempo in mezzo all'asfalto della città. Ai lati dell'ingresso della palazzina qualche ape ronza operosamente sui fiori di due ampie aiuole che affiancano il portone chiuso. Tuttavia molte finestre sono aperte con fiducia su questa giornata di fine maggio. Dopo aver circumnavigato tutta l'area piena di meraviglia, quando mi ritrovo al portone lo scopro aperto: il corriere, come prevedevo, sta facendo ritorno al suo furgoncino. E io mi intrufolo nel collegio. Evviva l'avventura.

Del resto, mi si può confondere ancora con una studentessa. Porto bene i miei trentadue anni, i giudici mi prendono per specializzanda. Difatti nessuno sembra insospettirsi mentre percorro i corridoi in stile Liberty, incantata dal pregio degli arredi. Per esempio, su una vecchia madia di ciliegio ci sono due coppe ovali intarsiate con un motivo a morbide linee oblique su cui lascio gli occhi – a casa di CC starebbero stupendamente. Okay, è anche casa mia, lo recepirò prima o poi.

Attraverso indenne gli spazi comuni, sbirciando oltre le porte a doppio battente lasciate mezze dischiuse sulla segreteria e sulla presidenza. Quando ero bambina, la tipica minaccia utilizzata dai miei genitori di fronte a una disobbedienza era « Ti mando in collegio! » ma se avessi visto questo collegio mi sarei terrorizzata un po' meno.

« Chiedo scusa, posso aiutarla? »

Beccata! Adesso sì che sono scossa da una scarica di adrenalina.

Mi volto e davanti a me c'è una donna di un'età compresa tra i settanta e i mille anni, che mi fissa con occhi a fessura.

Di fronte all'opzione balle a raffica scelgo la verità.

« Mi chiamo Alice Allevi, sono il medico legale che ha eseguito l'autopsia su Francesca Rebaldi, una studentessa che risiedeva in questo collegio. »

« So benissimo chi era Francesca » mi viene replicato, senza troppa amabilità.

« Lei è? »

Mi porge la mano. « Irene Forlani. La direttrice di questo collegio. »

Il suo ruolo mi ispira soggezione. « Signora direttrice, la mia le sembrerà un'intrusione. In verità ho ricevuto richiesta dal pm di ispezionare bene la strada per capire se c'erano segnali o indicazioni che Francesca Rebaldi non aveva riconosciuto in quanto daltonica. Non so se di questo lei fosse a conoscenza... »

« Che era daltonica? No. »

« Non ho resistito e avendo trovato il portone aperto sono entrata a dare un'occhiata. Mi incuriosiscono molto i collegi. »

« Può sempre guardare quel programma sulla Rai » ribatte lei, con un sorriso che mi gela.

Sorvolo e rispondo: « In realtà è un ambiente molto affascinante. Ha qualcosa di museale ».

« La ringrazio. »

« Ha tempo per una domanda? »

Sulla fronte della Forlani si approfondiscono le rughe. « Ho un appuntamento tra dieci minuti. Ma se posso aiutarla... »

« Come si ottiene un posto in questo collegio? »

Lei sembra rasserenarsi come uno studente a cui la prof ha chiesto l'argomento su cui era più preparato. « È un collegio privato finanziato da enti benefici e si entra per merito. Ci sono trentasei posizioni in totale, e almeno dieci sono riservate alle studentesse di Medicina. Le matricole sono ammesse solo se hanno ottenuto alla maturità almeno 85/100; quelle che entrano dal secondo anno universitario in poi devono avere almeno la media del 27/30. Ovviamente, le allieve devono mantenersi al pari con i CFU, altrimenti il posto decade. »

Okay, per me non ci sarebbe stato spazio in questo esclusivo collegio. « La retta è cara? »

« In verità, su trentasei posti undici sono completamente gratuiti e spettano alle prime in graduatoria. Le altre pagano quindicimila euro l'anno, vitto incluso. Che, mi permetta, è una cifra irrisoria se si pensa agli affitti romani. In base all'ISEE ci sono comunque ulteriori agevolazioni.»

«Francesca pagava la retta normalmente?»

«Francesca non la pagava. Era entrata due anni fa, prima in graduatoria per meriti.»

«I meriti sono solo di tipo formativo? O è rilevante anche... altro?» Che poi non saprei dire in cosa possa consistere questo altro, ma si affretta a dirmelo lei.

«Questo collegio ha ispirazione religiosa. È necessario che le ragazze abbiano ricevuto tutti i sacramenti e che siano praticanti. In più, è gradita quella che un tempo si sarebbe chiamata specchiata moralità.»

«Certo, capisco. Quindi, se era arrivata prima, Francesca era la migliore da ogni punto di vista, non solo quello dei titoli universitari e scolastici.»

«Esattamente. Posso dire che Francesca era uno dei nostri fiori all'occhiello.»

Sul viso della Forlani affiora il rimpianto di averla persa, questa ragazza speciale che al suo collegio portava tutti i valori in cui lei crede. Rimpianto e anche profondo dispiacere. «Se ho soddisfatto la sua curiosità...»

«Era benvoluta dalle altre ragazze?» Forse è una domanda sciocca. La fiaccolata cui ho partecipato lo dimostrava già ampiamente.

«Mi perdoni, queste domande non dovrebbe farmele la polizia? È in polizia, lei?»

«No. Ha ragione. Era semplice curiosità. Mi perdoni lei per il tempo che le ho fatto perdere.»

«Ma no, si figuri. Dovere. Non volevo essere brusca. Anzi, le fa onore voler andare così a fondo. È solo che sono davvero di fretta per via di altri impegni. Ma se vuole fare un giro del collegio la affido alla mia segretaria. »

« Be', dal momento che sono qui... Può sempre tornarmi utile, anche per qualche conoscente... »

« Certo, certo. Aspetti, le mando Paola. Arrivederci » conclude, porgendomi la mano, che è ruvida per via della pelle molto secca.

La sua segretaria, Paola, arriva dopo qualche minuto.

« Non posso mostrarle le stanze delle ragazze, ovviamente » dice come prima cosa, credo imbeccata dalla Forlani.

« Non lo avrei mai chiesto! »

« Le faccio vedere la mensa, la nostra zona living e la biblioteca. »

« Gentilissima. E la stanza di Francesca? Quella ormai è vuota. »

Paola di base vorrebbe essere gentile ma si impappina. « La direttrice ha disposto nessuna stanza. » Come volevasi dimostrare.

« Va benissimo, grazie. »

Il giro procede tediosamente, senza alcun apporto da parte della segretaria che, per non sbagliare, tace.

In mensa gli addetti al buffet stanno già sistemando i vassoi con patate arrosto fumanti, spinaci bolliti e petti di pollo grigliati, ma i sei tavoli da sei sono ancora deserti. Alle pareti, quadri di paesaggi veneziani con elaborate cornici in stile Impero. Ci rimaniamo per non più di un paio di minuti, forse meno. Uscendo, incrociamo due ragazze e in una riconosco Isabella, la *pasionaria* della fiaccolata, la migliore amica di Francesca. Anche lei mi riconosce, lo percepisco a pelle.

Poi visito la sala in cui la sera le ragazze possono stare un po' sedute sui divani a chiacchierare. C'è anche un camino di marmo che d'inverno, se acceso, dev'essere molto confortevole. Infine la biblioteca, ma Paola è di fretta e non ho nemmeno modo di dare un'occhiata ai titoli che ci sono. Dopotutto non è importante. Ringrazio, saluto e mi dico che per oggi ho fatto abbastanza.

Richiamo il magistrato e gli confermo che mi sento di escludere la rilevanza del daltonismo nella dinamica dell'incidente. Gli butto lì temerariamente, perché proprio non so stare zitta, la questione dell'auto che ho già detto a Calligaris e il pm risponde a sorpresa: « Non è una malvagia intuizione, questa. Grazie, ne terrò conto ».

Poi torno a casa, ma prima passo dalla farmacia.

Perché quando si ha un ritardo del ciclo e si spera di essere incinte il mondo all'improvviso si riempie di bambini e pancioni? Perché si finisce con interpretarli come segni del destino? Nel mio caso magari il segno è quello di un destino avverso.

Il test è negativo, come tutti gli altri prima di lui, da un anno e mezzo. Il mio grande sogno era che il bambino arrivasse mentre eravamo in America, così avrebbe avuto automaticamente anche la cittadinanza americana. Persino CC si era arreso all'evidenza che fosse una buona pensata, ma tale non deve essere apparsa alla cicogna.

Deve esserci qualche strana cosa in me, qualche cosa che nessun ginecologo capisce, e che non mi farà mai avere bambini. Ne ho consultati diversi, di medici, anche di nascosto da Claudio. A sua volta, lui ha fatto gli esami di prammatica, risultati nella norma. Tutti hanno detto che a volte due persone perfettamente fertili non riescono comunque a procreare. È come se non ci fosse un match. Alla luce di tutto questo, venero il bambino che abbiamo perso come un irripetibile miracolo. « Ma no » mi ha detto un'altra ginecologa, la più carina e ottimista di tutte, quando ancora eravamo a Washington. Ho speso una fortuna in visite ginecologiche, in America. « Deve solo smettere di pensarci. E in quel momento il suo bambino arriverà. »

Dopo essermi alimentata di speranza, adesso – e per un bel po' – è l'ora del digiuno.

6

Chi suppone si prende in giro da solo.
Modern Love

Frattanto si verifica una coincidenza bislacca.

Vengo chiamata dalla Procura in piena notte per un sopralluogo. Naturalmente non è questa la cosa bislacca, la gente ahimè muore a tutte le ore. A farmi sussultare e dire « Di nuovo? » è il fatto che anche stavolta si tratta di un incidente stradale. E la vittima è anche in questo caso una ragazza di poco più di vent'anni.

« Se vuoi vado io, lo spieghiamo al pm » biascica Claudio, assonnato.

« Quando ho scelto di fare medicina legale sapevo che se necessario mi sarei dovuta alzare di notte. E non sapevo ancora che l'avrei regolarmente passata con un altro medico legale. Quindi l'avevo messo in conto. »

« Tanto ti sbrighi presto » conclude lui con uno sbadiglio, senza insistere, rigirandosi dall'altro lato.

« Però sei stato molto carino a offrirti. Molto. Quasi quasi... Ma no, è una questione di principio. Non si può volere la parità di diritti e però poi non fare il turno di notte. O si è pari o non lo si è. »

« Mmm mmm » mugugna lui, in dormiveglia, e un minuto dopo dorme già come niente fosse.

E comunque, ti sbrighi presto un corno.

L'incidente è avvenuto praticamente al confine con l'Agro Romano, a est della città, e il tragitto di per sé mi sembra interminabile.

L'agente al volante mi spiega con dovizia di particolari tutti i dettagli di cui è a conoscenza. La ragazza si chiamava Adeliana Rusu e veniva da Dubăsari, una città della Moldavia. Lavorava per un'anziana vedova senza figli con cui viveva già da sei mesi, ed era uscita a piedi con il permesso della signora che assisteva per comprarle un antidiarroico. La farmacia di turno, in effetti, era vicina a casa. Il conducente della macchina che l'ha investita e uccisa è scappato e nessuno ha visto niente, anche perché di fatto Adeliana non è mai arrivata alla farmacia: ha percorso una stradina poco abitata come scorciatoia. Dopo lo schianto, qualcuno si è affacciato ma l'auto era già sfrecciata via. Il tutto dovrebbe essere successo intorno a mezzanotte e mezzo.

Adeliana giace sulla strada ma a differenza di Francesca, che riportava poche lesioni esterne, ha il corpo straziato perché chi l'ha investita ci è passato sopra.

Se vuoi fare il medico legale a certe cose devi essere preparato, anche alle più brutte e atroci. Anche a quelle che si trasformeranno in un incubo ricorrente, a quelle che ti fanno dire « ma perché », o « ma che schifo », o « in che mondo viviamo », o « l'essere umano merita l'estinzione». E quindi sto zitta, reprimendo una lunga sequela di quesiti retorici, spazzandoli via dalla mia mente e concentrandomi sulle foto da scattare e sugli appunti da prendere. E ne ho per molto tempo, tanto che a un certo punto l'alba di un nuovo giorno trapela gradualmente, una luce sfumata di glicine, tra le onde scure della notte, senza immaginare che illuminerà anche questa triste strada di periferia e la giovinezza deturpata di questa ragazza di cui faccio fatica a immaginare il viso da viva.

Pallido ma con l'occhietto arzillo di chi si è dopato di caffè, Calligaris mi si avvicina mentre sono ancora china sul cadavere. Mi sento gli occhi secchi e la bocca amara.

«Ti manca molto?»

«Ho quasi finito.»

«Che pensi?»

«Be', che l'auto le è passata sopra è evidente.»

«D'accordo, ma le è passata sopra quando la ragazza era già morta o è morta perché le è passata sopra?»

«Le lesioni, a mio avviso, sono vitali. La ragazza era viva. Per adesso non so dire se era agonizzante perché già aveva subito un primo urto, ma sono sicura che era ancora viva.»

Calligaris si massaggia lentamente sopra le orbite, come se l'ispirazione potesse arrivargli dai seni paranasali. Nel frattempo si è unita a noi l'ispettore Vattimo, tonica e smagliante, l'unica che non sembra aver risentito della nottataccia. Ha le forze per chiedermi: « Possiamo escludere che fosse morta per altre cause, per responsabilità di altri, e che fosse già cadavere sulla strada e che magari chi guidava l'auto non l'abbia vista perché era buio e perché non era lucido? »

Ho bisogno di un istante per mettere a fuoco la trivellata di quesiti che mi ha appena rivolto.

« Con i fanali accesi l'avrebbe vista, però. »

« Non se era ubriaco o drogato. È sabato notte, dottoressa Allevi. Non possiamo escluderlo. »

Per quanto la sua obiezione sia del tutto razionale e plausibile, il tono della Vattimo non mi piace. È quello della maestrina. È degno di ammirazione che malgrado la giovane età sia tanto autorevole, e sono felice di vedere una donna che fa carriera in territorio maschile. Però, bella mia, con me anche meno.

« Resta comunque da verificare se chi le è passato sopra lo ha fatto apposta. Per spregio, per esempio. Avrò le idee più chiare dopo l'esame esterno, con un quadro completo di tutte le lesioni » dico con cautela, anche se diverse ipotesi hanno già iniziato a ronzarmi nella mente. « In ogni caso, ne abbiamo già parlato per la morte di Francesca Rebaldi: quando un'automobile urta con violenza una persona in movimento, il corpo può venire proiettato ovunque. Non resta lì davanti, anzi, in genere viene imbarcato sul cofano e poi cade lateralmente. Quindi, per passarci sopra, il conducente deve aver fatto manovra. »

« Vedremo cosa vien fuori dai rilievi sull'asfalto » chiosa Calligaris. « Andiamo a un bar qui vicino, vi offro un cornetto. All'alba sono caldi caldi. Hai l'aria devastata. »

« Dottore, lo sa che non riesco a mangiare, dopo... » rispondo alzandomi in piedi e sfilandomi i guanti di lattice.

« E vabbè, ma allora, figlia mia, dovresti essere una silfide... » e lascia la frase in sospeso insinuando che no, non lo sono. Vattimo ridacchia.

« Intendo dire *subito dopo* » rimarco. « Poi, dopo un po', l'appetito mi torna. »

« D'accordo. Ma almeno un caffè? »

« Preferisco tornare a casa e mettermi a letto. »

« Comandi! Vattimo, troviamo un agente per farla riaccompagnare a casa » le ordina, ma a quel punto il suo telefono squilla e lui mi fa cenno di aspettare. Dice all'interlocutore « sì, no, ma come, ma che gran pezzo di merda ». « Lo hanno preso » ci comunica infine, dopo aver riattaccato.

Sofia trasecola, stupita da tanto tempismo. « Il conducente? »

« L'assassino » rettifica Calligaris, i lineamenti alterati dalla rabbia. « Lo ha fatto di proposito. Ha confessato. »

Devo ammettere che un po' me l'aspettavo. Qualcosa in quella carne martoriata me lo ha bisbigliato. « Ma perché? Un fidanzato lasciato? »

« Peggio. Anzi, peggio no. Perché non so cosa è peggio e per quanto mi riguarda li schiafferei tutti in galera e butterei la chiave. Lo ha fatto a caso. Ha detto che voleva ammazzare qualcuno. Così. Dice che per tutta la vita, quando si avvicinava alle strisce pedonali e vedeva qualcuno attraversare, provava il desiderio di accelerare. Come una palla da bowling con i birilli. Così ha detto. »

Ci fissiamo, incapaci di proferire parola, di commentare il male, la follia, o quel che è. Perché non sta a noi giudicare, ma come si fa a non sentirsi rivoltare? Il mio è un senso di disfatta cosmica, di sfiducia verso l'umanità intera. E lì per lì sono troppo stanca per suggerire quello che mi viene in mente poco dopo, quando sto per salire sulla volante. Ma Calligaris ovviamente ci ha già pensato.

« Sì, stiamo cercando di capire se c'entra anche con la Rebaldi. Ma, per quel che vale, lui nega. »

« Le ricordo, ma certamente non ne ha bisogno, che sui vestiti di Francesca ho trovato del terriccio che forse si è staccato dalla scocca della macchina che l'ha investita e che si può comparare con l'auto di questo fuori di testa. »

« Quel terriccio è già in laboratorio al RIS » si affretta a rispondere Vattimo. È paranoia, o vuole mettermi al mio posto? Come a dire che non occorre che io suggerisca alle forze dell'ordine ciò che loro sanno perfettamente già fare. Il che è senz'altro vero, ci mancherebbe, ma era il mio divertimento.

Allora mi sento in dovere di premettere: « Io non sono una criminologa » e la Vattimo annuisce, « ma i punti di contatto ci sono. Adeliana e Francesca sono... erano entrambe bionde e giovani. E il modus operandi sembra lo stesso. Insomma... lei lo sa quello che deve fare. Non glielo devo mica dire io».

«Ah no?» trasecola Calligaris, finto ingenuo. «Buon riposo, Alice.»

Mi alzo che è ormai ora di pranzo, con una fame che mi consuma. Verso un po' d'acqua alla Maranta Leuconeura, che oggi è disperatamente afflosciata, con tutte le foglie incollate al vaso. «Sapessi come mi sento io» le dico, mentre l'acqua si sparge sul davanzale, dato che la pianta ha disposto i rami in maniera tale da rendermi complicato anche innaffiarla.

«Parli con la pianta o con me?» domanda Claudio. Non si sorprende più di nulla.

«Con la pianta. Non lo vedi che ha un caratteraccio? Bisogna parlarle a tono.»

«Vestiti, che andiamo al ristorante.»

«Non ho la forza, voglio vegetare a casa sul divano.»

«Non c'è niente da mangiare.»

«Sono finiti i Sofficini?»

«Alice.»

«I bastoncini di pesce?»

«Alice.»

«Va bene, andiamo.»

Tra l'altro, è una giornata splendida, che odora un po' di origano, una di quelle in cui la primavera infila i panni dell'estate. Claudio aggiunge che gli hanno appena liquidato munificamente una perizia ed è ben lieto di « concedermi un capriccio ».

« Le Jardin de Russie? » esclamo, magicamente risvegliata. Carpe diem. « Ho queste fissazioni da pensionata americana in vacanza. Abbi pietà. »

Lui scuote il capo e mi dà un bacino sulla guancia. « Pietà? Non aspettartene. Mai. »

Mi ha fatta frignare un po' ma poi alla fine, suo malgrado, mi ha portata in via del Babuino. Durante il tragitto, gli racconto di Adeliana e del killer che l'ha uccisa scegliendola a casaccio.

« Aspetto di saperne di più da Calligaris, ma potrebbe essere lo stesso che ha investito la ragazza del collegio. »

« A me il serial killer ancora manca » osserva, perplesso.

« Sei invidioso? »

« Un po'. »

« Tutto questo è molto macabro. »

« Indubbiamente. Ma se non ti piaceva il macabro potevi sempre fare l'allergologa o la pediatra, come io ti ho esortato a fare per anni, senza essere ascoltato. »

E poi il mio telefono inizia a suonare, una volta dopo l'altra. Giornalisti, autori di programmi televisivi – ma come hanno avuto il mio numero?

« *Tutti mi chiedono, tutti mi vogliono* » canticchia CC.

A ciascuno rispondo che non posso dire niente, sono vincolata dal segreto istruttorio. Dopo l'ennesima chiamata, spengo il telefono: siamo arrivati davanti all'ingresso dell'Hotel de Russie, un anonimo portone ad arco in una palazzina che è simile a tante altre ma che invece, al suo interno, disvela giardini terrazzati ricchi di tassi, palme e rose bianche rampicanti. Secondo me è un posto splendido, e va bene, forse è un po' da provinciale arrivare qui a occhi sgranati come una che non è mai stata da nessuna parte, ma solo tanta bellezza può controbattere alle brutture che ho visto questa notte.

Metto il cellulare in borsa e per quanto mi riguarda lo riaccenderò stasera e solo per sentire mia mamma e mia nonna. Nel frattempo, il maître ci ha accompagnati al nostro tavolo sotto un ombrellone e io ho preso posto su una poltroncina tappezzata di verde. Claudio ha chiesto uno spritz al Cynar, e mentre aspettiamo di essere serviti, anziché commentare il fascino dell'albergo o menzionare Hemingway che ci veniva sempre (ma solo io ho la sensazione che Hemingway andasse un po' ovunque?) qui noi si parla di morti.

«Posso chiederti un'ultima cosa?»

«Sentiamo.»

«Dopo l'impatto con l'auto, il pedone viene sempre, categoricamente, imbarcato sul cofano?»

«Alice, ti dice niente la parola 'vettori'? Hai presente, in fisica, al liceo...»

«Adesso inizi a trattarmi come una minus habens...»

« Eh, sì, perché sono sicuro che questa tua testolina all'epoca abbia pensato 'non mi serviranno mai a niente' e invece... »

È vero. L'ho pensato. Ma tanto adesso lui rimedierà, ne sono sicura. E infatti, con tanto di mimesi da supplente di fisica, parte tutto gasato: « Immaginiamo che un pedone stia attraversando la strada da ovest a est, quando viene investito da una macchina che sta andando a nord. Il pedone ha un vettore velocità diretto verso est. Il veicolo ha un vettore velocità diretto verso nord. Nessuno dei due ha un vettore velocità diretto a sud, però, a causa dell'effetto combinato di accelerazione e rotazione che seguono all'urto, il corpo del pedone acquisisce una componente di velocità nella direzione sud-est. Il risultato finale è che il pedone finisce sul cofano dell'automobile. Se la velocità è elevata, può arrivare anche fin sopra e oltre il tetto della vettura. Quindi la risposta è sì. Sempre ».

Mimo un applauso.

« È per i due casi di incidente stradale? »

« Sì. E per sete di conoscenza. »

« A scoppio ritardato, ma sempre meglio che niente. »

« Adesso però non ci voglio pensare più. »

« Brava. »

Mi guardo un po' attorno, godendomi il silenzio e il fatto che il giardino sembri aperto solo per noi – la gran parte dei tavoli è già vuota, siamo arrivati tardissimo. « Lo sai che Picasso alloggiava in una di queste stanze e raccoglieva le arance da questi alberi? » lo informo, tutta esaltata. Claudio risponde con una smorfia come a dire « ah però! », ma è completamente privo di interesse. Tace, sorseggiando lo spritz.

« A che pensi? » gli domando.

« A un caso per cui mi hanno chiamato stamattina mentre dormivi. »

« Non ce la possiamo fare. Non stacchiamo mai. Nemmeno qui. »

« Parliamo d'altro. Scegli tu. Sono banditi il lavoro, i morti e Ciminna. »

« E l'infertilità » mi lascio scappare.

« Alice. Non abbiamo problemi di fertilità. »

« No? E allora dov'è il nostro bambino? »

« Nei nostri sogni. Un giorno si deciderà e verrà fuori da lì. »

« Se non facciamo niente per farlo decidere... »

Con un po' di malizia, lui risponde: « Mi sembra che le opportunità gliele diamo con una frequenza tutto sommato soddisfacente ».

« Forse non basta. »

« Facciamolo di più. A me va solo bene. Ma il punto è: l'argomento è bandito o no? Deciditi. »

« Giusto. È bandito. Meglio. Proponi tu un argomento. »

Ci riflette, e a partorire impiega una manciata di minuti. « Il Roland Garros. »

« Eddai, io di tennis non capisco nulla. »

« E se ti porto a Parigi? Io guardo le partite e tu vai

in giro a buttare via i soldi in scemenze varie. E la sera ci si ritrova e si fa tutto quello che vuoi tu. »

« Allora mi interessa. Cerchiamo solo di non farlo coincidere con il matrimonio di Cordelia. »

« Ma io devo venire? »

« Sì. »

Stringe gli occhi. « C'è quel baccalà di Malcomess Junior » insinua, alludendo ad Arthur, il mio ex storico, fratello di Cordelia, che adesso ormai è passato remoto e detto francamente non è che ci pensi più di tanto.

« Ovvio. È l'altro testimone. »

« Voi due all'altare è una visione che non posso reggere. Esentami. »

Lo fisso inarcando un sopracciglio. Non lo esento manco per idea.

7

Quando il primo bambino rise per la prima volta, la sua risata si sbriciolò in migliaia di frammenti che si sparpagliarono qua e là. Fu così che nacquero le fate.

Sir James Matthew Barrie

Il lunedì seguente vengo convocata dal pm per il giuramento e per fissare la data dell'autopsia di Adeliana Rusu. Nel frattempo, il magistrato mi dice che l'assassino reo confesso, un incensurato italiano di ventinove anni, continua a insistere che è stata la prima volta, che non ha nulla a che vedere con altre morti sulla strada seguite da fuga. Comunque l'auto è ad analizzare per rilevare se ci sono altre tracce di sangue sulla carrozzeria e se il DNA, eventualmente, appartiene solo ad Adeliana.

Faccio ritorno in Istituto ma salto la fermata dell'autobus e così devo scendere alla successiva. Il caldo oggi è torrido, altro che primavera, sembra già estate inoltrata. Arrivata nella mia stanza, mi accascio sulla sedia, unta in viso e in ogni altro punto del corpo munito di ghiandole sudoripare. La pressione è scesa ai minimi, ma non al punto da impedirmi di rimettermi in piedi per raggiungere il distributore e prendermi qualcosa, una qualunque cosa, che contenga olio di palma e cioccolato al latte, ma il telefono squilla ed è Claudio che mi costringe a una deviazione.

« Puoi venire nella mia stanza, per favore? »

Lo faccio senza nemmeno bussare alla porta chiusa, che apro senza immaginare chi e cosa troverò al suo interno. Resto quindi spiazzata quando vedo una ragazza sorridente che tiene per mano un bambino dalla carnagione color cioccolato che indossa una salopette jeans e tiene sotto l'altro braccio, ben attento che non gli scivoli via, un dinosauro di peluche.

« Ciao » dico, in maniera generica includendo tutti, ma gli occhi sono inevitabilmente ipnotizzati dal bambino. Anche lui mi guarda e i suoi sono scuri, sapienti, incantevoli.

« Come ti chiami? » gli domando.

« Emi » risponde il piccolo.

Claudio mi fa cenno di tagliare corto e di ascoltare. « Alice, lei è Samanta Abbiati, del Centro Accoglienza Fraternidad. Samanta, lei è Alice Allevi, una mia collaboratrice. »

Ci stringiamo la mano mentre Claudio prosegue.

« Hanno in custodia questo bambino che è stato ritrovato mentre vagava da solo. Non ha documenti, nessuno si è fatto vivo per cercarlo. E il bambino non parla. »

« Ma a me ha risposto. »

« Dice solo '*emi*' » replica Claudio, come a dire « grazie al caxxx ». « Il giudice minorile mi ha dato incarico di visitarlo, di controllare se ha subito violenze e di determinare la sua età biologica. »

« Allora, dottore, quando posso venire a riprenderlo? » chiede Samanta.

« In un paio d'ore avremo finito. Ci vorrà del tempo per la radiografia mano e polso, e per alcuni controlli per cui ho chiesto una consulenza del neuropsichiatra infantile. »

Samanta si china quindi a spiegare al piccolo che lo lascerà con noi ma verrà subito a riprenderlo. Glielo dice in italiano e poi in inglese. Non si sa bene quale lingua il bambino capisca, perché annuisce entrambe le volte. Deve comunque aver intuito che adesso è affidato a noi, e mi porge la mano. Io gli sorrido, lui risponde con un sorriso titubante. Ha ancora i dentini da latte.

Samanta ci saluta, ma poi torna indietro per darmi uno zainetto plastificato con automobiline e autobus disegnati su uno sfondo bianco. È di Cath Kidston e, se di brand ne capisco ancora qualcosa, non è un oggetto scadente, anzi deve avere un suo costo. Come anche la salopette che indossa e le scarpette Adidas.

« Lo avete trovato con questi vestiti e questo zainetto? » le domando.

« Sì. Nello zainetto c'era un biberon, anche se a me a occhio sembra un po' grande per bere dal biberon. Ma non è detto, la figlia di mia sorella lo prende ancora per addormentarsi e ha sei anni belli compiuti... » conclude, con una risatina nervosa.

« Solo un biberon? »

« Sì, e il pupazzo che non molla mai. »

« E nient'altro? »

« E uno scontrino di un bar. Un caffè, 80 centesimi. »

« Che certamente non ha preso lui. »

« Eh no... » mormora Samanta, che mi sembra in lieve imbarazzo, come se la stessi torchiando, ma che ci posso fare, sono solo curiosa.

« Che bar? »

« Uno della stazione Termini. »

« E nessuno ha visto niente, lì dove è stato ritrovato? Cioè nessuno ha notato se era con qualche adulto che lo ha lasciato lì? »

Claudio interviene per mettermi un freno. « Ti spiego tutto io, d'accordo? Ci aspettano in Neuropsichiatria. » Che, detta così, la frase si presta a plurime interpretazioni.

Samanta di fatto sembra sollevata e guadagna l'uscita senza altri ripensamenti.

Quando rimaniamo da soli con Emi, il mio amorevole fidanzato e collega mi dice: « Hai finito? »

« Ora, secondo te non è naturale voler capire com'è possibile che un bambino sia stato abbandonato nel centro di Roma, o smarrito o quel che è? »

« Assolutamente. Ma la prossima volta chiedilo a me. »

« Ehi, sveglia. Qui le cose sono cambiate, non sono più la tua specializzanda. Sono una tua collega alla pari anche se la sera ti preparo la cena. Ricordatene. »

Intanto il bambino ci osserva molto perplesso.

« Cucciolotto. *Sweetheart* » gli dico subito dopo, dandogli attenzione e facendogli una carezza. Negli occhi del bambino c'è concentrata tutta l'innocenza del mondo. « Facciamo presto. Ci penso io a te » gli promettto, e forse faccio male, perché non sono in condizione di promettere alcunché, ma come si fa a contrastare l'istinto e a non rassicurare un bambino che in questo momento deve sentirsi quanto meno confuso? Emi resta composto, con una serietà che mi sembra senza tempo, senza età. A Claudio non sfugge che, dopo cinque minuti cinque, sono già pienamente coinvolta.

«Alice, ti ho chiamata perché sicuramente con i bambini te la cavi mille volte meglio di me. Ma non è una buona idea, non in questo momento.»

«E quindi adesso decidi che non ti servo più?» gli chiedo a bassa voce, rimanendo calma per non confondere e allarmare Emi che nel frattempo sta giocando da solo con il suo dinosauro. Emette suoni incomprensibili.

«È meglio avere una pendenza al tribunale penale che una discussione con te. Anche se uno sceglie in teoria per il tuo bene, prima ancora di pensare, tu mordi» ribatte con registro ugualmente basso.

«Comunque non me ne vado.»

«Okay. Però cerca di non trasformarti in Mary Poppins.»

«Ci provo. Emi» lo chiamo, ma il bimbo non si volta.

«È concentrato nel gioco» chiosa Claudio. «Secondo te quanti anni ha?» mi domanda, cogliendomi alla sprovvista.

«Be', non è facile. Il fatto che non parli potrebbe attestarlo sui tre anni ma è alto e sviluppato apparentemente come uno di circa cinque. Certo, anche l'etnia fa la sua parte. Quindi ce lo dirà la radiografia del polso, alla fine. Che metodo intendi usare? » Mi riferisco al fatto che le immagini della maturazione ossea del polso possono essere valutate con due criteri differenti, ma in tutti questi anni non era mai capitato di lavorare a casi del genere. Non a me, certamente.

« Il Greulich & Pyle. »

« Lo hai già fatto altre volte? »

« Sì, ma erano casi diversi. Immigrati senza documenti che dicevano di essere minorenni ma non se ne era sicuri, oppure in un'altra occasione una bambina da adottare di cui nessuno conosceva l'età. Accertare l'età di un bambino così piccolo no, non mi era mai successo prima. »

« Senti, intanto visitiamolo. E speriamo di non trovare brutte sorprese. »

Lo raggiungo – si è seduto sul divanetto dello studio di Claudio – e mi accomodo accanto a lui. Come Samanta poco fa, gli parlo in inglese e in italiano, ma lui scuote il capo, forse vuole dirmi che non capisce. Eppure non piange mai, il che me lo fa ritenere più grande dei tre anni.

Gli chiedo come si chiama il suo dinosauro, e di nuovo risponde: « Emi ».

Adesso sembra molto triste, solo, sperduto. Penso che offrirgli qualcosa da mangiare, rigorosamente a base di cioccolato, possa essere una buona idea, e lo propongo a Claudio.

« Categoricamente no. Potrebbe essere allergico e

noi non lo sappiamo. Comunque è evidente che non capisce l'inglese. Qualcuno ha provato con il francese? Magari viene dal Congo, o dal Camerun, o dal Senegal.»

«E secondo te al centro accoglienza non ci hanno pensato? Saranno abituati» obietto.

«Lo hanno trovato ieri mattina e magari non c'era nessuno lì che lo parlasse. Basta provare. *Comment t'appelles-tu?*»

«Emi.»

«*Est-ce que tu comprends ce que je te dis là?*»

Il bambino annuisce. Dunque capisce, non come me che ho bisogno del traduttore simultaneo.

«*As-tu mal quelque part?*»

Il bambino fa cenno di no con la testa.

«Voilà. Come volevasi dimostrare.»

«Ma è impossibile che nessuno ci abbia pensato prima.»

«Qualcuno deve averci pensato, infatti, ma magari non l'hanno detto a quel genio che ci ha mollato il bambino come se fosse un pacco.»

«Chiedigli se sa dov'è sua mamma o suo papà.»

«*Est-ce que tu sais où ta maman se trouve? Ou ton papa?*»

Ed è di nuovo un no.

«Claudio, caspita, parli benissimo il francese!»

Senza guardarmi, ma tenendo gli occhi sul bambino mentre gli controlla le congiuntive, lui mi risponde: «Io mi sono sempre dovuto smazzare per dimostrare qualcosa. Ho studiato per tutta la mia intera vita. E ancora lo faccio, se no arriva il Ciminna di turno e mi fa il culo». Poi si rende conto di aver detto una parolaccia davanti al bambino e aggiunge: «Tanto non capisce».

«Ma dove hai imparato? A scuola? È impossibile.»

Lui fa cenno di no con la testa e prende una delle sue mentine dalla tasca del camice, offrendomene una. «Alice, fidati, non vorresti saperlo.»

E quindi capisco.

C'entra la sua tremenda ex, Beatrice. Lei era andata a Montréal e aveva imparato un francese perfetto. Lui non avrebbe mai accettato di rimanere indietro, dentro gli sarà montata quella sua solita furia di dover fare sempre meglio e sempre più degli altri. Me lo vedo in edicola a comprarsi le cassette di *Il francese per tutti.* Fatto sta che adesso torna molto molto utile. E pazienza se c'è di mezzo l'infame Beatrice. L'avevo quasi dimenticata. Quasi. Per fortuna, mentre noi eravamo a Washington lei si è trasferita a Milano e ringraziando Dio non ho mai più dovuto rivederla.

«Chiedigli come si chiama il suo dinosauro.»

«Ma che domanda è?»

«Claudio, dobbiamo visitarlo. Anche nelle sue parti intime. Vuoi instaurare un minimo di fiducia con lui?» Deve trovare un po' di buon senso nel mio discorso e mi dà retta.

«*Comment s'appelle ton dinosaure?*»

«Emi.»

Il dinosauro di Emi ha una specie di magliettina a righe. «Digli che adesso devi togliere la maglietta al dinosauro per visitarlo e controllare che stia bene. E poi, se vuole, faremo lo stesso con lui.»

«Alice, che voglia o non voglia, io lo devo fare comunque. È inutile chiederglielo.»

«Con garbo. Con calma. Allora, iniziamo visitando il dinosauro. Poi fai visitare il dinosauro anche a lui. Prendi il fonendoscopio.»

È forse la prima volta in tutti questi anni in cui assumo il comando e lui esegue. Fidandosi. Ci voleva un bambino.

«*Et maintenant on examine ensemble ton ami, ça va?*»

Emi annuisce e gli porge il dinosauro. Claudio gli leva la maglietta e fa finta di visitare il suo pupazzo. Poi lo faccio anche io. E poi anche il bimbo, di buon grado, anzi proprio divertito.

«*Coe!*» pronuncia con una vocina deliziosa.

Claudio interpreta la parola come *encore*, cioè ancora.

«Rifacciamolo, allora» propongo io.

«Alice, si sta facendo tardi.»

«Eddai.»

«*Ça va bien.*»

E di nuovo visitiamo il dinosauro.

Nel frattempo Claudio gli chiede come si chiamano la sua mamma e il suo papà, ma la risposta del bambino è totalmente incomprensibile.

Lo fa salire sulla bilancia e lo pesa, per poi misurare la sua altezza. E fin qui tutto bene. Il problema arriva quando Claudio gli chiede se possiamo visitare anche lui.

«*Est-ce que on peut examiner toi aussi?*»

Emi, o qualunque sia davvero il suo nome, fa segno di no, farfugliando qualcosa che di nuovo non capiamo.

«*Ton cœur?*» Il tuo cuore, sta provando a insistere dolcemente Claudio, mostrandogli lo stetoscopio.

Il bambino si convince e Claudio gli slaccia i ganci della salopette. Partendo dal cuore, con grande delicatezza, porta a compimento la visita. Scorgo in lui un po' di tensione che mi risulta del tutto inedita, un sussulto sottile, una paura strisciante, il timore di rinvenire i segni di qualcosa di detestabile nei confronti della quale dovrà mostrarsi freddo e distante. Qualcosa che per fortuna non c'è. Non c'è niente in Emi che non vada, a parte il fatto che non parla e che è soggetto a momenti di straordinaria serietà.

Terminata la visita, il resto è in discesa. Portiamo Emi in Radiologia per l'esame della mano e del polso e subito dopo raggiungiamo l'Istituto di Neuropsichiatria, dove c'è una collega di nome Chiara già allertata sul caso.

Sottopone il bimbo a un esame neurologico che non rivela nessuna anomalia, ma altro non può fare dal momento che il bambino in effetti non è in grado di rispondere.

«Si chiamano *late talkers*, ossia bambini che a trenta mesi compiuti ancora non parlano. In genere migliorano entro i trentasei mesi e in tal caso li si chiama *late bloomers*, cioè bambini che sbocciano in ritardo. Superati i trentasei mesi potrebbe esserci un disturbo del linguaggio, come anche no. A mio avviso questo bambino ha circa quattro anni e sul piano neurologico sembra a posto. Come pure dal punto di vista audiologico: i potenziali evocati sono a posto, l'ho fatto controllare. Il bambino ci sente perfettamente, quindi il problema del linguaggio non è conseguente a un deficit uditivo. Comunque è da monitorare nel tempo e soprattutto nella sua lingua madre. E sarebbe consigliabile farlo vedere da un logopedista. »

« Okay, Chiara. Ho capito. Mettimi tutto nero su bianco, se ci riesci, entro la prossima settimana. »

« Be', sì, non ci vorrà molto. Ti mando il referto via mail entro venerdì, non preoccuparti. »

Il pancino di Emi intanto emette un brontolio. Chiara gli sorride con tenerezza prendendo dal cassetto un pugnetto di caramelle di cui ha una grande scorta.

« Forse conviene che lo portiate a mangiare qualcosa. »

Claudio guarda l'ora: « A breve verranno a riprenderlo quelli del centro accoglienza ».

Mi rivolgo direttamente a Chiara: « Sì, certo, ma intanto lo portiamo al bar ».

« Ciao, Emi » dice quindi la neuropsichiatra al piccolo, con un cenno universale della mano.

« Ma secondo te si chiama davvero Emi? » le domanda Claudio.

« Non saprei. È una parola che ripete spesso e come risposta a più domande. Ogni bambino ha bisogno di un nome e, dal momento che non c'è di meglio, per ora andrà bene Emi.»

Fuori dall'Istituto di Neuropsichiatria, nel viale alberato che porta al bar del complesso ospedaliero, teniamo Emi ciascuno per una mano. La luce del sole rivela tra i suoi ricci fittissimi l'inaspettato riflesso di un castano caldo, rossastro.

Lui, intanto, è sempre placido e fiducioso. Parlotta da solo nel suo idioma incomprensibile e di tanto in tanto ci rivolge sorrisi pieni di dolcezza.

«*As-tu faim?*» gli chiede Claudio.

Il bimbo annuisce e arrivati al bar indica un gigantesco biscotto occhio di bue pieno di crema alla nocciola. Claudio mi guarda con aria interrogativa e io rispondo: «Senti, non sta a noi fargli educazione alimentare. Questo bambino ne sta già passando tante, che vuoi che gli faccia un biscotto?»

Rassegnato, Claudio ordina il biscotto e dell'acqua e va in cassa a pagare.

Io ed Emi siamo andati a sederci a un tavolino e lui, beneducato, prende posto di fronte a me. Alla radio passano *Jenny from the Block* ed è una canzone che sembra piacergli.

Cerco sul traduttore come chiedergli se conosce questa canzone.

«*Connais-tu cette chanson?*» leggo e pronuncio malamente, e lui risponde «*I*». Forse intende *oui*. È strano, è un tormentone dei primi anni Duemila, non si sentiva in radio da un po' e adesso la stanno riproponendo dopo aver parlato dei rumors sul riavvicinamento tra J.Lo e Ben Affleck.

Claudio gli porta il biscotto e, nonostante sia grande quasi quanto il suo visino, lui lo spazza via in un niente.

Intanto è arrivata Samanta, che aveva già chiamato Claudio per avvisarlo di essere pronta a portare via Emi.

«*Et maintenant, il faut se saluer*» annuncia quindi Claudio. È ora di salutarsi.

Emi obbedisce alzandosi dalla sedia come un soldatino. Credo che in termini di buona educazione mio fratello e mia cognata avrebbero da imparare dai genitori di questo bambino – a parte il fatto che potrebbero averlo abbandonato. Però no, non ha proprio l'aria di un bambino abbandonato. Ha l'aria di un bambino che è stato perso per cause di forza maggiore. Ma se questo è vero, perché nessuno lo sta cercando?

8

Gli ostacoli sono quelle cose spaventose che vedi quando togli gli occhi dalla meta.

Henry Ford

Mia nonna si è appassionata a una serie spagnola ambientata su una nave negli anni Quaranta. È il suo nuovo argomento di conversazione.

« Ma si è fatto complicato e non ho ancora capito se Eva c'ha una cotta per il ladro o è fedele a Nicolás pure se lui c'ha la moglie, *Sciantal*. Comunque, Eva ieri c'aveva un completo con i pantaloni larghi e la camicia di seta che avevo pure io tale e quale e l'avevo comprato a Firenze. Ma io non c'avevo quel bel ragazzo del comandante... »

« Vabbè, nonna, avevi il nonno. »

Segue un silenzio eloquente. « Parlando di cose serie, ti ricordi che venerdì c'ho il *ciecap* dal neurologo? »

« Certo. Ti accompagno io. Nonna, scusa ma devo chiudere subito » le dico quando mi accorgo che nel bar in zona piazzale Prenestino in cui mi sono appostata si è appena presentato il cantante degli Astonishing.

Ma andiamo con ordine.

Il pm che si occupa della morte di Francesca Rebaldi ha escluso connessioni tra il killer casuale di Adeliana Rusu e la ragazza del collegio, anche perché non c'è alcuna traccia del suo sangue sul frontale dell'auto. Il suo alibi peraltro regge, il che ha rimesso in pista un paio di ipotesi di cui non mi viene fatta esplicita menzione, non facendo io stessa parte del team investigativo. Ma nessuno mi vieta di seguire gli Astonishing su Instagram e di scoprire che il talentuoso frontman, il cui vero nome è Federico Bercante, secondo la miglior tradizione della gavetta artistica lavora al bancone di questo bar. Si è infilato in uno sgabuzzino che evidentemente funge da spogliatoio, riemergendo in camicia bianca, pantaloni neri e cappello a bustina gessato.

Non so perché io faccia queste cose. Non mi è chiaro cosa possa suggerirmi scrutarlo a fondo mentre mi serve un cappuccino, a parte dargli la sbagliatissima idea che sia una groupie. E difatti mi rivolge un sorrisetto furbo mentre canticchia a voce bassa *Love Will Tear us Apart* dei Joy Division, che va alla radio in questo momento.

Dopo avermi consegnato la tazza piena fino all'orlo di schiuma di latte, mi porge un cubetto dorato. « Un cioccolatino. Omaggio della casa. »

« Molte grazie. »

« E anche questo è omaggio » dice porgendomi un biglietto per il concerto degli Astonishing di stasera.

« Molto gentile. Io comunque sono già venuta a sentirvi » confesso.

« Mi pareva di averti vista, infatti, ma la sera non

sono proprio attentolucidoeconcentrato.» Parla velocissimo mangiandosi le parole e con un chiaro accento di Roma nord.

«Sì. Quando hai cantato *Canzone per un'amica* di Guccini. È stato molto commovente.»

Il ragazzo abbassa gli occhi e sussurra: «Perché era veramente per un'amica».

«Amica e basta?»

Asciutto, replica con decisione: «No, non era amica e basta».

Vorrei andare un po' più a fondo, ma un cliente portavoce di un gruppetto di persone lo riconduce ai suoi compiti. «*'A Romeo, volemo un caffè. Se po' o te dovemo fa' 'na serenata?*»

«Certo» ribatte Federico con prontezza. Afferra il braccio portafiltro, lo sbatte sul lavello per togliere la polvere inumidita e fa partire la macchina del caffè che ha tutta l'aria di essere un cimelio degli anni Novanta, come molte altre cose in questo bar.

Mi avvicino alla cassa per pagare, non ho altre scuse cui appigliarmi per dargli discorso. Discorso che si è rivelato totalmente inutile, peraltro.

«Un euro e dieci» dice, emettendo lo scontrino. Pago con due euro e gli dico di tenere il resto.

«Vieni stasera?»

«Non credo. Ma grazie dell'invito.»

Lui sembra già distratto da altri pensieri, e nel frattempo dietro di me c'è una ragazza un po' impaziente che deve pagare un Cornetto Algida. Saluto e sfodero le chiavi dell'auto di Claudio. Quando qualcuno (tipo mia madre) mi chiede « Ma perché non vi sposate? » io rispondo che questa chiave è la chiave di tutto. Mette in moto la Ford Mustang che lui ha comprato a Washington – usata, naturalmente –, che importare in Italia ha richiesto un travaglio burocratico non indifferente e molto dispendioso e al volante della quale è più glorioso e tamarro che mai. Affidarmela è la prova d'amore regina, equivale a consegnarmi il suo cuore.

Io la guido molto di rado e come se l'esaminatore della Motorizzazione fosse sempre seduto sul sedile posteriore, e tuttavia, proprio quando sono a un passo dal garage che custodisce la Mustang come un forziere custodisce un tesoro, accade l'irreparabile. Nell'attimo in cui perdo di vista la strada per prendere il telecomando, alla velocità di 20 km/h tampono una Y10 scolorita. La quale a sua volta finisce addosso a un'altra automobile bianca.

« ODDIOMIO!!!! »

Mi precipito fuori dall'abitacolo e controllo la situazione: alla guida della macchinetta che ho tamponato c'è una vecchina minutissima, che scende a sua volta per constatare l'entità del danno.

« Signora, sta bene? »

« Sì, sì, sto bene » risponde, pur molto agitata.

« Ha male al collo? » insisto, pensando alla più tipica conseguenza del tamponamento, e chi lo sa meglio di un medico legale?

« No... Sono solo spaventata. In cinquant'anni di patente non mi è mai successo di essere tamponata.

Ma ragazza mia, ti pare che te ne vai in giro con questo carrarmato? »

Intanto, per fortuna, al carrarmato si è solo ammaccata la targa.

« In verità è del mio fidanzato... »

« Ma tu devi essere autonoma, compratene una come la mia per girare in città. È più comoda e danni non ne fai. »

« In realtà guido talmente poco... » mi giustifico. Non amo guidare, trovo che la strada sia capace di tirare fuori tutto l'egoismo e la prepotenza di cui l'essere umano è capace.

Nel frattempo si è avvicinato anche il signore al volante dell'auto bianca che vuole conto e ragione dalla vecchina e profetizza che sarà la sua assicurazione a pagare lui, non la mia. « Perché se lei avesse mantenuto la distanza di sicurezza, signora, non avrebbe tamponato a catena. »

A quel punto l'anziana ha un malore.

« La accompagno in ospedale? O vado al bar a prenderle dell'acqua e zucchero... o quello che vuole. »

« Ma adesso mi sale il premio dell'assicurazione? »

« Ma no, pago tutto io, non si preoccupi! » la rassicuro.

« Signorina, ha il modulo, quello lì che dobbiamo firmare? » mi domanda intanto il tizio dell'auto bianca. « Io ne ho uno, ne serve un altro. »

« Sì, sì, ovvio. »

E invece ovvio non è, perché nel cruscotto non ve n'è traccia. Allora la signora, moribonda e spazientita, sfodera il proprio – un reperto storico rinsecchito e ingiallito, che io compilo con mano ancora tremante. Maledicendo intanto le mie idee balorde, utili solo a complicarmi la giornata, le emozioni e in definitiva tutta la vita.

« È meglio che io non commenti questa incresciosa vicenda » afferma CC accettando le chiavi che gli porgo un po' mortificata.

« Io te l'ho voluto raccontare, tu non te ne saresti nemmeno accorto » ribatto. Anche perché la minima ammaccatura della targa l'ho fatta aggiustare dal lattoniere prima di rientrare a casa. « Ma non è che adesso alla signora viene qualcosa...? »

« Qualcosa... cosa? » mi interroga, massaggiandosi la fronte.

« Non so, una rottura in due tempi di un vaso sanguigno cervicale... Ti ricordi quando mi capitò il caso della dissezione della carotide in quella ballerina classica? »

« Alice. »

« In ogni caso, ho controllato l'ultimo accesso su WhatsApp. Dato che si collega, c'è da ritenere che sia ancora viva. »

« E comunque ha chiamato la *bambina* carro funebre » considera lui, incredulo, del tutto indifferente all'idea che la signora possa soccombere al tamponamento.

« Carrarmato. »

« Peggio ancora. Con carro funebre, dopotutto, non sarebbe andata molto lontana dalla realtà. »

« Almeno mi ha svelato i misteri di *Alto mare.* » Alla fine l'ho anche accompagnata a casa. Vedova, con tutti i figli che vivono lontani, mi dispiaceva lasciarla da sola. E già che c'ero le ho chiesto se per caso anche lei seguisse *Alto mare* e se avesse capito i passaggi sfuggiti a mia nonna.

« Eh? »

« Niente, lascia stare, non è importante » concludo, prima di accasciarmi sul divano, esausta per aver fatto non so bene nemmeno io che cosa.

Mi focalizzo sul lavoro, quello vero, non l'andare in giro a fare la ficcanaso: occhi bassi sulla tastiera del computer per concludere i due verbali delle autopsie che ho fatto e proseguire con la mia tesi di dottorato. Maggio volge al termine, la luce di fine primavera si sparge morbida in città allungando le giornate e promettendo vacanze che chissà se faremo davvero. Nel frattempo, gli imbianchini tinteggiano le pareti dell'Istituto, che è invaso dall'odore della vernice – e sono l'unica a cui non dispiace, mi dà sempre l'illusione del nuovo.

Teresa si affaccia alla porta della mia stanza e noto che ha sbottonato il camice su un bell'abitino blu e beige. « Alice? C'è un ragazzo che ti cerca. »

« Chi è? Uno studente? »

« Lo spero proprio! » risponde lei, con fare complice. « Dice di chiamarsi Federico. »

Ho un po' di cardiopalmo premonitore. « Fallo entrare. »

Ed ecco materializzarsi Federico Bercante, che – più tempestoso di Heathcliff – mi punta addosso uno sguardo di fuoco. Mi alzo dalla postazione per chiudere la porta personalmente, pronta a un inevitabile confronto diretto.

« Lei ha fatto l'autopsia di Francesca. » Beccata!

« Sì. »

« Perché è venuta al concerto e poi al bar? Guardi che lo so che non è una poliziotta. Non mi dica che era un caso, perché non sono stupido. »

« Ho intuito che per Francesca eri importante, volevo capire qualcosa di più. Vedi, per me... è un modo per dare un senso alla morte. »

Federico ha un'espressione sconcertata.

« Ma la morte non ha senso. »

« Quella di Francesca, no. Hai ragione. »

« Si rende conto che questa cosa è *creepy*? » Federico Bercante sa bene cosa farsene della sfrontatezza dei suoi vent'anni.

« Sì, forse vista dal di fuori lo è. Mi dispiace se ti ha turbato. Ma era anche il modo per trascorrere una serata ascoltando della buona musica. E questo non è *creepy*. »

Il mio tentativo di normalizzare la situazione non va in porto, tant'è che lui mi parla addosso con il fuoco dentro.

« Non l'ho messa sotto io con la macchina. Chiaro? Bene che lo sai tu e che lo sa anche la polizia, alla quale l'ho pure detto macosìglielodicidinuovo. » Torna a mangiarsi le parole e a parlare tutto d'un fiato, attraversato da una scossa di indignazione.

« Okay. Chiaro. »

Silenzio, che adesso lui non sa come riempire: meglio un'uscita a effetto senza salutare oppure un quieto rientro nei ranghi con un commiato urbano?

« Okay » ripete quindi, annuendo con convinzione, come a darsi ragione da solo. E infine: « Arrivederci ».

« Ciao, Federico. »

E così se ne va via, e poco dopo, quando mi affaccio alla finestra della mia stanza, vedo che qualcuno lo sta aspettando sotto. Una ragazza dai lunghi capelli scuri che sembra proprio Isabella, la più cara amica di Francesca Rebaldi.

9

Esistono anche segreti che nascondono altri segreti.

Agatha Christie

L'Isola Tiberina, lunga trecento metri e larga novanta, è l'isola più piccola al mondo. È storicamente un luogo di accoglienza per i malati, dai tempi in cui ancora si credeva nel dio Esculapio, un luogo in cui trovare riparo dalle epidemie e dalle pestilenze. Non mi sorprende del tutto quindi che il Centro Accoglienza Fraternidad abbia sede proprio qui.

Ho chiamato il numero che ho trovato su Google e ho chiesto di Samanta.

« Emi è ancora qui, non abbiamo nessuna novità. È passata più di una settimana ormai. Fargli una visita? Ma certo! Ogni pomeriggio, quando vuole! »

Stavolta prendo i mezzi, non mi va proprio di rimettermi al volante della Mustang. A Claudio dico che andrò a fare una passeggiata sugli argini dell'Isola, raccontando alla mia coscienza che così è un segreto solo a metà. Lui è presissimo da una conversazione al telefono e con la mano mi fa il gesto di aver capito e subito dopo il cenno di un saluto.

La strada non è lunga da percorrere e vale sempre la pena attraversare il Ponte Fabricio, specie quando è avvolto da questa luce gentile delle cinque del pomeriggio e le rapide del Tevere scrosciano al di sotto, facendo divertire i canottieri.

Non si impiega molto tempo a raggiungere la chiesa di San Bartolomeo, accanto a cui si trova il Centro Fraternidad, che ospita soltanto mamme con bambini o bambini privi di genitori, venti persone in tutto.

Samanta mi viene incontro tenendo per mano Emi. Il bambino ha un'aria che nessun bambino dovrebbe mai avere. Perché i bambini possono essere tristi per cose che noi adulti non possiamo più comprendere, ma il senso di malinconia è qualcosa di diverso e chiede conto dell'ingiustizia del mondo.

Ha con sé il suo dinosauro, e un timido sorriso rischiara la sua cupezza quando vede che ho con me un regalo. Tutti i bambini amano i regali e io amo vedere l'aspettativa che li accende, la gioia che li arde, bruciando velocissima. Gli ho portato degli Smarties e un trattore giocattolo che mi ha consigliato la commessa del negozio, dice che tra i maschietti fanno furore, chissà se lo saprò mai anche io quello che fa furore.

Senza Claudio che fa da interprete è un po' più difficile parlare con lui, ma non mi perdo d'animo e affido al traduttore online le mie domande, tra cui anche se gli manca la sua mamma.

Emi scuote il capo. Che strano.

« E il tuo papà? »

Lui stavolta annuisce.

Samanta interviene liberamente, sapendo che il

bambino non capisce l'italiano. « Abbiamo motivo di credere che Emi sia orfano di madre, a giudicare da quanto l'interprete è riuscito a carpire dalle sue mezze risposte. »

« Ma davvero nessuno lo sta cercando? »

« Se lo stanno cercando, certamente non è nel modo giusto. Intanto lo abbiamo inserito in un asilo qui in zona, dove pranza e trascorre la mattina. Di pomeriggio sta con me o con la mia collega Anja, e poi lo mettiamo a letto per le otto. Mi si spezza il cuore per quanto è dolce e buono questo bambino. »

« Chi finanzia questa Onlus? » le chiedo, per curiosità.

« I fondi arrivano dal ministero del Lavoro e delle Politiche Sociali e da qualche privato. Ogni tanto per iniziative particolari lanciamo qualche crowdfunding, la gente risponde sempre con molto cuore. Ora per esempio ne vogliamo lanciare uno per pagargli un po' di logopedia, anche se c'è il problema della lingua. Io il francese non lo parlo, Anja un po' sì, ma per fortuna i bambini imparano in fretta. Emi sta già familiarizzando con l'italiano. »

Tra una chiacchiera e l'altra facciamo saltare Emi tenendolo una per una mano, una per l'altra, come facevano mia madre e mia nonna con me, ancora me lo ricordo, dicendo: « Passeggiamo che il lupo non c'è! »

Lui si diverte un mondo, ride e tra le risa fa gridolini di entusiasmo, poi lascia le mani e va a correre intorno al monumento reggicroce con i quattro santi.

« È bello che tu e il dottor Conforti abbiate preso a cuore Emi » considera intanto Samanta, senza perdere mai d'occhio il piccolino.

« Be', è un caso molto particolare e a volte si sente di dover fare qualcosa di più. »

« Devo dirti che non lo fanno in tanti. Sono rimasta veramente stupita quando l'ho visto, l'altro giorno, e oggi tu... »

Un momento. Chi ha visto? « Intendi il dottor Conforti? »

« Sì, sì, è venuto anche lui, mercoledì scorso, mi pare che fosse. »

Ah. Allora non sono la sola colpevole di piccole grandi omissioni.

« E... Perché è venuto? »

« A trovare Emi, anche lui » risponde Samanta, un po' perplessa.

« Non per questioni mediche? »

« No, no. Emi sta benissimo. » Samanta guarda l'ora. « Adesso devo lavarlo e poi prepararlo per la cena. »

« Certo, certo. »

« Se ti va di tornare, fallo pure quando vuoi! L'ho detto anche al dottor Conforti. »

« Senz'altro » rispondo, visualizzando per un momento come sarebbe venire qui insieme a lui, giocando a carte scoperte e senza nasconderci le cose, come farebbe una coppia normale, insomma, se non fosse per il fatto che tra noi si frappone ancora, di tanto in tanto, qualcosa di insoluto.

Saluto Emi con un cenno della mano, ma lui corre fino a darmi un abbraccio che mi leva il respiro, e non perché sia troppo stretto. Poi, quando lui e Samanta sono già di spalle e io mi sto avviando verso il Ponte Cestio, mi accorgo che, con le braccia conserte e l'espressione che dice « a me non la fai », impettito di fronte a me, stagliato controluce, bello un po' più del solito – e mi sembra anche di amarlo, un po' più del solito – qui di fronte a me c'è Claudio.

« Ma non è che mi geolocalizzi dal telefono? »

« A parte che l'Isola è uno sputo e trovare qualcuno che ti dice di essere qui non è 'sta gran impresa. Comunque ho fatto due più due. Isola Tiberina più te. Il risultato non poteva che essere Emi. »

« D'altra parte, anche tu sei stato qui, non più tardi di qualche giorno fa. »

Guarda dritto davanti a sé, mentre cammina con le mani nelle tasche. « Non lo negherò. »

« Ma perché non me lo hai detto? »

« Per lo stesso motivo per cui anche tu non dici molte cose a me. Inclusa questa. »

« Mantenere private certe zone del cuore è fisiologico. »

Aggrotta la fronte con aria sarcastica, per poi dire: « Concordo. E dunque siamo pari ».

« Al di là di tutto, voglio dirti che sono piacevolmente sorpresa che tu sia venuto a trovare Emi. »

Abbassa gli occhi. « Una debolezza. »

« Non sminuire il tuo gesto. »

« Andiamo a casa, dai. »

« Stavo pensando che dovremmo andare un po' più spesso a trovare i tuoi. Tuo fratello Giacomo è sempre via, tua cognata e la bambina stanno in un'altra città... non hanno che te e peraltro non ti hanno visto per due anni. »

« Appunto, ci sono abituati. »

« Guardando Emi, che non avrebbe bisogno di altro se non di due genitori, mi è venuto in mente che chi invece i genitori li ha ancora ha un lusso, e non lo sa. »

« Allora domenica ce ne andiamo dai miei » dice cingendomi le spalle con un braccio.

Claudio ha messo un'ampia distanza tra sé e l'ambiente da cui proviene. Non l'ha fatto per snobismo, o ingratitudine, o perché voglia rinnegare le proprie origini. Sembra piuttosto non avere molto interesse a ricordarsene, e ogni tanto va spronato a farlo. Che poi i suoi sono persone simpatiche e accoglienti, hanno il solo difetto di chiedere un po' troppo spesso: « *Quanno ce fate un nipotino?* »

E non è proprio la domanda giusta da rivolgerci, per adesso.

10

Nulla di ciò che puoi dirmi sulla mente umana riuscirà mai a stupirmi o a sorprendermi.

Agatha Christie

È il primo giugno e fa caldo come se fosse Ferragosto, ma nulla mi tocca: meno di dieci giorni e me ne vado a Parigi con Claudio! Gli lascio liberi i giorni delle due finali del Roland Garros, ma al di fuori di questo ho già stilato un programmino con tutte le cose da fare per una gita strepitosa con *highlights* tutti miei, tipo: pranzo a base di sandwich e Pringles alla caffetteria del Louvre, quella affacciata sulla Piramide; passeggiata notturna sul Ponte Alessandro III per sentirsi un po' in *Midnight in Paris*; giretto sul carosello quando ne troviamo uno e, infine, giro al Ritz Club Paris con bagno nella piscina di acqua turchese – ho già prenotato – e mi immagino lì con turbante in testa e flûte di bollicine in mano... Ma mentre sogno squilla il telefono ed è Calligaris. Proprio oggi ho depositato le perizie su Francesca Rebaldi e Adeliana Rusu, e se da un lato il caso della sciagurata ragazza moldava è pressoché chiuso, dall'altro quello di Francesca resta un rebus.

« Passi in avanti? Passi in avanti... » dice lui ripetendo la mia domanda « ... pochi. C'è una cosa che abbiamo scoperto e che ci ha lasciati abbastanza perplessi, ma che non sembra aver niente a che vedere con l'incidente di Francesca, in concreto.»

Dal telefono sento la macchinetta del caffè del suo ufficio che nel frattempo ha iniziato a ronzare erogando probabilmente il suo solito beverone lungo con cinque palline di zucchero.

«E cioè?»

«Riguarda una sua amica, o presunta tale.»

«Isabella?»

«Isabella Adrano, sì. Meglio che non ti chieda come sai il suo nome.»

«Al solito modo, vicequestore. Un po' di tempo perso sui social.»

«Ti ricordi quando ti ho detto che Francesca era stata aggredita da vari hater dopo un suo tweet in merito agli sbarchi a Lampedusa?»

«Come no. Ricordo. Ma c'è da aspettarselo, è una cosa abbastanza frequente su Twitter, specie su argomenti di questo tipo.»

«Ecco. Però alcuni sono hater veri, con profili rintracciabili. Gente con poco cervello che non sa esternare educatamente le proprie opinioni, ma che almeno non si nasconde dietro false identità. Non sono tutti troll, insomma. Ma un paio di profili sembravano essere stati creati ad hoc. Livorosi e cattivi. Ebbene, è stata Isabella Adrano a creare quegli account e, probabilmente, a scrivere quelle ingiurie.»

Trasecolo. «La sua amica del cuore? Quella che si

sprecò in elogi e dolore alla fiaccolata?» Allora è vero che nella vita non ci si può fidare quasi di nessuno. Che cuore nero si nasconde nel petto di quella ragazza.

«C'era anche un mio agente in borghese alla fiaccolata. E mi ha riferito della parte recitata dalla Adrano. Mi chiedo che l'ho mandato a fare, pagando pure gli straordinari, quando ho te che fai le stesse cose senza nemmeno essere imbeccata.»

«Ma il punto è perché la odiava tanto da volerla ferire in maniera così subdola?»

«Invidia? Gelosia? Propendo per una delle due, o entrambe. L'abbiamo interrogata, la signorina. Io e Vattimo. E per spaventarla ho fatto passare per caso anche il pm. Ma quella è un pezzo di ghiaccio.»

«Chi, Vattimo?»

«No, no, la Adrano. Anche se pure Sofia non scherza, ed è per questo che l'ho fatta intervenire, per spiazzarla. Così magari la Adrano si sentiva a proprio agio a parlare con una ragazza, quando invece Vattimo è più carogna di me. Comunque, Isabella nega, dice che le hanno rubato l'identità e che lei non c'entra nulla. Le abbiamo detto che è inutile imbrogliare, al limite ci fa perdere un po' di tempo ma prima o poi i nodi vengono al pettine. Non ha un'auto, ma in compenso non ha nemmeno un alibi valido: dice che era nella sua stanza a studiare per un esame. Forse per tutte queste ragioni, a parte la questione dei social, ha collaborato in maniera encomiabile: ci ha dato spontaneamente il suo cellulare e non ci sono tracce che lascino pensare a contatti ambigui, come se avesse incaricato qualcuno di farlo per conto suo. Anche i movimenti bancari, ci ha fornito. Non ha fatto prelievi che inducano a pensare che possa aver pagato qualcuno per investire la Rebaldi. »

« D'accordo, dottore, però i contanti può averli ricavati anche vendendo una medaglietta d'oro del battesimo o della comunione. E quelli non li si vede mica, sul conto corrente. »

« Però a chi compra oro devi lasciare la carta d'identità. Se non lo sai te lo dico io. E non le sarebbe convenuto lasciare una traccia del genere. La Adrano mi sembra abbastanza furba da prevederlo e tenerlo in considerazione. Tra l'altro, una con il precedente delle minacce, perfettamente rintracciabile e ancora recente, ci pensa due volte prima di passare alle vie di fatto, non credi? »

« E la gelosia? Forse c'entra Federico Bercante? »

« Eh sì, c'entra. Era un triangolo neanche troppo originale. Isabella è innamorata di Federico, che a sua volta è innamorato di Francesca, che però non lo ricambiava. »

Quest'affermazione mi coglie piuttosto di sorpresa. « No? »

« No. Non stavano insieme. Bercante così dice, e i messaggi che lui e Francesca scambiavano via WhatsApp lo confermano. Il ragazzo era disperatamente innamorato, roba alla giovane Werther. »

« E Federico potrebbe averla investita? »

« Lui ha un alibi, era all'università. Studia Lettere e Filosofia ma sono sicuro che questo lo sapevi già. È uno studente piuttosto incostante, è indietro di un paio d'anni con gli esami, però quel giorno all'ora dell'incidente è stato avvistato all'università da una persona. Peraltro, per quel che vale, Federico non ha un'auto. »

« Be', dottore, le possibilità sono virtualmente infinite... Potrebbe averla noleggiata, o chiesta in prestito a un amico... »

« O rubata... »

« Ecco, rubata... »

« No, Alice, nessuna di queste, per quanto ci risulta. »

« Per il resto? »

« Non c'è un resto. »

« Altra gente che avrebbe avuto motivo di desiderare la morte di Francesca? Un altro innamorato respinto? »

« Oltre a Bercante, nessuno. »

« Fidanzato? O fidanzata? »

« Zero. »

« Dottore, adesso la devo lasciare » dico, vedendo affacciarsi alla mia stanza Lara, Erica e Paolone. « Ci sentiamo se ci sono novità. »

Lara avanza guardandomi con occhi sgranati. « Lo hai visto? »

« Ma chi? » le chiedo, cadendo dalle nuvole.

« Come chi! Ha avuto l'ardire di presentarsi qui! »

« *Cosa tinta* » commenta Paolone, indignato.

« Chi??? » insisto.

« Ciminna. »

Impallidisco per interposta persona. « Gesummaria. E che è venuto a fare? »

« A parlare con il direttore di dipartimento. »

« Ma che sfrontatezza. Sono scandalizzata. Si può fare? »

« Tutto si può fare » replica Lara sollevando le spalle. « E volendo essere equi, presentarsi non è illegale. Comunque pare la Morte, gli manca solo la falce. »

Mi chiedo se Claudio lo sappia e mi affaccio in corridoio per captare gli umori, rimanendo a dir poco sorpresa di vederli insieme, Claudio con Ciminna in completo beige e camicia salmone, dirigersi verso la porta a doppio battente dell'Istituto.

Con uno stacco di coscia mi precipito verso di loro, rallentando solo in prossimità giusto per non farla troppo sfacciata.

« Ciao, Claudio! » esclamo, tutta spumeggiante, come se stamattina non lo avessi ancora visto.

« Alice? » Ciminna mi sorride, poi guarda Claudio, che si vede costretto a presentarmi. « Ferdinando, una nostra dottoranda. Alice Allevi. »

« Ah, è lei che è venuta con te a Washington? »

« Esattamente » ribatto io, che al solo nominare Washington mi gaso sempre. È evidente che Ciminna ignora che per Claudio non sono solo una dottoranda, ma non sarò io di certo a introdurre l'argomento. « Lieta di conoscerla, professore. »

« Tutte ragazze, qui a Roma, chissà come mai! »

Claudio adotta un'espressione cui manca solo l'aureola dorata di un santo martire, ma non commenta.

« Si deve ristabilire un po' di parità. Le chiameremo le quote azzurre. » Non si capisce se Ciminna scherzi o no. Apparentemente, no.

« Ma se siamo più brave... » mi ergo io a difensore della categoria.

« Lo so, lo so. » Ammicca a Claudio in odore di goliardia, glissando rapidamente su di me e ignorandomi del tutto quando gli dice: « Che facciamo, noi due andiamo? Gli altri sono già lì? »

Credo alluda alla Wally e ad Anceschi.

Sarebbe stato divertente unirmi giusto per stargli sul groppone e metterlo un po' a disagio, non mi ci dovrei nemmeno impegnare.

E invece me ne torno nella mia stanza, tempestando Claudio di messaggi secondo me spiritosi del genere « non gli avvelenare il caffè », che lui legge ma a cui non risponde. Non lo vedo fino alle due, quando si manifesta alla porta con un debole colpetto di nocche.

« Ti davo per disperso » gli dico, uno sguardo rapido al telefono.

« Abbi pazienza. Io ho dovuto averne molta. »

« Povero amore mio. Ma che voleva quel subdolo? »

« Secondo te cosa voleva? »

« Domanda sciocca. Vero. Non credevo facesse sul serio. »

« Io sì. È più che serio, direi molto determinato. »

« Ma in facoltà che aria tira? »

Una ruga sulla sua fronte si fa un po' più profonda. « Scopa nuova scopa bene, si dice. »

« Ma la scopa vecchia conosce gli angoli... »

« Giusta osservazione. »

« Non ci pensiamo. Io ho fatto un programmino per Parigi... »

« A proposito di Parigi... » mi interrompe con tono dolente e io già prevedo dove andrà a parare. « Ascolta, credo sia meglio rinviare. »

« Ma abbiamo già i biglietti dell'aereo... »

« Li avevamo presi a quattro soldi. Pazienza. »

« Ma perché? »

« Voglio finire il lavoro su microRNA e morte improvvisa. »

« Claudio, non riusciresti comunque a pubblicarlo prima del concorso. Non per portarti sfiga, eh. »

« Però potrei riuscire a farlo accettare prima di luglio e potrei esporlo al concorso. »

« Ma che ti cambia un weekend? E su... »

Si fa perentorio. « Cambia. Quando il gioco si fa duro, i duri iniziano a giocare » recita con voce impostata, che a dispetto della situazione è persino un po' buffa.

« Okay, certo. »

Poiché spero di aver compiuto l'upgrade da fidanzatina del liceo a compagna di vita, cerco di non fargli intendere che ci sto rimanendo male. D'altra parte, questa storia del concorso per lui è cruciale e io l'ho sempre saputo. Anche se mi tira un bidone storico, non faccio una piega. Anzi, nel pomeriggio vado in libreria a comprargli *L'arte della guerra* di Sun Tzu – di guerra si tratta, tra lui e Ciminna – e glielo faccio trovare a tavola per cena, in bella vista accanto alle posate.

In compenso, per farsi perdonare, Claudio si accolla suo malgrado e senza capricci il matrimonio di Cordelia.

La location gli va a genio: il posto è a venti minuti da casa, di fianco al Gianicolo, una villa storica in quello che era un enorme vigneto da cui si gode di una vista spettacolare sulla basilica di San Pietro. Tutto molto comodo anche perché la cerimonia civile si tiene direttamente qui. Chiunque abbia conosciuto il Supremo, il padre di Cordelia nonché per decenni il Grande Capo dell'Istituto e maestro di Claudio, non può che rimpiangere la sua assenza. Sarebbe stato elegante e orgoglioso, al fianco della figlia minore, la scavezzacollo che lo ha sempre fatto tribolare. Sarebbe felice di sapere che proprio lei, che ha vissuto la propria fragilità venendone spesso sopraffatta, ha trovato la stabilità o quel che più le somiglia. Davanti allo sposo e al funzionario che celebrerà il matrimonio civile l'accompagnerà uno dei fratelli maggiori, quelli nati dalle prime nozze quando il Supremo viveva in Inghilterra. In effetti sono presenti tutte le ex signore Malcomess, una curiosa rimpatriata del club delle prime mogli, che fanno a gara a chi è invecchiata meglio. Tutte meno Ludovica, la quarta, che venne lasciata per la seconda in un tardivo ripensamento e che comunque Cordelia non ha mai sopportato.

Accanto a me si staglia statuario Arthur, che ogni tanto sbircio con interesse, quell'interesse ozioso che pesca nel lago in cui sguazzano i *se*. Se Arthur non si fosse preso una cotta per Saadia... O meglio, se io non gli avessi detto che era meglio troncare, dato che lui aveva una cotta per Saadia e io una per CC di cui ero cosciente solo in parte. Ci saremmo finiti davvero sull'altare, dato che i progetti di matrimonio erano già avviati? Ah, i se. Che invenzione inutile e al contempo suggestiva. E per quanto Arthur possa essere spaventosamente attraente e avere dei modi affascinanti e amabili – quelli di sempre – io non sono attraversata da brividi di rimpianto. Guardarlo di sottecchi è più curiosità che nostalgia. È un bagno nelle acque del passato, che ogni tanto fa anche bene al presente.

Poco prima che inizi la cerimonia scambiamo due parole, in uno stato di assoluto imbarazzo – noto che Saadia, seduta in prima fila accanto al loro bel bambino di nome Sami, mi manda occhiate che sono saette. Mi chiede se il ritorno da Washington è definitivo, gli dico di sì – anche se a questo punto boh? Se Ciminna vince il concorso mi sa che torniamo lì e stavolta per sempre. Di lui so già che vive ancora a Cipro ma chiederglielo è sufficientemente insipido, è una di quelle domande che vanno bene tra ex.

« Ti trovo benissimo » aggiunge lui, sempre in territorio neutrale.

« Grazie » rispondo, e sono ben felice di aver tirato fuori dall'armadio lo Schiaparelli, l'abito pagato con i risparmi di una vita che si è sempre rivelato un ottimo investimento: non ho più dovuto comprarne altri, perché non ne esistono di più belli.

Non c'è tempo per dirsi altro – per fortuna, aggiungo – perché il quartetto d'archi scelto da Cordelia ha iniziato a suonare *Here, There and Everywhere* dei Beatles, facendo vibrare le corde con i loro archetti e regalandone una versione vagamente ottocentesca ma altresì moderna ed emozionante.

Il rito è rapido, ma la cerimonia non si esaurisce presto. Prima c'è il discorso del fratello dello sposo, che volutamente ricalca all'inizio quello di Hugh Grant in *Quattro matrimoni e un funerale*, e infatti il quartetto non si lascia scappare l'assist e improvvisa *Love Is All Around*; poi è la volta del mio – e quando si tratta di parlare in pubblico io do sempre, ineluttabilmente, il mio peggio. Vorrei essere brillante e spiritosa, ma faccio pena – mi resta il dubbio che se fossi partita dal modo in cui Cordelia ha cercato di conquistare lo sposo, cioè presentandosi ripetutamente alla sua farmacia chiedendo il Carbogas, magari qualcuno avrebbe riso. Il resto della festa si svolge all'insegna di un clima divertito e rilassato, con buona musica e buon cibo. Solo a tarda notte, dopo la torta, quando sono al banchetto dei dolci a rimpinzarmi senza ritegno alcuno di confetti farciti con ricotta e pera snobbando quelli vegani, vedendo Saadia di profilo mi accorgo a) che non porta reggiseno b) della rotondità della sua pancia, ben camuffata da un abito largo color smeraldo. O ha la classica colite delle grandi occasioni o è incinta, e opterei per la seconda. Alle Saadia di questo mondo non viene la colite, né la stasi linfatica, né le emorroidi...

« Alice, che cazzo!!! » sento dire da Claudio, mentre sono imbambolata a fissarla.

« Che c'è? »

« La sciarpa! » e senza spiegarsi meglio mi versa dell'acqua addosso direttamente dalla bottiglia di vetro.

Per fortuna lo Schiaparelli è rimasto intatto, ma in effetti la sciarpetta di poliestere finta seta ha preso fuoco. Perché troppo vicina a un candeliere messo lì per far eleganza, o forse perché troppo vicina al mio cuore, in cui sta divampando un incendio alimentato da vari sentimenti e non tutti nobili, ahimè.

11

Un terreno difficile è bene attraversarlo velocemente.

Sun Tzu

La targa d'ottone del dottor Andrea Tabucchi luccica al riflesso del sole in questa larga strada lastricata da sanpietrini vicina alla chiesa di Santo Stanislao dei Polacchi.

Mi è stato consigliato da mia cognata Alessandra, che è una pediatra e a sua volta ne ha sentito parlare dalle mamme dei suoi piccoli pazienti. Dice che ha una gran reputazione e che sì, è un po' caro, ma non ci sono mani migliori cui affidarsi.

Sono da sola e ho con me tutti gli esami che Claudio e io abbiamo già fatto negli USA; c'è molto da aspettare, ma quando mi conviene io ho pazienza. In sala d'attesa è allestito un angolo con bollitore e un'ampia scelta di tè e tisane, più biscottini integrali e altri senza glutine, e in filodiffusione musica di Devendra Banhart.

... Pensando cada día, cada hora pensando en ti...

Dopo circa tre quarti d'ora la segretaria mi fa entrare nello studio di Tabucchi, e io sento il cuore fremere come se ne andasse della mia stessa vita.

« Allora, signorina Allevi. Cosa posso fare per lei? » esordisce lui, con tono rassicurante.

Vado subito al sodo, spiegandogli che sono quasi due anni che provo a restare incinta senza riuscirci. Gli parlo dell'aborto conseguito all'incidente, e lui dice che a suo parere quest'ultimo potrebbe aver avuto un ruolo favorente, ma che in realtà è possibile che avrei abortito anche senza. Infine gli porgo i referti americani, tutti gli esami del sangue, gli esami di Claudio e l'esame della permeabilità delle mie tube.

Introduce le sue opinioni con tono molto pacato, mentre sfoglia con attenzione le carte, alternando un'occhiata a loro e una a me. « Questo che avete fatto in America è un workup di primo livello della coppia infertile, e non mi sembra rivelare elementi di allarme. Anche la riserva ovarica sembra buona. Ma poiché è trascorso altro tempo è plausibile che sia sfuggito qualcosa, o che la situazione sia cambiata disvelando alterazioni prima non rilevabili. Posso chiederle come mai è da sola? »

« Perché questa prima conversazione... È una mia idea. »

« Non condivisa dal suo compagno, o marito? »

« Non è questo, è solo che preferirei raccogliere degli elementi prima di parlargliene. »

« Be', gli elementi sono da ricostruire. Alcuni degli esami sono da ripetere. »

« Anche quelli di Claudio? »

Intuendo la mia riluttanza a coinvolgerlo in questa

fase, Tabucchi mi rassicura. « No, partiamo solo con i suoi. E intanto iniziamo dall'ecografia » dice mettendosi in piedi e facendomi cenno di raggiungere il lettino posto accanto al suo macchinario di ultima generazione. Prima mi visita, poi poggia la sonda sul basso ventre. Studia le mie ovaie, l'utero, sempre pensosamente, e di tanto in tanto cerca di coinvolgermi nelle sue considerazioni.

« L'aspetto delle ovaie mi suggerisce una possibilità tutta da verificare, e cioè la presenza di cicli anovulatori. »

« Ma perché non dovrei ovulare? »

« Ci sono molte cause possibili. Ma non mettiamo il carro davanti ai buoi, Alice. Procediamo a piccoli passi. » Ha concluso l'esame, mi porge della carta assorbente e si dirige alla scrivania.

Prende la penna e sbarra su un foglio prestampato tutti gli ormoni che dovrò dosare.

« Quando ha i risultati, fissi un nuovo appuntamento spiegando la situazione alla segretaria, così potrà inserirla il più presto possibile. Okay? »

« Okay » dico, con voce malferma.

« So che glielo avranno detto anche in America. Forse glielo dice chiunque, anche il suo compagno, anche le sue amiche. Ma glielo ripeterò. Eviti di bombardarsi la mente con brutti pensieri. »

« Ci proverò. »

« Non sottovaluti il blocco psicologico. Giochi dalla sua parte, e non contro se stessa. »

Magari lo dice a tutte, ma certamente con me ci ha preso.

Mentre le cicale friniscono senza sosta fuori dalla finestra, io sorseggio un tè freddo e lavoro alla tesi, ma dopo un po', quando sento il mio cervellino fumare di noia, mi metto su Internet per carpire qui e là qualche informazione su Isabella Adrano.

Ventitré anni, di famiglia di remote origini siciliane ma da generazioni impiantata a Rovereto, Isabella è laureanda in lingua inglese in Economics & Business. Anche lei risiede al Collegio Beata Dorotea Paoletti, presumo pagando la propria retta per intero, dato che i suoi genitori commerciano legname e sembrano molto prosperi. Le foto di Isabella esprimono una fisicità intensa e gran carattere, sarà per via dei lineamenti da fascinosa gitana, le sopracciglia ad ala di falco che le conferiscono un'aria severa, un po' giudicante. Scorrendo il suo feed su Instagram sono incuriosita dalle sue foto, tutte molto colorate e accese – secondo me usa sempre il filtro Clarendon. Ha viaggiato tanto e nei suoi scatti c'è spesso anche Francesca. Stento a credere che questa ragazza possa aver studiato un modo così codardo e infame per ferire la sua amica come creare profili falsi su Twitter per insultarla e minacciarla.

«Andiamo all'Isola Tiberina?» se ne esce Claudio, a sorpresa, affacciandosi alla porta della mia stanza.

«A far che?»

«Andiamo in canotto sulle cascatelle. A far che, Alice?»

«Visita a Emi?»

«Visita a Emi.»

Non me lo faccio ripetere due volte e mi alzo in piedi, abbassando il monitor del pc senza tanti complimenti. «Ci sto.» Chi se la lascia scappare questa botta di empatia del dottor Conforti?

L'appuntamento con Samanta è sul retro della chiesa di San Bartolomeo e lei è un po' in ritardo. Ci sono diversi canoisti che sobbalzano sulle rapide del Tevere schiamazzando in allegria. Io e Claudio li osserviamo, silenziosi.

«Dev'essere divertente. Potremmo farlo davvero» butto lì, gli occhi ancora fissi sul fiume. Lui inarca un sopracciglio e sta per ribattere, ma poi alle nostre spalle sentiamo la voce di Samanta. Emi ha un berretto con la visiera e saltella spensierato; ormai ci riconosce e ci riserva un ampio sorriso. Il viso di Claudio in sua presenza cambia un po', assorbe gaiezza e la rimanda indietro. Si china per essere alla stessa altezza di Emi e gli batte il cinque, il piccolo si inorgoglisce a sentirsi trattato come un adulto.

Samanta mi mostra alcuni fogli che ha portato con sé. Sono i disegni di Emi. Non è la prima volta che ne vedo uno, perché anche Chiara, la neuropsichiatra con cui Claudio è in collegio per stabilire l'età del bambino, gli ha chiesto di disegnare considerandolo un parametro utile a definire la sua età insieme a vari altri elementi. In tutti i disegni, Emi si raffigura accanto a un adulto; Samanta mi riferisce che, quando gli chiedono se è il suo papà, il piccolo risponde di sì.

« Abbiamo cercato di ricostruire la sua storia attraverso i suoi disegni. Per esempio gli abbiamo chiesto di disegnare dove vive, e anche dove lavora il suo papà » prosegue Samanta, passandomi i fogli, « ma sono troppo confusionari per estrapolare elementi concreti. » E non posso darle torto: i colori sono utilizzati in maniera esplosiva e senza troppa coerenza.

Nel frattempo, davanti a noi, Emi ha preso la mano di Claudio e questo attira la mia attenzione distogliendomi dai disegni, perché è un'immagine bella al punto da farmi venire voglia di rubare una foto. Ho imbarazzo a farlo per via di Samanta, ma poi vinco la ritrosia e il rumore dell'otturatore mi consegna in forma tangibile questo ricordo prezioso. A Samanta scappa un sorriso e sta per mettere via i disegni, quando le chiedo di porgermeli per poterli guardare ancora e capire attraverso queste tracce quale fosse la vita passata di Emi. E c'è una cosa che in effetti attira la mia attenzione. Nei disegni, Emi colora se stesso di verde. Forse si vede come una specie di mostriciattolo verde? O come un alieno? Però la cosa è ricorrente. Altre volte si disegna tutto rosso. Fa un po' impressione ma insomma, i bambini vedono il mondo a colori, con tanta fantasia e creatività... Però, il prato colorato di rosso?

Rifletto. Il cielo è correttamente azzurro. Sono verde e rosso che spesso non sono al loro posto.

Emi è daltonico?

«Claudio!» Si gira, e il bambino con lui.

«Che c'è?»

Prendo dalla borsa un tubetto di Smarties che avevo portato con me, da dare a Emi come regalino prima di andare via. Lo apro e ne verso un po' sulla mano, allontanando di proposito quelli verdi.

«Io penso che il bambino sia daltonico» annuncio, turbata. «Vi risulta?» chiedo poi a Samanta.

«In verità non lo sappiamo... Cioè, abbiamo notato che i suoi disegni a volte sono un po' strani ma... ecco, ne vediamo talmente tante di cose strane...»

Claudio per conto suo non mi chiede altre spiegazioni e la prendo come una dimostrazione di fiducia.

«Chiedigli di prendere uno Smartie verde» gli dico, guardandolo negli occhi, tesa perché mille cose mi stanno passando per la mente.

«Emi, *prends la smartie verte, s'il te plaît.*»

Il bambino lo guarda con occhi sgranati, poi guarda me e poi la mano, piena di piccoli sassolini colorati. Infine, prende un confettino giallo.

12

Vengo da un paese, il più ricco del pianeta, eppure il suo popolo è tra i più poveri al mondo.

Denis Mukwege, premio Nobel per la pace 2018

Lieta di essere stata posta su un davanzale meno assolato, la Maranta Leuconeura ha allargato le foglie verdi e rosa consentendomi di innaffiarla più agevolmente. Mentre lo faccio, penso e ripenso, così concentrata che l'acqua deborda dal vaso.

« Mi imbatto per ragioni diverse in due soggetti daltonici in poco tempo... »

« E quindi devono per forza essere parenti » mi sfotte Claudio.

Mi torna alla mente per un istante la pelle di cioccolato di Emi e il pallore lunare di Francesca. « Per carità, anche l'apparenza va contro qualunque teoria. »

« Appunto. »

La mia supposizione sulla discromatopsia di Emi è stata presto confermata da un giovane oculista dell'ospedale dell'Isola Tiberina, che era di turno nel pomeriggio e ha accettato di vedere il piccolo al termine delle visite. Gli ha mostrato le tavole di Ishihara e, pur con qualche difficoltà dovuta al deficit del linguaggio di Emi, alla fine la diagnosi è stata pressoché certa. Claudio ha quindi chiesto una relazione che andrà a integrare la perizia già consegnata, per completare il quadro e fornire più elementi possibili per l'identificazione, anche se un po' tutti iniziano a perdere le speranze sul fatto che un genitore possa farsi vivo. Ma mai dire mai.

Andiamo a letto presto. Lui legge *L'arte della guerra*, io torno sul profilo Instagram di Isabella Adrano. E non perché sia un tipo ossessivo – o meglio, quello pure – ma in questo caso ho un tarlo che si sta nutrendo di un sospetto. Scorro il feed giù, giù, giù e tombola. Mi pianto al centro del letto.

Frattanto Claudio, molto serio, legge a voce alta Sun Tzu. « 'Apparire improvvisamente in luoghi diversi affinché il nemico sia costretto a difenderli in fretta. Avanzare velocemente verso luoghi dove non si è attesi.' È esattamente quello che ha fatto Ciminna. Alice, questo libro è illuminante. »

« Lo so. È un best seller tra i CEO della Silicon Valley. Claudio, se ti dico una cosa prometti di non prendertela? »

« Hai comprato un pechinese? »

« No. Sono seria. Francesca Rebaldi, la ragazza del collegio – in caso ti sfuggisse il nome – è stata in Congo. Cinque anni fa. »

« Quindi? »

« Congo. Paese africano francofono. »

« Ma Repubblica del Congo o Repubblica Democratica del Congo? » mi interroga Claudio.

Resto con la boccuccia aperta a cerchio.

«In che senso?»

«Alice. Nel senso che i Congo sono due.»

«Ah. Sì, certo, certo, lo so» mento tragicamente.

«Quale Congo, quindi?» ripete la domanda, con un sopracciglio inarcato.

«Quello di cui è capitale Kinshasa. In questo momento non mi ricordo quale dei due... Comunque. Lasciami continuare senza fare il solito secchione. Congo. Francesca era lì cinque anni fa. Emi viene di sicuro da una nazione in cui si parla francese. Ha quasi certamente quattro anni, mese più mese meno. È daltonico, come lo era Francesca. Viene smarrito, o abbandonato, poco tempo dopo che Francesca è stata investita con evidente *animus necandi*. I due fatti devono essere collegati. E io domani andrò a chiedere l'autorizzazione al pm per l'esame del DNA.»

Claudio incurva le labbra. «Sono piacevolmente stupito dal fatto che seguirai una strada ortodossa e legale e non farai le cose di nascosto, obbligandomi a far finta di non saperne niente.»

«Lo farei pure, ma dove lo prendo un campione del DNA di Emi? E poi senti, non ho nulla da nascondere. Prenderò un appuntamento attraverso Calligaris ed esporrò le mie teorie. Gli spiegherò che ho capito che Francesca è stata in Congo setacciando il profilo Instagram di una sua amica e poi collegherò i puntini come nella pista cifrata della *Settimana Enigmistica*.»

Devo dire che dapprima mi ha sorpresa molto che

due fresche diciottenni siano andate in un paese instabile e turbolento come il Congo, ma poi ho visto che non erano da sole: i genitori di Isabella erano lì per affari. E sempre esaminando attentamente il profilo mi è stato chiaro che di fatto non si sono spostate da Kinshasa – certamente non se ne sono andate a spasso nel Kivu in solitaria. Tra l'altro, Francesca ha aperto il suo profilo Instagram solo qualche tempo dopo: ecco perché non avevo trovato tracce di questa esperienza.

Stranamente, non mi sono ancora fatta uno dei miei film su cosa potrebbe essere accaduto. Mi sembra abbastanza probabile che se davvero fosse rimasta incinta, se davvero ci ho preso, erano proprio in pochi a saperlo. Forse per via della necessità di mantenere la specchiata moralità di cui parlava la Forlani, pena la perdita del posto al collegio. Una passata gravidanza, per quel che ne so, non è un elemento affiorato nel corso delle indagini; né l'autopsia me ne ha dato riscontro. Non c'era la cicatrice di un parto cesareo e l'esame che io ho svolto era mirato a individuare eventuali segni di violenza, o tracce di rapporti recenti. Modifiche dell'utero come il lieve aumento delle dimensioni, se presenti, non hanno attirato la mia attenzione. D'altra parte si parlerebbe di un parto di quattro anni fa in un soggetto molto giovane. E io non sono mica una scafata ginecologa – magari lo fossi, mi viene da dire, in questo periodo mi tornerebbe molto, molto utile. Ma questo è un altro discorso.

Se Emi fosse davvero figlio di Francesca, sarebbe comunque evidente che non faceva parte della sua vita, almeno non dichiaratamente. Il bambino non è cresciuto qui: qualcuno lo cercherebbe, qualcuno lo riconoscerebbe.

Forse non è che una fantasia un po' estrema e forzata nata dalle coincidenze.

Ma, credo io, val sempre la pena farsi una domanda in più, che una in meno.

Calligaris e io siamo andati in Procura e siamo in attesa di essere ricevuti dal pm.

« Questa volta me l'hai fatta, cara la mia Miss Marple. »

« È stata solo fortuna. »

« Una buona dose. Ma ci vuole anche dell'altro. »

« Queste intuizioni la sua nuova collaboratrice non le ha? »

Calligaris aggrotta la fronte. « Vattimo? Sei gelosa, Alice? »

« Un poco. Ma non mi fraintenda, non in quel senso... »

« E ci mancherebbe pure. »

« Mi sento un po' in difetto. Lei è titolata a parlarle, io no. »

« Ma io ti ascolto sempre. Certo, c'è una differenza. Lei è una sbirra. Tu, nonostante tutto, no. Il punto è: vorresti esserlo? »

« Non lo so. Credo però di no. Ci ho pensato spesso... Ammetto che l'idea mi ha sfiorata. Una volta l'ho detto pure a Conforti. Però no. Alla fine ho capito che sono felice di essere un medico legale. Un po' curioso, un po' troppo emotivo. Ma un medico legale.»

«Bene. Allora non hai ragione di sentirti in conflitto con Sofia.»

Annuisco, convinta. «Okay.»

Calligaris ridacchia intenerito. «Solo Clementina è gelosa di me. Anzi, era. Ormai che motivo ha di essere gelosa di questa vecchia cariatide...»

«Ma che vecchia...»

«Lasciamo stare.»

«Senta, vicequestore... Stavo pensando, giusto per non perdere il vizio... Sul cellulare di Francesca c'è qualche traccia, qualcosa di strano che potrebbe collegarsi alla mia ipotesi?»

C'è un bel movimento di gente che entra ed esce dall'ufficio del magistrato, il vicequestore abbassa la voce per non dare nell'occhio.

«Non so, Alice. C'è una cosa su cui sto lavorando. Ho trovato un paio di chiamate con un numero non registrato nel telefono, che era stato assegnato da poco, da appena qualche giorno, a una ragazza che tuttavia non riusciamo a rintracciare. Una ragazza straniera. Ma ti dirò di più quando ne saprò di più.»

«D'accordo.»

«Ascolta, tu adesso al pm dici pare pare le cose che hai detto a me, in maniera ugualmente convincente.»

« Quelle sono le cose, dottore. E lui o ci crede o non ci crede. »

Intanto, l'usciere ci fa cenno di entrare e il pm si alza in piedi per salutare. Dopo i convenevoli su quanto è caldo questo inizio d'estate e sul lavoro che non lascia tregua, il magistrato mi dà il la.

« Ecco, signor giudice, la sorte ha voluto che un mio collega lavorasse sul caso di un bambino smarrito... »

E quindi sintetizzo tutto, come ho già fatto con Claudio e poi più approfonditamente con Calligaris. Gli mostro le foto di Francesca e Isabella in Congo, gli parlo di Emi e del poco che sappiamo su di lui.

Il pm ascolta con sincero interesse, le mani intrecciate gli sorreggono il mento. S'inserisce con qualche domanda che riguarda il daltonismo e gli spiego il meccanismo di ereditarietà.

« Ma cos'è andata a fare Francesca Rebaldi a Kinshasa, a diciotto anni? »

Calligaris si assume l'onere della risposta. « Era in viaggio con l'amica e la sua famiglia. In giornata avremo ulteriori elementi » si affretta ad aggiungere. « Tra l'altro, illustrissimo signor giudice, l'amica di cui parliamo, Isabella Adrano, è quella sospettata di aver creato account falsi per offendere e spaventare la Rebaldi. »

« Ah, quella brava personcina. D'accordo, Calligaris, procediamo. Sento il giudice tutelare e prepariamo le ordinanze. »

Il pm guarda già la porta e io sento di aver fatto qualcosa di molto buono.

Tornati in commissariato, il vicequestore mi fa cenno di accomodarmi di fronte a lui.

« Adesso chiamiamo la sorella di Francesca e capiamo qualcosa in più di questo viaggio in Africa. »

« Vuol entrare a gamba tesa con la teoria della gravidanza? »

« Ovviamente no. Quella non la si menziona fino a che non ne abbiamo certezza, tanto è questione di poco. Piuttosto lei potrebbe sentirsi esortata a scucirsi, con qualche domandina indiretta... »

« Perché non chiamiamo la madre o il padre di Francesca? »

« Sentiremo anche loro, se necessario. Ma preferisco partire con la sorella. Potrebbe essere più obiettiva. »

Afferra la cornetta e compone il numero, mettendo in vivavoce.

Valeria Rebaldi risponde con la voce affannata e incrinata di chi ha il cuore in gola.

« Avete scoperto qualcosa? »

« Signora, stiamo ancora valutando. Però abbiamo bisogno di lei per alcune informazioni. »

« Sempre che io le abbia... Mia sorella non mi parlava molto di sé e della sua vita. »

« Secondo lei, perché? »

« Forse la differenza d'età... Otto anni si sentono

un po'. E comunque la vedevamo differentemente su alcune cose. »

« Per esempio? »

Dall'altro capo della cornetta Valeria Rebaldi inspira ed espira con disagio. « Nulla di grave, naturalmente... Questioni politiche, sociali... Io sono più conservatrice, diciamo così. »

Con un lieve tocco al legno massiccio della porta, la Vattimo annuncia il suo arrivo. Calligaris le fa cenno di sedersi sulla poltroncina accanto alla mia. Nel farlo, lei mi saluta rigidamente. Io sono gelosa, e lo so. Ma inizio a sospettare che Sofia Vattimo non sia da meno.

Le spiego a bassa voce che il vicequestore è al telefono con Valeria Rebaldi per alcune domande su un viaggio in Africa di sua sorella. Lei si limita ad annuire e a mormorare « Grazie, dottoressa Allevi ».

« Ascolti, sua sorella Francesca è stata in Congo, è corretto? »

« Due volte. »

« Addirittura due volte? »

« Le piaceva... »

« D'accordo, ma non è il tipico paese in cui mandare in vacanza una diciottenne. Insomma i miei gemelli hanno quell'età e io e mia moglie facciamo storie per Ibiza... »

« Capisco cosa vuol dire. La prima volta Francesca ci è andata con gli Adrano. Sa, i genitori di Isabella? È stato il regalo dei diciotto anni della ragazza per mia sorella. Erano legatissime. E agli Adrano non mancano i soldi da scialacquare come credono. Lo preciso, del regalo, perché noi non avremmo potuto permettercelo. E peraltro sono stati solo in situazioni molto sicure, in hotel a cinque stelle.»

«Questo quando accadeva?»

«Al compimento dei diciotto anni di Francy, il 27 dicembre 2016. Sono partiti per Capodanno.»

«E per quanto tempo è rimasta lì?»

«Una decina di giorni.»

«E poi? Quando ci è tornata, e perché?»

«E con i soldi di chi?» suggerisce Vattimo, al che Calligaris ripete la domanda trovandola di buon senso.

«È stata a Kinshasa tre mesi come volontaria con un programma umanitario ed economico finanziato da privati e da enti statali. È successo nel 2017, da maggio a luglio.»

Un bambino nato in quei tre mesi avrebbe oggi circa quattro anni.

Tre mesi. È partita incinta dall'Italia e ha partorito là? O viceversa?

«E l'università?» sussurro io, e Calligaris ripete la domanda.

«Francy studiava lì a Kinshasa quando finiva l'attività con le ragazze e al ritorno in Italia ha recuperato tutti gli esami. Stare in Congo e lavorare per un programma umanitario è stato considerato come una sorta di tirocinio. Non ha perso sessioni perché ci teneva e perché non voleva avere problemi con il collegio. Anche se bisogna ammettere che la Forlani era molto orgogliosa che una delle sue ragazze fosse stata tanto altruista e coraggiosa.»

«Che attività svolgeva con le ragazze?»

«Lei lo chiamava 'empowerment femminile'. Ci credeva molto. Aiutava le sue coetanee di Kinshasa che afferivano al programma a sviluppare consapevolezza. L'obiettivo era l'emancipazione.»

«E poi, perché non è mai più tornata in Congo?»

«Be', si è dedicata agli studi e alla conoscenza di altre realtà locali. In certi quartieri a Roma non è che siano messi tanto meglio di Kinshasa.»

«E... dal punto di vista della salute... è stata bene, in Congo? Che lei sappia ha avuto disturbi particolari? Necessità di ricorrere a cure mediche?»

«Che strana domanda» commenta Valeria, la voce venata dallo scetticismo. «C'è una ragione particolare?»

«Signora, non vorrei mai essere brusco, ma le domande le lasci a me.»

«Niente di rilevante, che io sappia. Si è presa qualche dissenteria, questo sì, ma c'era da aspettarselo in un posto in cui il colera è endemico.»

Faccio cenno a Calligaris di mettere in pausa la conversazione. «Le chieda se Francesca parlava di fidanzati incontrati lì. E se le ha mai presentato qualcuno.»

«Vicequestore, forse la sorella non è la persona giusta a cui fare queste domande.»

«Ma no, Vattimo. Meglio in più, che in meno.»

1-0.

Il vicequestore annuisce e rivolge la mia domanda a Valeria, che risponde: « Non a me. Ma può provare a sentire mia madre. È meglio ».

L'ispettore fa una smorfia per dire « come volevasi dimostrare », ma intanto io e Calligaris ci guardiamo negli occhi, dicendoci con lo sguardo qualcosa di cui siamo più o meno sicuri. Valeria non vuole esporsi, preferisce che sia la madre a scegliere se farlo. Ma di certo c'è qualcosa (o qualcuno) di cui parlare, ragione per cui la chiamiamo seduta stante.

La madre di Valeria e Francesca è una signora tirolese di nome Christine che sembra in linea teorica più promettente, sul piano della collaborazione, rispetto alla figlia maggiore.

« Verrò a dirle tutto quello di cui ha bisogno. Preferisco di persona, anziché al telefono. Arriverò con il nostro legale. Abbiamo solo bisogno del tempo per organizzarci e lunedì mattina saremo in Questura. Va bene per lei? » chiede a Calligaris. Oggi è giovedì, il vicequestore le dice che sì, va bene, non c'è problema. Li aspetta lunedì nel suo ufficio alle dodici.

« D'altra parte » chiosa appena mette giù la cornetta, « se preferisce parlare di presenza, è evidente che vuol vuotare il sacco su qualcosa che ha pensato bene di tenerci nascosto. »

« Io le avrei messo fretta » dice la Vattimo, e non ho dubbi che lo farebbe eccome.

« Non sempre, nelle indagini, la fretta è una buona alleata. E in questo caso non ci cambia molto. »

Mi inserisco nonostante mi senta addosso gli occhi dell'ispettore. « La signora forse potrà darci qualche elemento che aiuti a definire la posizione di Emi. »

« Alice, sbaglio o sei molto coinvolta da questo bambino? »

I padiglioni auricolari avvampano mentre borbotto: « Sfido chiunque a non esserlo ».

« Vedi di fare un salto qui, lunedì mattina, sempre se Conforti ti dà il permesso. »

« Non gliel'ho mai chiesto, il permesso, e non ho imparato a farlo nemmeno in America. »

« La solita irriverente. A lunedì, cara la mia Miss Marple. »

13

Signore, fa' che io possa sempre desiderare più di quanto riesca a realizzare.

Michelangelo Buonarroti

Uscita dal commissariato ho un appuntamento extra agenda con il dottor Tabucchi.

I risultati dei miei esami sono pronti e io li ho interpretati con i miei scarsi mezzi, senza concludere molto. Qui c'è bisogno della sua illuminata esperienza.

Torno nel suo studio vicino alla chiesa di Santo Stanislao dei Polacchi e mi preparo alla seconda attesa della giornata, che si rivela più lunga ed estenuante di quella dal pm di stamattina, perché la componente emotiva aggiunge sempre un carico di stress.

Ogni tanto la segretaria si affaccia per scusarsi a nome del dottor Tabucchi, alcune visite sono andate per le lunghe. Io nel frattempo mi faccio una tisana e sfoglio le riviste messe a disposizione su un tavolino accanto alla poltroncina, ma ammetto che quando viene annunciato il mio turno mi sento liberata.

«Ed eccoci qui, cara Alice. Prima di farla entrare ho studiato tutte le analisi e, insomma, il quadro, almeno per me, è chiaro.»

«Meno male!»

«Ha una lieve insulinoresistenza che determina cicli anovulatori. Risolta questa, si dovrebbe risolvere anche il problema.»

«Non l'avrei mai detto.»

«Di primo acchito forse nemmeno io, perché non ha il profilo da soggetto con insulinoresistenza. Basteranno una dieta a basso carico di glucosio e dei farmaci insulinosensibilizzanti tipo l'inositolo. Dobbiamo poi ripristinare la ciclicità ovulatoria e per questo sarà necessaria anche una terapia ormonale.»

«Ormoni?»

«Sì, sottocute, per dodici giorni. E assoceremo il monitoraggio dell'ovulazione, che inizia il secondo giorno del ciclo e nei successivi giorni altre tre volte. In una finestra di circa cinque giorni dovrete avere rapporti mirati. La avviso che sincronizzare i rapporti toglie spontaneità e che per alcune coppie è uno scoglio.»

«Non mi sembra poi così drammatico.»

«Se la cosa va avanti per mesi, e a volte succede, può diventare logorante, da un punto di vista emotivo e relazionale. È giusto essere pronti. Come anche deve essere pronta al fatto che la stimolazione potrebbe determinare reazioni cutanee, gonfiore e picchi d'ansia. Però, insomma, altra strada non c'è.»

A me la motivazione non manca. E mi sento molto sollevata per aver rilevato un problema. Peggio, dico io, sarebbe stato continuare a trovare tutto in regola e tormentarmi perché non riesco a rimanere incinta. Almeno così ho la prospettiva di una soluzione. «D'accordo.»

« Deve parlare con il suo compagno. Adesso, gli elementi li ha. »

« Certamente. »

« Per l'intanto, le prescrivo la terapia da iniziare. Mi chiami appena le viene il ciclo e la farò inserire in calendario per il monitoraggio. »

A tutto ciò dovrei abbinare un weekend a Ischia, che secondo mia nonna è miracolosa e fa rimanere incinte anche soltanto « annusando i pantaloni », e io tengo sempre in grande considerazione i pareri di mia nonna.

Vorrei parlare subito a Claudio del programmino di Tabucchi, ma lui rincasa così tardi da un sopralluogo che nel frattempo mi sono addormentata con la lucina dell'abat-jour accesa e il libro che stavo leggendo è scivolato sul pavimento.

L'indomani a colazione – ho già fatto scorta di cereali integrali –, mentre Claudio sorseggia il suo caffè, introduco il discorso.

« Ma sai che si è scoperto che ho un po' di insulinoresistenza? »

Lui solleva lo sguardo dal cellulare, su cui stava scorrendo le notizie del giorno. « E come si è scoperto? »

« Ho fatto degli esami. »

Lui aggrotta la fronte. « Che esami? »

« Claudio. Ormonali. E meno male che li ho fatti, o non lo avrei mai scoperto. Indipendentemente dal fatto che mi impedisce di ovulare e di avere il bambino che desideriamo. Sempre ammesso che lo desideriamo entrambi.» Mi rendo conto di aver parlato ponendomi sulla difensiva. Non volevo essere veemente, però alla fine lo sono stata.

«Sì che lo desideriamo entrambi, ma desumo che tu sia andata da qualche parte da sola. Questo luminare che hai trovato ti ha proposto di fare la stimolazione?»

«Era prevedibile.»

«Alice, io ti appoggio. E se hai scoperto che hai un piccolo problema sono ben contento, anche da medico, che tu possa risolverlo. Come dici tu, indipendentemente da tutto. Ma è proprio necessario fare la stimolazione?»

«Chi dice 'ma' detto non ha...» e mi sforzo di sorridere.

«È solo che non voglio che tu ti imbottisca di ormoni e non mi va che entriamo in un circolo vizioso di dosaggi, esami e rapporti a comando. E non voglio che ti snaturi.»

«Io mi snaturo se non lo faccio.»

Claudio resta in silenzio per un po' e la tensione tra noi diventa tangibile.

«Non è qualcosa che durerà tutta la vita. Faremo un percorso, senza accanirci. Il ginecologo mi ha detto che non ci sono effetti avversi insostenibili. Un po' di gonfiore, capirai. Sono gonfia un giorno sì e uno no, almeno ne varrà la pena.» E azzardo di nuovo un sorriso.

«Potremmo adottare un bambino» butta lì, a senso suo come alternativa vincente. « Pensa a Emi, o tanti altri come lui. »

« Forse mi sbaglio, ma temo che si debba essere sposati per farlo. »

« E allora sposiamoci. »

Mi attraversa un brivido. Lui non l'ha mai detto prima, ma io questo passo l'ho fantasticato millemila volte. Tuttavia, per quanto possa desiderare di fargli – e sentirgli fare – un giuramento per la vita, questo è un sogno che viene dopo quello dei nostri DNA fusi per sempre in un bambino da accudire con tutto l'amore che ho dentro. Questa, per me, è la verità. Se devo scegliere, dubbi non ne ho. Certo, però, potendo avere entrambe le cose...

« Fai sul serio? »

« Sì. E ti converrebbe cogliere l'attimo, prima che ci ripensi. »

« Non me l'aspettavo così una tua proposta. Anzi, non me l'aspettavo affatto... E sono felice, sono felice veramente, più di quanto sembro... Ma non voglio che il matrimonio sia un mezzo per arrivare a qualcosa. »

« Ovviamente non sarebbe soltanto per questo. »

« E per che cos'altro? »

« Per farti felice. »

Lo dice con una semplicità che rivela un piccolo luogo segreto, nascosto in lui, dove risplende la gemma più pura dei suoi sentimenti. E io lo abbraccerei forte fino a stritolarlo, e gli risponderei « Sììììììììììììììììììì, anche domani ». E però, anche se non voglio essere pretenziosa, oggi è un altro il risultato che devo portare a casa.

« Per essere felice mi serve solo che tu mi aiuti. Non è che qualche punturina. Non ci tieni anche tu? »

« Io tengo di più a quello che ho già, cioè te, cioè noi, anziché a quello che non ho e forse non avrò mai. »

« Bel giochino di parole, Claudio... » Silenzio, lungo silenzio, finché non gli domando: « Che poi a te cosa costa? Onestamente. Lasciami fare le mie punture e manifestati quando sarà il momento. »

« Che poesia. »

« Faremo a meno della poesia. In genere, non è che ci pesi, anzi... »

Mano alla fronte, risponde sarcastico: « Al tuo servizio. »

« E sulla questione del matrimonio... »

« Hai perso l'attimo. »

« E va bene. Basta che non lo perdiamo in altri frangenti... »

Mi aspetto che continui a battibeccare, e invece mi rivolge un inatteso sguardo pieno di comprensione.

« Alice. Hai vinto. Ti seguo. Faremo come vuoi tu. » Mi porge la mano, come a sancire un patto, un impegno reciproco e un comune intento. E, per farla dire a Pablo Neruda, succede solo che sono felice fino all'ultimo profondo angolino del cuore.

14

Non mi piace lavorare – non piace a nessuno – ma mi piace ciò che nel lavoro è insito – la possibilità di trovare te stesso.

Joseph Conrad, *Cuore di tenebra*

L'assenso del giudice tutelare sull'esame del DNA di Emi con la relativa ordinanza del pm arriva già l'indomani, intorno all'ora di pranzo.

Metto da parte l'insalata che mi sono obbligata a mangiare e chiamo Samanta.

«Sì, anche noi abbiamo ricevuto la comunicazione! Quindi c'è possibilità di rintracciare un parente di Emi?»

«Di capirne di più sulle sue origini, diciamo così.»

«Sarebbe bello per il piccoletto, davvero.»

«Già. Verrò io nel pomeriggio, d'accordo? Sarà un tampone orale, una cosa rapidissima e indolore.»

«Bene. A dopo, dottoressa.»

Chiedo a Claudio di andare insieme e lui accetta, ma all'ora stabilita mi tira un bidone dei suoi, che da quando è apparso Ciminna sono sempre più frequenti. Essendo un compito ufficiale e memore delle raccomandazioni della Wally, decido di portarmi appresso Teresa. Del resto se io ho imparato bene un mestiere è perché qualcuno ha vinto la riluttanza a coinvolgermi e mi ha portato con sé. Claudio in primis, ma anche la Wally, Anceschi e l'indimenticabile Supremo. La conoscenza va maneggiata come qualcosa che è sempre meglio dare di propria volontà anziché farsi rubare.

Bisogna poi riconoscere che Teresa si accoda sempre e non conosce pigrizia. Mai una scusa, né un pretesto – di cui io ero campionessa olimpionica (se mi conviene lo sono ancora oggi). Ciò che è molto diverso da noi o ci attrae o ci respinge. Ecco, alla fine, un po' come Erica e al contrario di Lara, io sono attratta dal modo di fare di Teresa.

Non le rivelo tutti i passaggi che ci sono dietro il collegamento tra Emi e Francesca Rebaldi, né il ruolo che io ho avuto al riguardo: le spiego la storia limitandomi ai fatti più scarni.

Arrivate all'Isola Tiberina, troviamo Emi nel giardinetto annesso alla piccola palazzina che ospita il Fraternidad. Si dondola sull'altalena da solo, mentre gli altri bambini presenti giocano a rincorrersi.

Samanta li tiene d'occhio e quando ci vede manda un messaggio alla sua collega per farsi dare il cambio e accompagnare Emi a eseguire il prelievo.

Emi mi tira da un lato della camicetta e mi rivolge una domanda del tutto incomprensibile.

«Emi... *je ne comprends pas...*» gli dico, forse sbagliando.

Frustrato, lui abbassa gli occhi e ci rinuncia.

Cerco su un traduttore online e gli dico: «*Essaye encore!*» Prova ancora.

«*Mati. Mati. Mati. Mati*» ripete quindi lui, al che

capisco. Forse. Smarties. Certo che glieli ho portati, gli Smarties, ma aspettavo l'esame per darglieli. Voglio tuttavia gratificarlo per essersi fatto comprendere e quindi già nella borsa scuoto il tubetto che fa quel rumore di maracas che lui riconosce subito. Ride tutto contento e inizia a saltellare per l'impazienza.

Intanto, Samanta ci guida all'interno dell'edificio. «Abbiamo una piccola infermeria qui, ho pensato che andasse bene.»

«Perfetto» le confermo entrando nella stanza rivestita da piastrelle bianche.

Emi si siede sulla poltroncina, composto, tenendo tra le mani la confezione di Smarties che agita per godersi il rumore. Mi affido al traduttore e la voce digitale dal telefonino gli dice al posto mio: «*C'est bon, ouvre la bouche*».

Il piccolo obbedisce e faccio davvero in un attimo. «Adesso puoi mangiare gli Smarties» gli dico in italiano. Probabilmente capisce, perché non se lo fa ripetere due volte, o forse va d'istinto.

«Intanto, immagino che continuino a non esserci novità» chiedo a Samanta, mentre ripongo il materiale nella mia borsa di cuoio.

«Una c'è! Grazie al crowdfunding, abbiamo iniziato la logopedia. E poi a furia di stare con noi e di guardare un po' di tv su Rai Yoyo ci pare che adesso Emi capisca qualcosa d'italiano.»

«Vi sembra sereno?»

«Nei limiti del possibile...»

«Oggi era un po' in disparte, in giardino.»

« Be', lui è un tipo un po' solitario. Gioca anche con gli altri bambini, però non gli pesa stare da solo. Secondo l'educatrice della materna dove lo abbiamo inserito, Emi è figlio unico. »

È molto probabile, penso tra me e me, se l'ipotesi che lo vede figlio di Francesca è vera.

« Teresa, andiamo » dico, rivolgendomi alla specializzanda che, affascinata da Emi quanto tutti noi, si è messa a fargli cucù. Lui si presta al gioco e glielo fa a sua volta, il cucù, e poi viene a farlo a me e a Samanta. Torna infine da Teresa e indica la sua borsa. Il furbetto si è accorto che, lì dentro, la specializzanda ha un portachiavi a forma di furgoncino Volkswagen, quello anni Sessanta. Lo brama ardentemente, lo si può leggere nei suoi occhi, quello sguardo struggente tutto suo, che non si accompagna a strepiti o a un atteggiamento molesto. Teresa, conquistata, gliene fa dono di propria iniziativa.

« Ma no, dottoressa, non se ne privi... » obietta Samanta, ma Teresa insiste.

« Ogni volta che lo userei mi tornerebbe in mente il suo faccino e mi sentirei in colpa per non avergliela dato. Va bene così, posso comprarne un altro. »

Ricevendolo inaspettatamente, lui fa un gridolino di felicità.

Benvenuta nel club degli estimatori del piccolo Emi, mia cara Teresa. Qui siamo tutti innamorati, persino Conforti, il che è davvero tutto dire.

« Ci vediamo presto » preannuncio a Samanta nel congedarmi. Stiamo scendendo le scale quando

Emi si incolla al vetro di una finestra affacciata sul prato dove prima stava giocando, che è delimitato sul lato nord da un'inferriata stile Belle Époque.

«*Apa apa apa apa*» inizia a esclamare. Samanta e io ci guardiamo, poi puntiamo gli occhi oltre la finestra, ma Emi sfugge al nostro controllo e si precipita con foga sulle scale, al che gli andiamo dietro senza curarci del resto.

È una saetta, il piccolo. Nemmeno la maniglia della porta di servizio che dà sul giardino riesce a fermarlo. Prima che riusciamo a raggiungerlo, lui si è già parato davanti al cancello.

Oltre l'inferriata c'è un uomo, alle cui gambe Emi si avvinghia silenzioso.

Li raggiungiamo. Gli occhi dello sconosciuto, neri come la torba, sono pieni di lacrime. «*Emery, mon petit*» gli ripete, accarezzandogli i ricci e facendo passare dalla ringhiera le grandi mani scure. Samanta è profondamente inquieta, non sa bene come affrontare la situazione.

«Restate con loro, vi prego. Vado a chiamare la mia responsabile.»

E così sono immobile di fronte al ricongiungimento, incapace di rivolgere opportuni quesiti a quest'uomo misterioso, e forse non sarebbe nemmeno giusto inserirsi adesso, togliendo a Emery (è questo, dunque, il suo nome) il prezioso abbraccio di suo padre. Certamente le domande vanno fatte, altroché, ma non è questo il momento e comunque non sono io la persona giusta per farle – anche se in mille fremono dentro di me.

La responsabile si presenta immediatamente.

Si fa consegnare i documenti dall'uomo che Emery chiama *apa* e si mette in contatto con il giudice tutelare che ha affidato il bambino al centro accoglienza nonché con le forze dell'ordine più vicine. Intanto, come un prestigiatore, il giovane uomo ancora silenzioso mostra anche il passaporto del piccolo, di nazionalità congolese. L'osservo attentamente, il presunto padre. Sui trentacinque anni, alto, ben vestito, elegante e sicuro di sé, quest'uomo ci scruta a sua volta con orgoglio, con flemmatica dignità, come a volerci dire « ci state conoscendo in circostanze avverse, ma non siamo dei poveri disperati ».

Grazie alle domande della responsabile apprendo inoltre, non necessariamente in quest'ordine:

che l'uomo si chiama Yves Kishimba;

che parla un inglese perfetto;

che ha una voce stupenda.

Sulle ragioni che lo hanno tenuto nascosto finora non dice nulla, né la responsabile indaga. Forse immagina che adesso la faccenda verrà presa in carico dalle autorità.

Del resto, ci sono vari reati ipotizzabili a carico di quest'uomo, a partire dall'abbandono di minore per finire in chissà cos'altro.

Spero solo che Emi non debba soffrire ancora. Spero che la realtà sia migliore di quel che sembra. Spero che Yves Kishimba sia un brav'uomo trovatosi in una situazione assurda. Spero che sia il padre che Emery merita.

Di sabato mattina, mentre Claudio ancora si stropiccia gli occhi, io sono già pronta per raggiungere il laboratorio come se fossi seduta su un razzo ultrasonico.

I dettagli della misteriosa comparsa del padre di Emi li sa tutti già da ieri, dato che gli ho fatto un report telefonico accuratissimo. In verità lo aspettavo sveglia per parlarci meglio ieri sera, ma poi senza volerlo sono crollata addormentata. Adesso, ore 7.17, sono pronta a uscir di casa, cosa mai accaduta prima.

«Chissà che storia c'è dietro» biascica Claudio mentre sorseggia il caffè che gli ho fatto trovare pronto, quando gli dico che a questo punto intendo fare l'esame del DNA già stamattina. Anzi, se fossi stata abbastanza lucida da lavorare bene, l'avrei fatto anche stanotte.

«Non mi aspettare, non torno finché non ho finito.»

«Una cosa del genere probabilmente non te la sentirò dire *mai più.*»

E in effetti...

Però va detto che il laboratorio, di sabato, è più rilassante di una seduta di yoga. La quiete, l'assenza di confusione, il rispetto delle procedure. È pacificante.

Nei tempi morti poi si può studiare, si può lavorare, si può andare su Zalando... Si può stalkerare online Yves Kishimba e scoprire che è un medico, che ha fatto l'università a Parigi e adesso, in teoria, è sul campo nel Kivu a dare il suo aiuto durante un'epidemia di Ebola. Dato che non è presente su nessun social media, di più non è dato sapere. È incredibile la quantità di informazioni personali che si possono ricavare dai social. C'è da esserne terrorizzati.

C'è un video su YouTube, realizzato dall'associazione umanitaria indipendente di soccorso sanitario di cui fa parte, in cui Yves racconta in estrema sintesi la Repubblica Democratica del Congo e i problemi che affliggono questo grande paese ricchissimo di tutte le materie prime possibili e immaginabili. In Congo abbondano soprattutto sostanze come il cobalto e il coltan, che sono usate per la produzione degli smartphone. Yves spiega quindi che il paese è infestato da miniere irregolari dove spesso lavorano anche i bambini e che alcune aree sono afflitte da guerriglieri e banditi. La gran parte della popolazione non ha ancora accesso ad acqua potabile. Il video si conclude con una sua esortazione a donare per sostenerli – e io senza farmelo ripetere due volte lo faccio. Sia perché le immagini che ho visto mi hanno devastata, sia perché Yves Kishimba è dannatamente convincente. E non mi meraviglia – mi dico mentre il sequenziatore automatico processa il DNA di suo figlio – che fosse in sintonia con una ragazza idealista come Francesca, malgrado la differenza d'età.

«Samanta? Ti chiedo scusa se ti disturbo di sabato...»

«No, vabbè. Io non stacco mai, in realtà. Se volevo

stacca' mi sceglievo un altro lavoro» mi risponde ridacchiando.

«Ascolta, non è che per caso hai per le mani il passaporto di Em... Emery?»

«No, abbiamo consegnato tutto ai poliziotti.»

«Ma avete capito qualcosa in più sul padre misterioso?»

«Quello che so io è che era praticamente disperso in Congo con poco accesso al telefono e a Internet, e che non appena ha saputo della scomparsa di Emery ha fatto istanza all'Ambasciata congolese in Italia per farsi aiutare nella ricerca del bambino e così è arrivato a noi.»

«E a voi non aveva detto niente nessuno?»

«Alla mia responsabile sì, ma lei non era tenuta ad aggiornare noi. Sono l'ultima ruota del carro, io.»

A chi lo dici... «E che ci faceva il bambino da solo in Italia?»

«Questa cosa qui è un po' più strana e complicata, perché lui dice che in Italia lo ha portato la tata che si è sempre occupata di lui.»

«E perché? E soprattutto, dov'è finita questa signora, o ragazza?»

«Ecco. Perché lo ha portato, io non lo so. Ma la cosa assurda è che la tata di fatto è sparita.»

«Eh?»

«Sì. Si chiama Assireni Mwamimi e ha ventotto anni. Al momento è introvabile. La polizia pensa che le sia successo qualcosa e per questo il bambino era disperso.» All'improvviso mi torna alla mente quel numero sconosciuto cui alludeva Calligaris, quello che non riescono a rintracciare... e se fosse lei? Samanta mi distoglie dai miei pensieri. « Ma perché mi chiedevi il documento di Emi? Non mi abituo a chiamarlo Emery » ridacchia ancora.

« Sto già eseguendo l'esame del DNA di cui mi ha incaricata il giudice e mi interessava conoscere il luogo e la data di nascita. » La vera ragione è capire se coincide con il viaggio di Francesca Rebaldi in Congo; certamente l'informazione non ha una valenza scientifica.

Non la disturbo ulteriormente, sento in sottofondo la chiassosità di una mattina di giugno in una qualche spiaggia del litorale laziale e Samanta ha diritto a godersela. Così torno in laboratorio, pranzo con un pokè dal gusto vagamente terribile (mango e alghe wakame, sembra di mangiare quella melmetta muffosa che si crea sulla superficie dello scoglio), aspettando i risultati con la tentazione di finire domani o meglio ancora lunedì, poi però non resisto e mi dico vai a oltranza, adesso che abbiamo i kit di immunoprecipitazione rapida della cromatina comprati con i fondi europei ricevuti per una ricerca di Claudio. Però ho una fame che mangerei financo carne umana, e quindi la mia lotta all'insulinoresistenza si schianta contro una pizza fumante che mi faccio portare da un delivery.

La stanchezza avanza, ma la curiosità la contrasta. Ed ecco finalmente il risultato.

Un tempo avrei avuto bisogno di chiedere conferma, oggi so sbrigarmela da sola.

Sono un po' delusa, certo. Se metti in piedi una teoria, e ci credi molto, è spiacevole che crolli come un castello di carte.

Ma una parte del mio castello resta comunque in piedi.

La corrispondenza tra i due profili è soltanto parziale: non è Francesca Rebaldi la mamma di Emery.

Ma una sua parente sì.

E subito, con rapidità elettrica, alla mia mente si presenta il ricordo della tenebrosa e accigliata Valeria Rebaldi.

Cerco quindi di inquadrare la sorella di Francesca e trovo un suo curriculum online, caricato su un sito statale per un concorso pubblico. Come mi ha già detto lei stessa, Valeria è un medico. Ma ciò che più attira la mia attenzione è che è stata in Congo nello stesso periodo di Francesca, da maggio a luglio del 2017, e ha omesso di farne parola. Mi sembra molto probabile che fossero lì insieme. Va detto che non le è stato chiesto apertamente e si può sempre ipotizzare che ritenesse l'informazione del tutto irrilevante. A me puzza comunque di omissione sospetta, ma magari lei non voleva essere presa per quella che parla di sé anche quando non le viene richiesto. Non tutti hanno piacere a raccontare i fatti propri. Però... Come può non capire che, se le viene richiesto qualcosa sul Congo, lei, essendo stata lì, potrebbe avere qualche informazione da fornire? Perché scaricare il barile alla madre?

«Ma com'è che non hai ancora finito?»

Dall'altro capo della cornetta c'è Claudio.

«Perché l'esito è sconcertante.»

«Sentiamo.»

Gli riassumo le informazioni di cui sono appena entrata in possesso e concludo con il colpo di scena: «Emi è figlio della sorella della ragazza del collegio».

«Ah.»

«Però ho da fare una riflessione. Quando credevo che fosse figlio di Francesca, mi dicevo che forse era stato smarrito in conseguenza della sua morte. In altre parole, pensavo che i due avvenimenti fossero collegati. Ma la sorella è viva e vegeta. Come ha potuto ignorare il bambino e lasciare che stesse in un centro accoglienza?»

«Forse non lo sapeva.»

«Ma insomma. Come è possibile che i genitori non si fossero resi conto che il loro bambino era scomparso?»

«Semplice. Prendiamo per buone le ragioni del padre disperso nelle foreste pluviali del Congo. Quanto alla madre, forse non lo ha riconosciuto come tale.»

«E allora perché questa fantomatica tata ha portato il bambino in Italia? E poi è sparita nel nulla?»

«Alice, ma io che ne so?»

«Non quadra. Non quadra.»

«Dai. Torna a casa. L'importante è che il padre sia

riapparso e che possa prendersi cura di Emi. È probabile che abbiano sempre vissuto così, loro due insieme e la tata. Verosimilmente la madre se n'è chiamata fuori.»

«Un momento. Forse Francesca voleva intervenire. Al contrario della sorella. Non mi stupirebbe. E magari resta un filo sottile che lega queste due storie.»

«Giusto. Un filo sottile di cui si occupa Calligaris.» E in effetti con il vicequestore ci sarebbe tanto da parlare, ma in ogni caso lo rivedrò lunedì. Ha ragione Claudio, che nel frattempo mi dice: «Tu invece adesso torni a casa, dove io ti aspetto per assolvere a un certo mio compito».

«Cacchio, ho dimenticato di fare la puntura!»

«E per l'appunto, Alice.»

La domenica, come promesso, dopo qualche rinvio andiamo a pranzo dai genitori di Claudio, nel loro appartamento sito al secondo piano di una palazzina in cui ogni condomino ha la tenda da sole esterna del colore che gli pare.

Quando apre la porta di casa, il padre esordisce con un «*me pare un miracolo, mi' fijo è vivo!*» che la dice tutta.

La madre, la signora Clelia, ha preparato delle lasagne stratosferiche, meglio pure di quelle di mia nonna al suo massimo splendore, farcite di ragù e fegatini di pollo e di tutto l'amore e la nostalgia che prova per questo figlio così raffinato che guarda incantata, quasi con riverenza, come fosse un nobile che si siede alla sua tavola onorandola. La cosa per certi aspetti mi rattrista e così la includo nella vita di Claudio ragguagliandola (io) sulle ultime novità: il concorso – e le scappa un «*daje a' Cla'*» che mi strappa un sorriso – e poi le racconto di quanto è stato bravo con Emery, sorprendentemente delicato e coinvolto.

«E comunque, signora Clelia, non le dico come parlava in francese.»

«Perché Claudio in francese era *'na bomba*. Ma veramente lui era bravo in tutto, da chi ha preso sto *fijo mio* non si sa. Glielo posso raccontare che avevi la fidanzatina francese?»

«Mamma...»

La signora Conforti scatta da tavola e torna con una foto in una cornice d'argento, un po' scollata dal supporto in legno, che ritrae il figlio adolescente, forse diciottenne. La scruto con amore, ma Claudio con i capelli lunghi è una visione da cui non ci si riprende.

«Lavorò tutto l'anno per andare d'estate a trovarla, la signorina, come si chiamava...»

Lui è paonazzo. «Martine.»

«È per questo che lo parla tanto bene.»

«E tu che non me lo volevi dire» commento con tono scherzoso, tutto fuorché gelosa; speculando su Beatroce rosicavo molto di più.

«Faceva pratica con lei, faceva» aggiunge il padre

sghignazzando. «*Nun c'avevi poi l'artra*, quella che andò in Canadà?»

Et voilà, è il caso di dire. Claudio si pulisce le labbra con il tovagliolo. «Se magari la finiamo di ricordarle a una a una...»

Il padre alleggerisce: «*'A Cla', se scherza*».

«Ma Alice non ne teme nessuna, vero? Non ha motivo» replica dolcemente sua madre, con uno sguardo amorevole e complice, che ricambio. È una donna davvero deliziosa.

Claudio guarda prima lei, poi me. Io faccio cenno di no con la testa.

No, non temo più nessuna – e nemmeno la Mustang!

Il lunedì, Christine Rebaldi non si presenta da sola. A sorpresa, la porta dell'ufficio di Calligaris viene varcata anche da Valeria. Nel frattempo io l'ho ragguagliato su tutto, ma le mie rivelazioni non lo hanno sconvolto. Tutt'altro. Allora capisco che ha qualche traccia di cui non mi ha fatto menzione. Non che sia tenuto ad aggiornarmi, ovviamente. D'altra parte, adesso ha Sofia Vattimo con cui fare brainstorming – e che oggi la poliziotta abbia una giornata libera è una casualità che, lo ammetto, mi rende felice. Ma intanto l'interrogatorio ha inizio e rinvio le mie elucubrazioni a quando sarà terminato.

«Dobbiamo parlare in due» premette Christine.

La figlia maggiore resta un po' rigida, come se ancora non avesse digerito l'idea di essersi presentata al cospetto di Calligaris.

« Bene. Sono sicuro che ci darete validi spunti su cui riflettere. Vi avviso che sarà presente la dottoressa Allevi, che si sta occupando del caso e anche di un'altra vicenda, plausibilmente collegata a Francesca. Visone, porti dell'acqua per le signore, per piacere » dice rivolgendosi all'agente scelto, prima che costui inizi a registrare il verbale.

Nessuna delle due, tuttavia, si serve dell'acqua. Sono evidentemente molto tese.

« Nella sostanza, la ragione del nostro incontro è il secondo viaggio di Francesca nella Repubblica Democratica del Congo, quello durato tre mesi. Prima domanda, semplice: era da sola? »

« No. Era con me » replica Valeria.

« Bene. Il programma umanitario era lo stesso? »

« Sì. »

« C'è una ragione precisa per cui lei non ce lo ha detto quando ne abbiamo parlato al telefono? »

« Non credevo che fosse importante. »

« D'accordo. Allora ricominciamo da capo. È successo qualcosa, a Francesca, in Congo? »

« Che genere di cosa? » chiede la madre.

« Qualunque cosa degna di nota. Si è fidanzata, per esempio? »

« No » asserisce Valeria.

« E lei, Valeria? »

La donna salta sulla sedia. « Mi perdoni, ma che domanda è? »

Calligaris la scruta attentamente. Se vuole, sa mettere a disagio. Forse si sta chiedendo quale sia la strategia migliore. Metterla davanti a ciò che si sa o indurla a parlare gradualmente. Sceglie con fatica la prima.

« Sa che facciamo? Scopro le mie carte. C'è un bambino di nazionalità congolese, Emery Kishimba, nato a Parigi il 24 gennaio 2018, che è stato trovato in condizioni di abbandono in una via di Roma. » Nessun sussulto nelle due. Le guance di Valeria restano pallide.

« Il bambino, che per fortuna è in ottime condizioni ed è attualmente affidato a un centro accoglienza, è risultato essere consanguineo di Francesca. Il DNA, signore mie, al contrario delle persone non nasconde i propri segreti. Come la spieghiamo questa cosa? »

Si guardano. E Valeria risponde.

« È mio figlio. Nel senso che io l'ho partorito. A Parigi. Si chiama *accouchement sous X*, parto in anonimato. Ma non ne sento parlare da quel giorno. E non capisco perché sia qui in Italia, perché suo padre l'abbia abbandonato e cosa c'entri con Francesca. » A questo punto svita il tappo e si versa dell'acqua. La mano le trema, la mira è imprecisa e l'acqua finisce sulla scrivania mentre, parallelamente, la ferrea Valeria si scioglie in un pianto che ci pietrifica tutti. La madre le porge un fazzoletto e le accarezza una spalla, per poi iniziare a piangere anche lei, riuscendo a dire tra i singhiozzi: « Scusateci » e subito dopo « C'è un bagno? »

Calligaris le affida a Visone e quando rientrano

nella stanza sono nuovamente composte e truccate di fresco, piene di dignità. Nel frattempo io e Calligaris abbiamo avviato le nostre teorie ma hanno impiegato meno tempo del previsto e non ne abbiamo portata nessuna a termine.

« Scusateci » ripete Christine.

« Non si preoccupi » replica Calligaris, con fermezza. « Vuole andare avanti? » chiede poi rivolgendosi solo a Valeria, che annuisce stoicamente.

« Se lei dovesse formulare un'ipotesi... Quale relazione crede che ci sia tra Francesca e l'arrivo di Emery in Italia? »

« Ma... Yves? Yves Kishimba. Il padre del bambino. Sapete che fine ha fatto? »

« Kishimba è giunto in Italia martedì scorso. Sappiamo che il bambino era con la sua tata, Assireni Mwamimi. Abbiamo verificato che sono arrivati in treno insieme da Parigi, qualche giorno prima del ritrovamento di Emery. Lei conosce Assireni? »

« No. »

« Forse occorre fare un passo indietro. »

Valeria rotea il capo. « Molti più d'uno. »

« D'accordo. L'aiuterò io. Lei ha accennato di non avere più sentito parlare del bambino dal giorno in cui è nato. Desumo quindi che non sia più in contatto con il padre? »

« Esatto. Ognuno per la sua strada. »

« E con Assireni Mwamimi? »

« Neppure. »

« Ritiene possibile che però entrambi mantenessero rapporti con sua sorella Francesca? »

I lineamenti di Valeria si alterano in una smorfia di disappunto. « Evidentemente... »

« Lei però non sa dirlo per certo. E lei, signora Rebaldi? Possibile che sua figlia Francesca non le avesse detto nulla? » insiste Calligaris.

« È possibile eccome, perché sapeva che saremmo stati tutti contrari. Se nella vita si fanno delle scelte, tornare indietro può portare molto dolore. Valeria non ha lasciato il bambino a Yves con leggerezza. Lo ha fatto perché sapeva per certo che sarebbe stato cresciuto bene. Nel miglior modo possibile. I Kishimba sono molto in vista. E infatti lui aveva studiato nella scuola belga e poi a Parigi. E di fatto vivevano a Parigi. E comunque non è solo per l'agiatezza. Non c'era persona migliore di Yves cui lasciare il bambino. »

Calligaris per il momento omette una domanda che per me sarebbe sostanziale: perché Valeria non ha riconosciuto Emi? Perché lei e Yves hanno rotto? Ma la differenza tra me e uno che lavora in polizia, del resto, è proprio questa: io farei domande di pancia, un vero poliziotto sa colpire il bersaglio senza disperdere energie e informazioni. Calligaris sa che al momento quel perché non aggiunge nulla; e tuttavia chiederlo agiterebbe Valeria Rebaldi. E lui ha bisogno di collaborazione.

« Ma Yves Kishimba è tornato in Congo. Da quello che ci risulta, si è unito a una missione un mese fa. »

« E il bambino? » Noto che Valeria non lo chiama mai per nome. « Lo ha lasciato a un'estranea? »

« Estranea non era. Assireni Mwamimi gli faceva da madre. E poi, con loro a Parigi c'era la nonna di Emery, Anouket Kishimba. » Valeria sospira così rumorosamente che quasi sembra un gemito. « Qualcuno di loro ha mai provato a includerla nella vita del bambino? »

« Solo all'inizio. Quando ero ancora in ospedale, dopo il parto. Poi devono aver capito che era tutto inutile. » Forse certi ricordi ben nascosti alla vita di tutti i giorni attraversano la mente di Valeria, perché il suo sguardo si riempie di una tristezza profonda. « Comunque. Mi è tornata in mente una cosa. Ho parlato con Francesca... del Congo e del bambino. Qualche mese fa. Lei me lo ha chiesto perché era fatta così, a un certo punto pensava a delle cose e te le diceva; non conosceva discrezione, entrava a gamba tesa e stanava i pensieri più nascosti. »

A Calligaris forse piace l'espressione, dato che la riprende per chiederle: « E che pensiero ha stanato? »

« Voleva sapere se ho rimpianti. Se penso mai a... al bambino. »

« E la risposta è...? »

« Certo che ci penso. E lei si aspettava di sentirmi dire proprio questo. »

« E i rimpianti? »

Valeria guarda sua madre con un accenno di durezza. « Li ho. Specie se penso che mia sorella ha usato le mie quattro parole in croce come pretesto per mettersi in contatto con Yves e stravolgere la vita di tutti. Tipico di Francesca.»

Christine si inserisce dolcemente. «Mia figlia era così, agiva sempre per il bene, con passione e buoni propositi, però tante volte presa dall'entusiasmo non si rendeva conto delle conseguenze. Perché era giovane...» E di nuovo non si trattiene e piange a dirotto, e vorrei ben vedere, se perdi una figlia di ventitré anni in maniera così balorda. Si allontana ancora per raggiungere il bagno e Calligaris approfitta del fatto che siamo rimasti soli con Valeria per fare l'affondo. «Come ha detto che si chiama in Francia, il modo in cui ha partorito lei?»

«*Accouchement sous X.* Esiste anche in Italia.»

«Ecco. L'*accouchement sous X*, il parto in anonimato, lei lo ha fatto per compiacere qualcuno? La prego di essere sincera. Qui c'è in ballo qualcosa di grosso e noi siamo ben lontani dall'aver capito cosa. Ma sua sorella è morta, suo figlio – o come lei preferisce considerarlo – vagava per la città con il rischio che gli succedesse qualcosa di orribile, e la persona che se ne prendeva cura è sparita nel nulla. Ci servono elementi, Valeria. Anche se è una pagina della sua vita che ha strappato e buttato nel fuoco. Se preferisce faccio rimanere fuori sua madre. Ma sia sincera e ci dica tutto quello che può aiutarci.»

«Io... Non è che non voglia collaborare. Ci mancherebbe...» si schermisce Valeria, dall'aria sempre più fragile, come una brocca di cristallo già crepata che se la tocchi va in frantumi definitivamente. «Ha ragione a dire che la situazione è grave, ma io non so... non capisco come tutto possa essere collegato. »

« Ma lei non lo deve capire. Quello è compito nostro. Però possiamo riuscirci soltanto se abbiamo tutti gli elementi. »

Valeria mette le mani alla fronte, i gomiti poggiati sulla scrivania che viene raggiunta da una lacrima appena congedata dai suoi occhi. Con il viso ancora coperto, Valeria risponde: « Quando io e Francesca siamo andate in Congo ho conosciuto Yves. Lui si era già laureato a Parigi ma tornava di tanto in tanto per un discorso di coscienza. Perché diceva che nei bambini del suo paese trovava valori più importanti per la sua vita e la sua professione. Ovviamente ti innamori di uno così, no? Di uno bello come l'attore di *Bridgerton* che ha ideali tanto alti ». Cerca la mia complicità, come se avesse bisogno di un clima disteso per parlare liberamente. Intanto Calligaris fa segno a Visone di aspettare al varco Christine e di non farla entrare. « E credevo con tutta me stessa di aver trovato la felicità, perché lui mi ricambiava, mi voleva portare a Parigi, e a me a ventisei anni non mancava niente, che fortuna che avevo, che gran fortuna avevo avuto! »

La voce di Valeria inizia a tremare, si ferma e chiede altra acqua, dicendo che non sa se ce la fa ad andare avanti.

« Coraggio, Valeria » le dico, poggiando la mia mano sulla sua chiusa a pugno, aspettandomi dal suo racconto qualcosa di molto brutto e molto triste.

« Altro che fortuna » dice, tremando ancora, come se i fatti fossero successi ieri. E alla fine, con enormi difficoltà, riesce a dirlo. È stata aggredita da un militare dell'esercito congolese. « C'è tanto degrado. Tanto. Sarebbe un posto meraviglioso, ricco, rigoglioso. Non gli mancherebbe nulla. E ci sono persone incantevoli incontrate lì che porto nel cuore, ma è un paese in cui dalla miseria è nata anche tanta crudeltà. » Non le ho lasciato la mano per un istante, e nemmeno lei ha fatto cenno di volerla lasciare. « Io penso che il bambino sia figlio di quell'uomo. Lo pensavo allora e lo penso ancora oggi. Perché con Yves avevamo fatto attenzione. Mi diceva che non aveva importanza ma ne aveva per me. Sin da subito Yves ha detto: è mio. E sosteneva che comunque avremmo potuto fare l'esame del DNA, se io proprio avessi voluto, ma che secondo lui non aveva senso. Non aveva importanza. Che nobile, da parte sua, direte. E tutta questa nobiltà a me faceva ancora più rabbia, contro tutti, contro la vita, contro il suo paese, contro quel bambino. Io... non so come spiegarvi. Io volevo chiudere con quell'inferno. Anziché stare con Yves, io mi volevo lasciare tutto alle spalle. Volevo riprendere la mia vita dove l'avevo lasciata... avevo ventisei anni, solo ventisei anni... mi potete capire? »

Calligaris annuisce. Io le rivolgo tutta la compassione che posso.

« Io sono contraria all'aborto. Ho pensato subito di lasciarlo senza riconoscerlo, ma non in Congo, dove i bambini abbandonati... vanno incontro a una vita molto dura. Allora Yves mi ha detto: andiamo a Parigi. Ripartiamo da lì. E io a volte pensavo di poterci riuscire, perché in certi momenti... Non so come spiegarlo, ma nonostante tutto c'erano momenti durante la gravidanza in cui mi sentivo... »

Non sa come dirlo, e io mi rendo conto che pendo dalle sue labbra, perché il modo in cui si sentiva l'ho sperimentato per così poco tempo che, come tutte le cose perdute, è finito tra i ricordi meravigliosi, idealizzati, inarrivabili. Tuttavia ci rinuncia: non trova le parole per descrivere quella sensazione e smette di cercarle, lasciando in tronco la frase.

Ma in ogni caso, malgrado gli sforzi di superare il passato e ripartire, Valeria non c'è riuscita. Ha scelto di lasciare quei ricordi oltre una porta chiusa a chiave. Alla fine Yves ha riconosciuto il bambino e per quanto ne sappiamo lo ama come proprio.

« Chissà se poi lo ha mai fatto quell'esame del DNA. Voi lo sapete, se lo ha fatto? Lei » dice poi rivolgendosi a me, come folgorata da un'idea improvvisa, in uno stato di alterazione che mi suscita una gran pena. « Lei ha fatto l'esame! » esclama, quasi speranzosa. « Lei sa come stanno davvero le cose. »

Calligaris strabuzza gli occhi e interviene prima che io possa aprire bocca, terrorizzato all'idea che illecitamente io possa davvero aver ricostruito il profilo del padre di Emery. Il pensiero potrebbe sembrare folle, ma è pur vero che da me ci si può aspettare questo e ben altro e in passato ne ho già dato ampia prova. « Signora. Noi apprendiamo da lei in questo momento tutta la storia. Forse è una cosa che dovrebbe chiedere a Yves Kishimba. Non è tra i miei compiti dare consigli, ma mi sembra che abbiate molto di cui parlare. »

E io aggiungo: « Valeria, per conto mio mi sento di dirle che sta passando attraverso esperienze parecchio traumatiche. Ha bisogno di confrontarsi con qualcuno che possa aiutarla a fare i conti con tutto quello che le è successo ».

« Lo faccio già da allora. E penso che dopo oggi avrò nuovo materiale per la mia analista » dice, con il primo accenno di un sorriso che le vedo fare da quando la conosco. Un sorriso tenero, ma molto amaro.

« Francesca era a conoscenza della violenza? » domanda quindi Calligaris.

« Sì. Non era cosa da poter tenere nascosta, quando è successa. Guardi » dice mostrando la dentatura. « Questo dente ho dovuto ricostruirlo. Ho preso un gran pugno che me lo ha rotto. »

« Valeria... Mi spiace profondamente. Capisco che dev'essere stato terribile, lei era andata lì per far del bene e ha pagato un prezzo ingiusto. »

« Capita, purtroppo. Poteva succedere ovunque. A chiunque. »

Poi Calligaris riprende le fila e le chiede: « Francesca... che opinione aveva della sua scelta? Del parto in anonimato ».

« Si è sgolata per convincermi a lasciarmi tutto alle spalle e a ripartire con Yves e il bambino. »

« Anche l'ultima volta in cui ne avete parlato? »

« Sì. Insisteva, sosteneva che secondo lei potevo ancora riallacciare i rapporti... diceva, il bambino è ancora piccolo... »

Valeria lascia in sospeso la sua risposta. Ha parlato un po' in falsetto, come imitando la sorella. Piange di nuovo.

« Un'ultima cosa. Ma perché ha partorito a Parigi, e non in Italia? »

« Perché quando ho lasciato il Congo ho seguito Yves a Parigi. All'inizio, come le ho già detto, speravo davvero di riuscire ad accettare il bambino. E quando ho capito che non ce l'avrei fatta ho detto a Yves... 'Diamolo in adozione qui, non è necessario che tu lo riconosca... la Francia non è il Congo...' Ma lui non ha voluto saperne. E più lui era eroico, più io odiavo entrambi, più mi sentivo cattiva. Di base il mio problema era l'odio, e non mi è ancora passato. »

« Meglio non parlare di odio, in un commissariato, quando c'è di mezzo un morto... » le dice Calligaris, con un sorriso tirato e anche un po' imbarazzato. Mi sembra ovvio che non ascrive a Valeria Rebaldi un ruolo plausibile nella morte della sorella, né nella scomparsa della tata di Emery. Altrimenti l'odio lo cavalcherebbe eccome.

« Ma non c'entra niente con mia sorella! Io non mi darei pace se fosse morta per un motivo collegato a quella storia. Se veramente avesse preso contatti con Yves e avesse fatto venire il bambino fin qui per me in un qualche disegno sconsiderato dei suoi. »

«Parli con Kishimba» ribadisce un Calligaris novello dio dell'Amore, porgendole un fazzoletto, e forse senza pensarci troppo.

«Ma io ho chiuso. Ho chiuso. E tornare indietro potrebbe distruggere tutto quello che ho costruito fino a ora.»

Forse ha ragione. Perché tornare su strade passate per fare i conti con se stessi è benefico. Ma tornarci pensando di trovare tutto come lo si è lasciato per riprendere da lì, quello sì che potrebbe essere un errore fatale. E quindi mi astengo dal dirle che Emi, il suo Emery, è un bambino bello e buono come ce ne sono pochi. Così adorabile da riuscire ad aprirsi un varco persino in un tipo ostico come Claudio, disvelandogli un'imprevedibile capacità di accoglienza. E forse anche un sogno custodito nel sotterraneo del cuore.

15

Quando si è privi di coraggio, bisogna essere pazienti.
Mélissa Da Costa

Dopo che Christine e Valeria hanno lasciato il suo ufficio, Calligaris rimane in silenzio, assorto. Con un po' di timidezza, mi inserisco tra i suoi pensieri.

« C'è forse qualcosina che lei non mi ha raccontato? »

« Tanto alla fine arriviamo sempre allo stesso punto. Tu per la tua strada e io per la mia... »

« Io però non le nascondo niente. »

« E nemmeno io. Vieni qui. C'è una cosa che devi vedere. »

Avvia quindi un file con QuickTime Player.

Sembra la visuale dall'interno di un'auto in movimento, e riprende prima il MAXXI, poi un incrocio, altre strade, poi piazza Perin del Vaga, infine via Stern. Qui Calligaris ferma il filmato e fa scorrere i fotogrammi a uno a uno.

« Cos'è? »

« Alcuni tassisti si dotano di videocamere che attaccano al cruscotto per registrare i loro tragitti. Si chiamano dash cam. »

« Ma a che servono? »

« Servono a tutelarsi in caso di incidenti simulati e truffe. »

« Oh. Capisco. »

« Un tassista ha letto dell'incidente di via Stern e, ricordandosi di essere passato da lì, ha fornito questo materiale. Lo ha fatto avere sabato, ma meglio tardi che mai. »

Nello schermo adesso si vede una ragazza bionda (Francesca?) davanti al cancello del Collegio Beata Dorotea Paoletti. Ha la mano alzata, come se stesse salutando.

« Di che giorno è questo filmato? » chiedo ad alta voce più a me stessa che a lui, sporgendomi per vedere bene la data, che coincide con quella della morte di Francesca Rebaldi.

Calligaris obietta: « Non è solo la data a essere importante. Aspetta e guarda ».

Va avanti ancora con il fermo immagine. La videocamera inquadra adesso il marciapiede dell'altro lato della strada. Calligaris zooma e si distinguono chiaramente due figure.

Emi.

Non c'è dubbio. È proprio Emi, insieme a una ragazza alta, pelle d'ebano, centinaia di treccine riunite in un'unica capigliatura e una mise di Gucci (mocassino aperto a ciabatta incluso) che farebbe impallidire la moglie di un calciatore. I lineamenti del volto non si distinguono bene, ma apparentemente è bella in maniera straordinaria.

« Emery e Assireni » esclamo.

« Esatto. »

« Ha la prova regina che erano in contatto con Francesca! Il filmato è delle 13.43; ha pensato che potrebbero aver pranzato insieme? »

« Sì, e infatti è così. Ho fatto interrogare il personale dei ristoranti della zona: per fortuna Assireni Mwamimi non passa inosservata. »

L'ultimo pranzo di Francesca. Mi consola che sia stato bello, per lei, averlo impiegato incontrando Emery.

« Ci sono dettagli salienti? » gli chiedo.

« Pochi. A meno che tu non consideri saliente il fatto che Emery ha mangiato la pasta alla Norma gradendola molto. »

« Davvero, nient'altro? »

« No. So soltanto che al pranzo c'erano tre ragazze e un bambino. »

« Assireni, Francesca e? »

« Isabella Adrano, forse. »

« Dottore, dobbiamo parlare di Assireni. Io non so praticamente niente di lei. E se le può interessare le voglio anche dire che è griffata dalla testa ai piedi. Yves Kishimba le paga uno stipendio spettacolare? »

« Alice, il tuo essere di fondo una gran pettegola torna sempre molto utile » dice prendendo nota della mia osservazione. « Mi informerò anche su quest'aspetto. »

« Non è che tra Assireni e Yves c'è del tenero? »

« Non secondo quanto ci dice Kishimba. »

« Allora cosa dice Kishimba? »

«Che Assireni Mwamimi moriva dalla voglia di venire in Italia.»

«E speriamo che di questa voglia non sia morta veramente» mi ritrovo a dire. «Aveva contatti qui, a parte Francesca?»

«In Italia da sei mesi viveva anche suo fratello Baptiste.»

«Il fratello lo avete già interrogato?»

«Non è a Roma e abbiamo qualche piccola difficoltà a rintracciarlo. Però c'è una notizia che secondo me è una tessera importante del puzzle.»

«Ovvero?»

«Baptiste Mwamimi suonava negli Astonishing.»

Sgrano gli occhi. «Nooooooooooo!»

Con finta innocenza e vero compiacimento, Calligaris risponde: «Ma se me l'hai detto proprio tu, di metterli sotto torchio!»

«Però non avevo idea che ci fosse un collegamento simile!» Anche se mi torna alla mente il batterista con la maglietta rossa e azzurra – più tardi, già fuori dall'ufficio di Calligaris, controllerò la maglia della nazionale congolese e dubbi non ce ne sono: Baptiste ne indossava una. «Dottore, è tutto connesso, è sempre più evidente.»

«Lo so. Ci dobbiamo arrivare con calma e a questo punto la cosa più urgente è ritrovare Assireni Mwamimi. La si può ancora salvare, al contrario di Francesca.»

«Ma è sparito anche Baptiste, quindi?»

«No, non è sparito. Lui è tornato in Congo. Guarda caso.»

« Ma che ci faceva in Italia? A parte suonare con gli Astonishing, intendo. »

« Aveva un regolare visto d'ingresso oltre i novanta giorni per ragioni di studio. Ha ventitré anni, la stessa età di Francesca. È uno studente di Medicina. »

« Ma è partito prima o dopo la scomparsa di sua sorella Assireni? »

« Dopo. »

« Con un biglietto che aveva già da prima o acquistato sul momento? »

« Bella domanda. Se ne sta occupando Sofia, deve ragguagliarmi più tardi. »

« Ma cos'altro ha detto Yves? Cioè, perché ha spedito figlio e tata in Italia? »

« Tutto, in effetti, è partito da Francesca. Riassunto della puntata precedente: il bambino nasce a Parigi dove Yves Kishimba vive e lavora. Ogni anno, Kishimba torna in Congo per cinque-sei settimane. Quando Emery ha un anno circa, Yves assume Assireni: viene da un villaggio vicino a Goma, ha alle spalle un passato di accuse di stregoneria e torture. »

Trasecolo. « Stregoneria??? »

« Nelle religioni animiste comuni negli strati più poveri e sottosviluppati sono diffuse molte credenze e superstizioni. Secondo Kishimba, per il suo villaggio Assireni era *troppo.* »

Forse Yves intendeva questo.

« Dicevo, Yves Kishimba assume Assireni e la porta a Parigi, dove la ragazza fiorisce: studia, lavora, diventa parigina naturalizzata. »

« E Yves non si prende una sbandata per lei? Sembra bella in maniera irreale » dico guardando la foto che nel frattempo Calligaris mi ha dato. Flessuosa e seducente, uno sguardo di velluto sotto ciglia lunghe e nere come stoppini di candele.

« Lui nega. »

« Un santo! »

« Presunto tale, Alice, presunto tale fino a prova contraria. Tornando a noi. Arriva il momento di rientrare in Congo come ogni anno. Nel frattempo Francesca Rebaldi, come sappiamo, sta addosso alla sorella: fondamentalmente si ritiene capace di ridisegnare il suo destino. La gioventù, ha ragione la povera Christine Rebaldi. La gioventù » ripete, con dispiacere sincero di fronte all'evidenza che la gioventù, in questo caso, con la sua passione, è stata tradita dalla durezza della vita. « A contattare Yves Kishimba, Francesca ci aveva già provato un anno fa, via mail. Ce lo ha detto lui e siamo riusciti a risalire allo scambio di mail. Ma lui non è stato accogliente. Anzi, è stato abbastanza perentorio nel farle capire che voleva essere lasciato in pace. Stavolta quindi Francesca si muove diversamente: lo fa chiamare da Isabella Adrano. C'è una cosa fondamentale da dire in questa storia: gli Adrano commerciano legname. Indovina con chi? Con i Kishimba, che hanno un impero a Kinshasa. È stata Isabella il tramite tra le Rebaldi e Yves. Non solo nel primo viaggio, quello che Isabella regalò a Francesca per i diciotto anni, ma soprattutto per il secondo, che durò a lungo e che cambiò completamente il destino di entrambe.»

«Isabella è andata in Congo con loro, la seconda volta?» domando un po' titubante. Dal suo profilo Instagram non mi risulta. E infatti la risposta di Calligaris è no. «Ma c'è andata più volte, dopo, sempre con la sua famiglia e anche con altri amici. Come per esempio Federico Bercante, anche lui negli Astonishing. Ma questo già lo sai di sicuro.» E invece mi sfuggiva! Calligaris guarda quindi l'ora. «Se hai tempo da perdere puoi rimanere: la Adrano dovrebbe arrivare tra dieci minuti esatti. Sono sicuro che avrà cose molto interessanti da spiegarci.»

«Dottore, lei è tremendo. Sapeva già tutte queste cose...»

«E ne so anche qualcuna di più. Ma vediamo se adesso la Adrano vuole aggiungerne altre. Come già ti ho detto qualche volta in passato, la polizia lo fa di mestiere...»

Il solito bonario sarcasmo di Calligaris scompare dal suo viso quando un agente gli annuncia l'arrivo in anticipo di Isabella e del suo avvocato. «Ora basta scherzi. Qua bisogna chiudere il cerchio.»

Con la sua lunga treccia bruna e una fascia colorata annodata in cima alla testa, Isabella Adrano si presenta trasmettendo suo malgrado un discreto coefficiente di agitazione.

Nei suoi occhi aleggia il senso di colpa – forse per

quelle parole via Twitter, quel dispetto vigliacco e ingiustificato, perché la balla che qualcuno le ha rubato l'identità lascia il tempo che trova, o almeno è quanto mi dice Calligaris.

Sa di essere in un piccolo grande guaio e non desidererebbe altro che uscirne rapidamente e dimenticare. Tutto questo è nei suoi occhi, o forse lo leggo io. Forse c'è soltanto paura di trovarsi a ventitré anni nell'ufficio di un vicequestore, di fianco a un avvocato.

« La perizia informatica è quasi pronta » esordisce quest'ultimo. « Dimostreremo che non è stata la mia assistita a inveire su Twitter contro Francesca Rebaldi. Non ne aveva alcun motivo. »

« Sì, sì » replica Calligaris, abbastanza annoiato. « Ma oggi la sua assistita deve rispondere ad altre domande. »

« Sono a disposizione. »

« Premetto che sappiamo già tutto dei rapporti tra la sua amica Francesca e Yves Kishimba. »

Isabella sgrana gli occhi. « Che rapporti? Non ce n'erano. »

« E invece lei ne aveva? »

« Non direi che lo sentissi tutti i giorni. »

« Però Francesca le ha chiesto di parlargli, a nome suo. Lei lo ha fatto? »

« Sì. Cerco sempre di aiutare, quando posso. Voi sapete già tutta la storia di Valeria e Yves, immagino. »

« Certo. Come pure sappiamo che Francesca stava

tentando un riavvicinamento tra i due, nonostante Yves fosse apparso piuttosto chiuso, al riguardo.»

«Che è il motivo per cui gli ho telefonato io. Per fare da mediatrice.»

«Ma lei lo sa che Valeria Rebaldi ne era all'oscuro.»

«Sì, era un'idea di Francesca. Una bella idea, perché è ovvio che Valeria è ancora innamorata di Yves.»

Probabile. Due ragazze sfrontate e coraggiose, animate dalle migliori intenzioni. Eccole, Francesca e Isabella. Cos'è andato storto nel loro programma? A chi hanno dato fastidio? E dov'è Assireni?

«E Yves, secondo lei?» domando io, guadagnandomi un'occhiataccia di Calligaris.

«Yves si era visto sbattere la porta in faccia. L'ha capita, appoggiata, accolta. Ha fatto di tutto. Ma quel tutto lei non l'ha voluto. Così, si è accollato un bambino che forse non è suo e trascorsi quattro anni non ha tutta questa voglia di riaprire la porta a Valeria. Questo è quello che ho capito io dopo averci parlato su incarico di Francesca.»

«Però alla fine ha permesso che il bambino venisse in Italia e ha accettato di fargli incontrare Francesca. Giusto?»

«Sì, alla fine l'ho convinto. Dato che sarebbe partito per il Congo lasciando il bambino alla tata, tanto valeva provare il riavvicinamento alla zia. Non è stato facile. Eh, no. Ma si è convinto. Anche perché Assireni, la tata, giocava di sponda facendo pressioni a sua volta per venire in Italia.»

« Quante volte avete visto il bambino e Assireni Mwamimi? »

« Una volta sola. Almeno per quel che riguarda me. Siamo andate insieme, io e Francesca, a prenderli a Termini e li abbiamo accompagnati in albergo e poi a pranzo. Nel pomeriggio Francesca è stata investita. Non ho fatto in tempo a sentirla e a chiederle se si fossero visti ancora. E se vuole sapere la verità, non me ne importa nulla di Yves e di Valeria, il mio grande dolore è che non ci sia più lei, che mi manca in maniera devastante. »

Abituato al dolore altrui e obbligandosi a non indugiarci, Calligaris cambia discorso. « Che impressione le ha fatto Assireni Mwamimi? »

« In che senso? »

« Com'era con il bambino? »

« Fantastica. Come una madre. »

« Le è sembrata tranquilla? Serena? »

« Be', sì, nella media. »

« Ha parlato al telefono con qualcuno, mentre era con voi? »

« Le squillava il cellulare, ma non ha mai risposto. Sul display appariva il nome Baptiste. Suo fratello » si premura di aggiungere, per essere pienamente collaborativa. E fin qui niente di nuovo.

« Ha detto qualcosa sui suoi programmi a Roma? »

« E che programmi? L'idea era di stare con Francesca e il bambino. Quindi suppongo che avrebbero fatto tutto a sua misura. Però una cosa l'ha detta, ora che ci penso. Che se a Francesca andava bene poteva lasciarglielo la mattina del sabato, perché lei doveva incontrare una vecchia amica. E Francesca ovviamente ha detto sì. »

Ma al sabato non sono mai arrivate. Francesca è morta il venerdì e Assireni è sparita lo stesso giorno.

« E di questa amica ha detto nulla? »

« No. »

E comunque, è possibile che fosse una scusa.

« C'è altro? » domanda l'avvocato di Isabella, dal momento che Calligaris è rimasto in silenzio.

« Per il momento no. Si tenga a disposizione, tuttavia. » Il vicequestore risponde a entrambi. Ma fissa Isabella.

16

Non bisogna accanirsi nel capire ma tentar di sentire, con abbandono.

Federico Fellini

« E quindi affittiamo per un mese questa barca a vela che ha già fatto la regata Ostar. Partiamo dalla Toscana e facciamo Sud della Corsica, Nord della Sardegna e tutte le Baleari, poi sbarchiamo ad Alicante e da lì torniamo a Roma in aereo... »

Cordelia spiega i suoi progetti per le ferie d'agosto – « Ferie da che » mi dirà Claudio più tardi, « che non si capisce ancora che minchia fa ».

Siamo a cena in quattro, in un locale scelto da lei, a cinquanta metri da piazza del Popolo. « Sono oltre cinquecento miglia di navigazione, il punto più difficile è il Golfo del Leone quando il vento soffia da nord-ovest... ma il tempo c'è e da Stintino si arriva a Minorca anche solo in una notte, se tutto va bene. A bordo c'è perfino un forno dove si può fare la pizza, senza contare il pesce – per voi, ovviamente, io lo sapete che non ne mangio. »

In definitiva, sta provando a convincerci a partire con loro. « L'avevo proposto ad Arthur e Saadia, ma la nascita della bambina è prevista a metà settembre, non vogliono rischiare... »

Per l'appunto, la colite di Saadia si chiamerà Amman. Non mi sfugge che è il luogo in cui si sono conosciuti lei e Arthur. Non è invidia la mia, no. Né gelosia. Se fossi invidiosa dovrei prendermela con tutto il mondo e invece no, preferisco mettere in moto energia positiva sperando che anch'essa, insieme alle punturine, si metta a stimolare le mie ovaie pigre.

« Dai. È una vacanza da sogno. »

« Io a Ferragosto sono di turno per la Procura » ribatte Claudio, ponendo fine a tutti i persuasivi discorsi di Cordelia.

A me personalmente non sarebbe dispiaciuto abbandonarmi al vento e fare la vita della navigante per un mese intero. È un bel cambio, è un'esperienza. Sarei curiosa di farla e più tardi, in auto, mi ritrovo a dire a Claudio che è un gran peccato che sia di turno a Ferragosto.

« Ma ti pare? Secondo te sono arrivato a un passo dall'ordinariato per farmi mettere di turno a Ferragosto? »

« Ma infatti mi sembrava strano. »

« E appunto. »

« Anche se poi in realtà tu odi il Ferragosto. »

« Non è questo il punto. »

« In definitiva, hai rifilato una balla a Cordelia. »

« Ti pare proponibile andare in barca con lei? Che sembra la bionda di quel film della Wertmüller? »

Mi scappa da ridere pensando alla meravigliosa Mariangela Melato nei panni di Raffaella Pavone

Lanzetti – per certi aspetti molto estremi è vero che Cordelia le somiglia. Ma il ricordo di quel film è subito scacciato da un messaggio di Samanta, con un contenuto che proprio non mi aspettavo.

« Claudio... Yves Kishimba vorrebbe incontrarci. »

Lui mantiene lo sguardo fisso oltre il volante. « Perché? »

« Samanta del Fraternidad mi chiede se può dargli il mio contatto. Glielo ha chiesto lui. A quanto pare ha saputo che ci siamo presi cura di Emery e vuole ringraziarci. »

« Non abbiamo fatto niente per cui debba ringraziarci. »

« Be', non è del tutto vero e lo sai. Siamo andati oltre le nostre mansioni. »

« Cosa sbagliatissima. »

« Non c'è niente di male a venire ringraziati. Peraltro, lui è un medico. Esiste un codice di rispetto tra di noi. Penso che dovremmo incontrarlo. »

È costretto a fermarsi al semaforo rosso. « Fallo tu. Non sono all'antica, puoi andarci anche da sola. »

« Perché invece non lo invitiamo a cena? Cucino io. »

« Buon Dio. »

« Ma dai. Di cosa hai paura? »

« Alice, dopo che ti ho visto far saltare la frittata in padella, io non ho più paura di niente. »

« Dico sul serio. Invitiamolo a cena. Con Emery, sempre se gliel'hanno già riaffidato. Anzi, magari con questa scusa glielo chiedo, se da un punto di vista burocratico tutto procede senza intoppi.»

«Forse non ha tutta questa gran voglia di cenare con due completi sconosciuti.»

«Se non glielo chiediamo...»

«Tanto hai già deciso.»

«È per via del codice di rispetto tra medici...»

«Ahh, sì, come no!»

Piena di un inspiegabile calore, digito rapidamente un messaggio per Samanta, inserendo la mia mail e concludendo con:

Io e Claudio sentiremo Yves molto volentieri.

È un giugno morbido e dorato, quello che volge al termine. In città tornano a riversarsi i turisti, una ressa ubiquitaria che diffonde un clima di vacanza. Mi immergo tra loro appena uscita dallo studio del dottor Tabucchi.

Per questo mese non è andata.

«Non perda fiducia e motivazione!» mi ha raccomandato prima che varcassi la porta della sua stanza per andare a pagare la parcella a una delle sue tre segretarie. No, certo, non le perdo. Non sono così stupida e capricciosa da aspettarmi tanta fortuna al primo colpo. La strada è lunga e impervia, e più la carico di aspettative peggio è. Quindi prendo il buono del fallimento: posso ancora concedermi un bell'alcolico. Uno spritz con vista sul colonnato del tempio di

Adriano, tanto per dire. La bouganville sulla facciata del locale probabilmente è già fiorita. Me la merito.

La mail di Yves Kishimba si presenta alla mia casella di posta proprio dopo aver ordinato, mentre alla radio va Cyndi Lauper con *True Colors* che alimenta con un po' di benzina la mia già ben avviata malinconia. La mail è formulata in inglese, in maniera corretta ed elegante.

Buongiorno Alice e buongiorno Claudio.

Per prima cosa vi ringrazio per avermi fornito un contatto attraverso cui scrivervi, ma a quanto pare le ragioni per cui ringraziarvi sono più d'una, e parto dalla più importante: essere stati vicini a mio figlio Emery durante questo assurdo periodo in cui è stato lontano da me.

Non so se vi è stato già detto, ma sono anche io un medico. Sento che questo crea un ulteriore legame tra di noi. Non so quando tornerò a Parigi, ci sono ancora una serie di vicende da definire qui a Roma. Sarei felice di invitarvi a cena, dove preferite, per conoscervi e ringraziarvi di persona.

Yves Kishimba

Inoltro subito la mail a Claudio. « Ti ha preceduta » mi risponde in tempo reale.

« Ma forse è comunque meglio invitarlo da noi. »

« Alice, che ti devo dire? Ti do carta bianca. Semmai vedrò di inventarmi un impegno dell'ultimo minuto. »

Lo ignoro, già presa dal mio progetto. « Posso comprare un nuovo servizio di piatti... Sai, in genere queste cose le si mette in lista nozze ma noi non ne abbiamo mai fatta una non essendoci mai sposati, sicché... »

« Sì, sì, okay. »

Il suo essere così accondiscendente quasi quasi mi delude, mi leva l'inveterato piacere di doverlo convincere.

Fatto sta che mentre sorseggio il mio spritz al tramonto, immersa in una rasserenante palette di arancioni, rispondo alla mail di Yves rivolgendogli il famigerato invito e fissando anche una data che Claudio ha approvato.

Quando ricevo la risposta di Yves, veloce e cordiale, ho già comprato online i piatti nuovi – che poi sono usati, ma del resto il servizio che volevo io fresco di fabbrica costava più di quanto abbia in banca al momento – e sto già formulando la lista della spesa per un menu d'effetto che sia però *children friendly*. Yves mi ha confermato che ci sarà anche Emery.

Di tanto in tanto faccio una capatina sul profilo Instagram degli Astonishing. Guardo le loro stories, che sono quasi sempre repost di stories di altri che le hanno girate durante i loro concerti. Al Pigneto o altrove.

Adesso c'è un nuovo batterista, un ragazzo americano. Ma andando un po' indietro, c'è un post di un mese fa con una bella foto di Baptiste Mwamimi seduto davanti alla batteria. La caption recita:

Oggi sarà l'ultima volta degli Astonishing con Baptiste. Buon ritorno a casa, Bonzo!
Mbote, Baptiste! Au revoir!

Purtroppo, Baptiste non ha un profilo Instagram che un'investigatrice dilettante come me possa usare per le sue indagini farlocche. Con un paio di ricerche scopro se non altro che Bonzo era il soprannome di John Bonham, il batterista dei Led Zeppelin. E che *mbote* è un saluto in kikongo.

Intanto, Federico Bercante si è rasato i capelli e ha pubblicato foto in cui si ritrae insieme a Isabella in atteggiamenti inequivocabili. *Ma come fan presto amore ad appassire le rose*, avrebbe cantato De André. Ma magari sono cattiva. Sono sempre stati buoni amici: Isabella se l'è portato anche in Congo. Forse, uniti dalla comune perdita, hanno trovato consolazione l'uno nelle braccia dell'altra. Alla fine ci sono amori che nascono anche così. Dallo sconforto. Quanto durino poi è tutto da vedere.

17

Per crescere un bambino ci vuole un intero villaggio.

Proverbio africano

Dalla cassa collegata con il bluetooth al mio Spotify si diffondono una dopo l'altra le canzoni di una playlist mixata di Adele, Sade e Amy Winehouse. Nel frattempo ho apparecchiato come se a casa mia dovesse arrivare da un momento all'altro Csaba dalla Zorza. Tutto è pronto per accogliere i miei ospiti, che in effetti suonano al campanello spaccando il minuto.

Emery – che per me sarà sempre Emi – ha una diversa luce nello sguardo, adesso che è nuovamente insieme al padre. Quel senso di smarrimento è del tutto sparito dagli occhi notturni, che ora scrutano il mondo con serena curiosità, quella che ci si aspetta nello sguardo dei bambini.

Yves Kishimba indossa un profumo di classe, una camicia bianca e jeans scuri. La sua avvenenza è sbalorditiva, e non si limita a un fatto estetico. Ha qualcosa in sé che va oltre, forse l'essere cresciuto con abbondanza di mezzi in un luogo tra i più miseri al mondo gli ha conferito una sicurezza costituzionale. In una città con diciassette milioni di abitanti in cui i ricchi sono in prevalenza europei, essere un congolese di classe elevata che vive nella zona nord – quella che chiamano Kin la belle – deve aver influito sui modi e sul carattere.

Ha portato un mazzo di calle arancioni e una bottiglia di Perrier-Jouët d'annata per cui lo ringraziamo, utilizzando l'inglese.

C'è un po' di rigidità – d'altra parte siamo sconosciuti uniti solo dalle circostanze e per di più nemmeno troppo gradevoli. Ma Emi ha la capacità di abbattere i muri: il modo in cui si avventa sulla mia parmigiana di sicuro rompe il ghiaccio.

E se dapprima si conversa in maniera generica di lavoro, che è di certo il terreno comune più semplice da esplorare in una fase iniziale, non molto dopo si passa a un altro terreno comune, quello più doloroso e complicato, con il limite di non sapere bene cosa si può dire e cosa no – eviterei di nominare Francesca e la sua tragica fine, per esempio. E, naturalmente, anche nominare Valeria Rebaldi sarebbe inutile e spiacevole. In generale, ci sono tanti fatti che magari lui presume siano privati e di cui invece io sono a conoscenza. Questa disparità fa sì che io mi senta a disagio più di quanto sarei normalmente in circostanze analoghe.

Ma la conversazione alla fine è più semplice di quanto prevedessi, perché Yves parla dei fatti suoi con spontaneità e senza reticenza. Forse perché si aspetta che uno che ha perso il figlio nel centro di Roma, che sia o meno colpa sua, abbia comunque qualche spiegazione da dare.

« ... perché la verità è che Emery è stato protetto. Penso che abbia vissuto momenti di assoluto terrore quando si è trovato senza Assireni, però nelle due settimane in cui è rimasto senza la mia custodia, è stato nelle migliori mani possibili » sta appunto dicendo, mentre io annuisco silenziosa. « Non abbandonarlo è stato un gesto di grande umanità, da parte vostra. »

Claudio e io continuiamo a schermirci, a dire che chiunque al posto nostro l'avrebbe fatto. Nel frattempo Emi sta toccando le foglie della mia Maranta Leuconeura – ancora viva malgrado me – inconsapevole del fatto che è l'unica pianta al mondo ad avere una propria personalità. Per di più simile a quella di un gatto. Le foglie si ritraggono e Yves richiama Emi in francese ammonendolo a non toccare nulla. L'obbedienza di questo bambino mi lascia sempre un po' strabiliata, specie se la comparo a quella dei miei nipoti.

Non posso fare a meno di commentare ad alta voce. « Emery è un bambino incredibilmente maturo. »

Yves lo guarda con amore e orgoglio. « Sono stato fortunato » è la sua risposta.

E conoscendo le circostanze della venuta al mondo del piccolo, è davvero difficile attribuire un senso preciso alla sua frase. Di certo la madre, Valeria, non si considera fortunata. Di certo non lo è stata. Eppure, Emery è la dimostrazione in carne e ossa che la vita resta miracolosa indipendentemente dal modo in cui è stata generata. In senso biologico, ma anche per gli effetti sulle vite degli altri. « Intendo dire » aggiunge, e io drizzo le antenne non ancora del tutto stordite dal Perrier-Jouët, « che Emery è stato un regalo. Porta con sé tanta gioia. » E fin qui, non potrei mai dargli torto. « Purtroppo il tempo che passo con lui non è quello che vorrei. Nel senso che vorrei fosse anche di più, ma ho delle responsabilità verso il mio paese. Come medico e come persona che ha avuto molto più degli altri. » Per l'appunto, le sue parole confermano l'opinione preconfezionata che avevo già di lui. « Questo è il motivo per cui Emery trascorre molto tempo con mia madre e con la sua tata. Che, come già saprete, è inspiegabilmente svanita nel nulla. »

Mi affretto a cogliere l'assist. « Certo, lo sappiamo... Nel senso che ci è stato detto. Sappiamo che anche il fratello di Assireni viveva a Roma... Ma lui è tornato in Congo malgrado la sorella sia sparita. Non è strano, secondo te? Non sarebbe stato più logico rimanere qui? »

Sotto il tavolo, Claudio mi fa un cenno della mano che può voler dire, nel suo linguaggio, « frena » o « anche meno » o « mollalo ». Ma Yves mi risponde senza problemi.

« Io ho parlato con Baptiste, ovviamente. È un mio protetto, nel senso che sto finanziando io i suoi studi e che conto di inserirlo nella organizzazione sanitaria con cui coopero. Non ho deciso io per lui: è quanto desidera. Li ho presi sotto la mia ala entrambi. Perché loro? vi chiederete. Come loro nel mio paese ce ne sono altri ottanta milioni. Ma non posso fare beneficenza a tutti... » dice con un sorriso amaro. « Bisogna scegliere su chi investire. Mi capite? Assireni e Baptiste sono due bravi ragazzi. Questo per dirvi che credo a Baptiste quando mi dice che sono successe cose più grandi di lui. Non si sarebbe giocato il suo futuro tanto facilmente. »

« Ma qualcosa in più deve averti detto... » insisto.

« Yves, Alice è un medico ma le piace fare anche un po' la detective » gli spiega Claudio.

Il sorriso candido di Yves mi condona la curiosità con un'abbagliante capacità di comprensione che tuttavia sa rimanere distante. « Capisco. »

« Non sentirti obbligato a rispondermi... anzi forse sono stata indiscreta... »

« No, no. Stai tranquilla. Baptiste è consapevole che c'è in ballo la vita di sua sorella. È tutto sotto controllo. » Yves il filantropo, Yves l'eroe, Yves che si immola crescendo il figlio di uno stupro, Yves il santo. Lo stesso Yves però sa essere freddo e distaccato, collocandosi in una dimensione emotiva remota, se solo vuole. Immagino che a Calligaris abbia detto di più. Deve aver collaborato, o dubito che la magistratura italiana gli consentirà di partire per Parigi, o per il Congo, o dovunque voglia andare. Che gli sia stato riaffidato il bambino già è una prova di efficienza degli uffici amministrativi italiani.

E poiché la temperatura della stanza si è lievemente raffreddata, Claudio interviene a modo suo. « Altro da bere? »

« Certo, volentieri! » replica Yves, mettendosi in

piedi e seguendo Claudio in cucina, dopo avermi strizzato l'occhio con fare amichevole.

E comunque è arrivato il momento del dolce. Ho fatto il tiramisù variante nonna Amalia (cioè con una generosa quantità di Baileys mischiato alla crema al mascarpone) – e i miei due commensali gratificano il mio ego con profluvio di complimenti da arrossire.

«Non ne mangerò mai più uno così buono» mi lusinga Yves, chiedendo il bis.

Adesso il clima tra noi è tornato disteso ed è proprio quando le difese di tutti sono abbassate che me ne esco domandando a Yves se ha una compagna che lo aspetta a Parigi.

La risposta è secca ma il tono non è sgarbato. «No.» In ogni caso è del tutto impossibile, da due semplici lettere, trarre quello che vorrei sapere e su cui si interrogava Francesca. C'è ancora margine, nel suo cuore, per accogliere Valeria? Ma tanto, non è nemmeno detto che Valeria voglia davvero essere riaccolta. Era l'ultimo desiderio di Francesca, per questo mi sta a cuore, mi dico. Naturalmente non posso sapere se fosse giusto o no, questo suo voler tessere i fili delle vite di Yves e Valeria. Volerli intrecciare di nuovo dopo che non soltanto il destino avverso, bensì la precisa volontà di uno dei due, li ha tagliati di netto.

Intorno alle dieci Yves annuncia che è ora di andare. Emery ha sonno.

Non possiamo sapere se è vero o se è un modo beneducato di levare l'ancora. Emi ha stropicciato solo una volta gli occhietti, ma d'altra parte i bimbi piccoli devono andare a letto presto. Lo so persino io.

I saluti durano il giusto, senza essere estenuanti come a volte accade, procedendo in maniera piuttosto prevedibile. Da parte nostra, c'è la promessa di chiamarlo se andremo a Parigi – in Congo è meno probabile, lo capisce bene, aggiunge con ironia. Da parte sua quella di farsi vivo se avesse ancora bisogno di qualcosa, anche per Emery, o se in generale dovesse tornare in Italia.

Salutiamo Emi con un abbraccio. Forse l'ultimo, prima che le nostre strade si separino definitivamente. Il bimbo poggia per un momento la testa sul collo di Claudio, che gli dà un leggero e affettuoso buffetto sulla nuca e poi sulle scapole sporgenti e sussurrando gli chiede: « *Es-tu heureux maintenant, avec ton père?* »

Emi annuisce. Continua a non fare grandi progressi, ma d'altra parte non se ne fanno in tempi brevi. Tra gli argomenti discussi con Yves prima del dessert c'è stato anche il ritardo del linguaggio di Emery, per cui è seguito da un'eccellente logopedista a Parigi che pratica un metodo sperimentale.

Poi me lo passa di nuovo e il piccolo mi stringe.

Vorrei dirgli alcune cose ma in italiano non le capirebbe e in una lingua che io non conosco perderebbero spontaneità. Lo stringo forte, perché non è solo Emi, ne sono consapevole, è anche il bimbo celato nel mio futuro, quello con cui gioco a nascondino e che è bravissimo a non farsi trovare.

« Quindi, insomma, direi che è stato a dir poco sibillino. Ma immagino che a voi abbia detto ben di più... »

Di lunedì mattina, alle ore 8.22, ho telefonato a Calligaris, raccontandogli della cena di sabato con Yves.

Il vicequestore è irrigidito. « Non me lo nominare, perché inizia davvero a starmi sulle palle. »

« Dottore. Addirittura? »

« Sì. Si comporta come fosse il padrone di casa. »

« È abituato a esserlo. »

« Ma non qui. Qui o collabora davvero o non lo faccio tornare a Parigi, quanto è vero Dio. L'ho convocato per questo pomeriggio. Se parla, bene. Altrimenti giuro che lo faccio incriminare per false informazioni al pm. »

« Ma lui non dice il falso. Semplicemente tace. »

« Non per essere pedante come la Vattimo, ma si fa riferimento all'articolo 371_{bis} del Codice penale che punisce chiunque, nel corso di un procedimento penale, rende dichiarazioni false ovvero tace, in tutto o in parte, ciò che sa intorno ai fatti sui quali viene sentito. »

« Oh. Non lo sapevo. Credevo ci si potesse avvalere della facoltà di non rispondere. »

« Certo, Yves potrebbe. Allora però dovrebbe dichiararlo. Lui invece dice e non dice. Comunque, c'è una novità di cui volevo parlarti. Sono arrivati i risultati degli esami del terriccio che tu hai prelevato sui vestiti di Francesca Rebaldi. C'è voluto tempo perché sono stati molto specifici. E potenzialmente anche molto utili: il terriccio proviene da un'area boschiva di Monte Mario. La perizia è piena di tecnicismi e nomi latini, però pare che ci siano tracce di litotipi e argille che sono proprio tipici di quella zona.»

«Per quanto ne sapete, si può escludere che Francesca ci fosse stata per conto suo? Non so, una capatina a Villa Mazzanti?» Per esempio io amo andarci. Mi piace la vista che si gode da lì con esposizione a est, mi piace l'edificio un po' Belle Époque, un po' eclettico, un po' esotico, e poi il giardino all'inglese...

«Abbiamo prelevato tutte le sue scarpe conservate in collegio, nessun paio presenta lo stesso tipo di terriccio sotto le suole. Ci sembra più probabile la tua ipotesi originaria, cioè che quel terriccio si sia staccato dal sottoscocca dell'auto che l'ha investita, al momento dell'impatto.»

«Eh, già.»

«Bene, signorinella. Adesso andrei.»

Mi congedo augurandogli buon lavoro e mi ritrovo da sola nella mia stanza, vagamente annoiata. È ovvio che avrei da fare. C'è la tesi di dottorato che langue miserrima, e anche qualche consulenza tecnica d'ufficio non ancora in scadenza sul cui versante potrei avvantaggiarmi per non arrivare con l'acqua alla gola come al solito. Ma le ore si susseguono pigre, statiche, interminabili. Vorrei non essere così indolente.

Ma questa sono io. Una che si entusiasma se a metà mattinata vede riapparire sul display del proprio cellulare il nome di Calligaris.

« Novità dell'ultima ora. Di' a Conforti di tenersi pronto, sta per chiamarlo la Procura. »

« Chi è morto? »

« Nessuno, per fortuna. Ma le tenebre hanno sputato fuori Assireni Mwamimi. E c'è del lavoro per lui. »

18

Una volta finito nessun libro, e nessun quadro, è mai uguale al primo pensiero che abbiamo avuto di esso.

Patricia Highsmith

« Allora? Ti hanno chiamato? »

« Alice, non ancora. »

Okay, gli sto un po' addosso. D'altra parte su WhatsApp non risponde, quindi per forza mi devo parare davanti alla porta della sua stanza. Chiunque al posto mio farebbe lo stesso.

« Sto fremendo, Calligaris mi ha detto soltanto che la ragazza ha raccontato di aver subìto violenze da parte di uno sconosciuto che l'ha rapita e l'ha tenuta segregata. »

Claudio fa spallucce. « E nemmeno questo ti doveva dire. »

Il suo telefono trilla e io sobbalzo. Ma a chiamarlo è l'operatore di un call center, che Claudio liquida né più né meno con la malagrazia che ci si aspetta da lui.

« Che sgarbato. »

« Ho solo una piccola quota di garbo da spendere quotidianamente, e in genere tu me la consumi. »

Il telefono squilla di nuovo. Stavolta è la Procura, riconosco il numero che anche lui, come me, non ha salvato in rubrica. Un medico legale impara presto, per non dire subito, a memorizzarlo e a temerlo.

Seguono vari « sì », « no », « dove », « quando », « certo », e infine « a disposizione ».

Appena riattacca sono appesa all'amo.

« Devo andare. »

« Dove? »

« Al Pronto Soccorso. »

« Vengo con te. »

« Tecnicamente mi dovrei portare dietro uno specializzando. »

« E su... »

Prende la macchina fotografica e la sua borsa, poi chiude a chiave la stanza. E io gli striscio dietro in maniera indecorosa.

« E dai... »

Chiama l'ascensore. Sta giocando. Via, ci sto.

« Vabbè. Chi tace acconsente... » dico quindi infilandomi dentro con lui, che aspetta che le porte di alluminio blu siano chiuse prima di avvolgermi in un abbraccio e catturarmi subito dopo in un bacio inaspettato, che leva il respiro, con una mano malandrina che si spinge fino alle morbide convessità del mio lato B.

« Claudio... non è il giorno giusto... »

Lui abbandona il campo immediatamente.

« Se mi avessi detto il posto, pure pure. Ma il giorno? Anche per un bacio ci deve monitorare quella piattola del tuo ginecologo? »

Mi faccio paonazza. « Ma no... È stato un lapsus. Volevo dire posto e ho detto giorno. »

Stringe gli occhi chiari, poggiandosi allo specchio dietro di sé e infilando le mani nelle tasche. « Non che io faccia molto affidamento sulle sparate di Freud, però qui il lapsus secondo me cela altro. »

« Ma che cela... »

Le porte dell'ascensore si aprono, accompagnate dal rumore di un campanello che segnala l'arrivo al piano. Non mi cede il passo – ma del resto non è tipo da galanterie.

« Andiamo, dai. C'è da lavorare. »

« Perché al Pronto Soccorso? »

« Perché Assireni Mwamimi è lì, ovviamente. È stata visitata da un ginecologo, ma qualcosa non torna. »

Durante il tragitto incontriamo conoscenti con cui è d'obbligo fermarsi a scambiare due chiacchiere, e poi Claudio riceve una telefonata da un avvocato, e anche questo lo sottrae a me. Più che a me, alla mia curiosità.

Riattacca quando siamo davanti all'ingresso del Pronto Soccorso, dove si premura di silenziare il cellulare e mi ricorda di fare altrettanto.

Adesso c'è spazio solo per la serietà, tra le pareti azzurrine dell'ambulatorio al cui centro, su un lettino, è sdraiata Assireni, lo sguardo che si rifiuta di poggiare su di noi nonostante il saluto che entrambi le abbiamo rivolto.

« Dottoressa Allevi » mi sento chiamare da una voce che ha un tono sorpreso. E non piacevolmente.

Mi volto e questa voce, ovvio, l'ho riconosciuta. Sofia Vattimo. « Salve, ispettore. »

« Non mi risulta che lei sia stata convocata... » butta lì, ma in tono neutro, come una semplice constatazione. È da paranoici leggerci altro.

« No, infatti. Affianco il mio collega, Claudio Conforti. »

« Ah, be', certo. Roberto mi ha detto che siete una coppia nella vita e nel lavoro... »

« Claudio, non so se hai conosciuto la nuova collaboratrice di Calligaris. »

« Sì, era già capitato. »

« Dottor Conforti, la aspettiamo nella stanza del suo collega del Pronto Soccorso. Vorrebbe parlarle. »

Volutamente mi esclude. Certo, si attiene al protocollo, lo comprendo. Ma rosico.

Intanto un'infermiera chiede ad Assireni se vuole dell'acqua, mostrando una bottiglietta. La ragazza annuisce.

Non mi costa grande sforzo rimanere in silenzio: non ho nessuna intenzione di violare lo spazio del suo dolore. Fino al rientro di Claudio in ambulatorio, la scruto di sottecchi, evitando che lei se ne accorga e si senta osservata. La massa dei suoi capelli fitti, la sua pelle levigata, il naso largo che non compromette la bellezza fuori dal comune del suo viso.

Claudio indossa i guanti e inizia la visita. Per pudore e per rispetto, continuo a rimanere incollata alla parete, la mia curiosità annullata dalle circostanze. Anzi, forse dovrei proprio uscire, ma è lui a richiamarmi, a chiedermi un parere, un confronto.

In un altro momento sarei stata felice di questo, ma adesso, non saprei bene dire perché, adesso no.

« Vieni, per favore » ripete.

È così che incrocio lo sguardo di Assireni, uno sguardo che, se lei vuole, può anche accoltellare.

Mi sento intimorita, ma avanzo. La mediatrice culturale le spiega in francese che sono anche io un medico, esonerando Claudio dal doverlo fare.

Mi indica un paio di punti, sulle braccia. Sono morsi. Claudio li fotografa, senza dire nulla. Poi, rispettando i ruoli, passa dalla mediatrice per chiedere ad Assireni di allargare le gambe e assumere la posizione ginecologica. Segni di graffi, all'inguine e all'interno delle cosce.

Il silenzio, nell'ambulatorio, è tale per cui senza essere coperto da voci o altri rumori il ronzio del condizionatore appeso vicino al soffitto risulta snervante.

Claudio non ha domande da rivolgere ad Assireni Mwamimi. Lui è diverso da me: io ne avrei mille, di cui ben poche di natura scientifica. Ma so che devo tenerle ferme nella mia mente – o al più suggerirle a Calligaris.

Finito l'esame la ringrazia, la saluta, e le augura buona fortuna – senza mediatrice.

Assireni lo guarda, lo gela, e solo dopo ringrazia a sua volta.

Segue un piccolo conciliabolo, nella stanza del medico del Pronto Soccorso, cui non prendo parte. Non vorrei far partire un embolo alla Vattimo. Tanto sarà Claudio a ragguagliarmi, quando saremo di ritorno. Resto fuori dall'ambulatorio, in attesa. Nel frattempo Assireni si è rivestita – sempre firmata dalla testa ai piedi – ed è seduta sul bordo del lettino. Fissa il vuoto.

Claudio mi raggiunge nel vestibolo antistante l'ambulatorio. « Ho finito. Possiamo tornare in Istituto. »

« Meno male. Hai fatto presto, tutto sommato. »

« Sì. »

L'ispettore ci affianca prima che lasciamo il Pronto Soccorso.

« Dottor Conforti, se potesse far pervenire la perizia entro la fine della settimana... »

« Chi me lo chiede? » La Vattimo quindi arrossisce. « Me lo chiede il pm? »

« Be'... »

« Stando all'ordinanza, ho quindici giorni. Conferma? »

« Sì, ma... »

« Arrivederci. »

Cara mia. Te la sei meritata.

« Claudio, ti devo dire quello che penso. Anche se tanto al mille per mille pure tu hai notato le stesse cose. »

« Voglio ben sperare. Ma sbaglio o volavano scintille tra te e la vice di Calligaris? »

« Non è la vice di Calligaris » chioso risentita come se mi avesse detto « zoccola ».

« *Honey*. Neanche di me sei tanto gelosa. Che devo pensare? »

« Ma no. È solo che ci stiamo sull'anima. Reciprocamente. »

« Lo vedo. Perché? Vi contendete quel macho di Calligaris? »

« È una cosa molto simile alla dinamica tra te e Ciminna. Lei è il nemico. »

« Ma nemico di che? A me Ciminna sta per soffiare il posto di ordinario. Alice, lascia stare, non è la stessa cosa. »

« L'antipatia reciproca, la rivalità, spesso non hanno radici ben affondate nella realtà. È sempre qualcosa di molto intimo. Anzi, per lo più viscerale. E inspiegabile. »

« Come no. Fatto sta che tu con quella non hai nessun motivo di conflitto. E ti conviene non creartene, Alice. »

« Ma figurati. »

« Piuttosto, cosa mi volevi dire su Assireni Mwamimi? »

Assireni. Il solo nominarla mi riporta alle cose davvero importanti. La voce mi trema, anche se la tengo bassa, quando gli confesso: « Secondo me non è stata violentata ».

Detto così è orribile, lo so. È terribile non credere a un'altra donna. Dovremmo essere tutte sorelle, la vita su questo mondo per noi è un po' più dura, dovremmo aiutarci a vicenda. Però io una volta tanto mi attengo alla scienza. Non è nemmeno una questione di istinto: in un caso del genere seguirlo sarebbe da irresponsabili. La verità è che ci sono i segni di rapporti sessuali, ma non violenti.

Asciutto, Claudio aggiunge: « Le ferite sono tutte troppo lievi, troppo piccole e troppo simili tra loro. Ripetitive, sistematiche. Non coincidono con la dinamica come lei l'ha raccontata. E ha lesioni solo in zone corporee che le sue stesse mani possono raggiungere. Questa può anche essere una coincidenza, intendiamoci. Ma ho dubbi. Molti dubbi. E non sono il solo, a quanto pare ».

Siamo interrotti da una collega – questa Via Crucis è dovuta al fatto che ci sono ancora conoscenze che non vediamo da prima di partire per l'America – poi da un'altra ancora. Solo quando siamo tornati in Istituto possiamo riprendere il discorso laddove lo abbiamo lasciato.

Nel frattempo Claudio scarica le foto sul suo pc. Le ingrandisce e le osserviamo insieme, assorti come se fossimo davanti a un Kandinskij – in verità quest'ultimo a lui interesserebbe assai meno.

Guarda e riguarda; prima una, poi andando avanti un'altra, poi torna indietro alla precedente, ingrandendo i segni dei morsi con lo zoom. « Senti, io richiedo al giudice l'autorizzazione per un calco dentale. »

Furbamente, le ha fotografato le mani. Assireni ha unghie lunghe, abbastanza appuntite. Nessuna è rotta. Smalto indenne.

« Non sembrano mani di una che si è difesa con tutte le sue forze. »

« Che ti devo dire... non lo sembrano. Ma l'apparenza inganna, dobbiamo andarci piano, non c'è cosa più orribile di non credere a una donna che ha subìto violenza e da vittima farla diventare colpevole. »

« *God forbid* » si ritrova a dire Claudio, un vezzo dai tempi di Washington. *Dio non voglia*. Un Dio in cui lui tra l'altro non crede ma che, in questi contesti, va sempre a scomodare.

« Come, va in ferie? E le indagini? »

« Anche le forze dell'ordine ne hanno diritto! Vado con mia moglie in crociera per due settimane. Clem, ricordati di prendere il completo del matrimonio » dice rivolgendosi alla consorte. Mi spiega, tutto contento, che il sabato a bordo c'è la cena con il comandante.

Desumo di aver chiamato il vicequestore nel pieno dei preparativi pre-partenza.

« Dottore, io sono contenta per lei, ovviamente. »

« Lo so che è un momento delicato, con la faccenda della Mwamimi che presenta tanti punti oscuri. Ma l'ispettore Vattimo è sul pezzo. »

Madonnina. Questo significa che in pratica non saprò più nulla almeno fino al ritorno di Calligaris, perché è escluso che la sua aiutante mi metterà a parte dei dettagli com'è invece abituato a fare lui.

« Dottore, io non ho dubbi che qualcuno, *cioè lei*, ci abbia già pensato, ma forse può avere senso controllare se sotto le scarpe o sui vestiti di Assireni c'è lo stesso terriccio di Monte Mario che si è staccato dal sottoscocca.»

«Tranquilla, Alice. Il caso è in una botte di ferro.»

«Allora non la disturbo ulteriormente...» mi sento di dire. Non sia mai che per colpa mia si dimentichi del deodorante. «Buona vacanza, e mi saluti sua moglie...»

«Rilassati anche tu, Alice. Molla un po' la presa su questa storia.»

«Sì, però... Assireni mi inquieta. Ho percepito qualcosa che non va.»

«Guarda che lì di cose che non vanno ce ne sono quante ne vuoi. E in questa storia, il più ambiguo di tutti per me è Kishimba.»

Di pancia non sono d'accordo, ma questo lascia il tempo che trova. E non è solo per l'effetto *Bridgerton* che incombe su di me, ma perché non riesco a passare sopra al racconto di Valeria. Non potrei mai cambiare idea su un uomo che in determinate circostanze si è comportato come Yves, nulla può sminuire o intaccare la percezione che ho delle sue azioni.

E a proposito di Valeria, sono molto sorpresa di trovare una sua mail – forse ha recuperato il mio indirizzo sul curriculum online, pubblicato in occasione del dottorato.

Gentile dottoressa Allevi,

mi scuso anticipatamente per il disturbo, ma non so a chi altri rivolgermi... mi sono resa conto di non sapere niente, nemmeno il nome del centro accoglienza.

Vorrei avere notizie di Emery... Vorrei sapere se sta bene, se è stato riaffidato al padre e se è tornato a casa a Parigi.

La ringrazio se vorrà o potrà aiutarmi.

Cordialmente,

Valeria

Figurarsi se non voglio aiutare. Anzi, mi sento animata dalla volontà di Francesca, che è diventata anche un po' mia, di far sì che Valeria possa riappacificarsi con il suo passato. A differenza di Francesca, e del suo travolgente entusiasmo da ventenne, non credo che questo dovrebbe necessariamente tradursi nella sua inclusione nella vita di Emi. Ci sono mille variabili da considerare e le intenzioni di Yves hanno un ruolo molto rilevante in questo senso.

Sento quindi di doverci andare piano – come mi ha detto Calligaris... e io stessa mi ripeto...

... *molla un po' la presa, Alice.*

Cara Valeria,

nessun disturbo: anzi sono lieta di dirle che Emery sta bene ed è stato riaffidato al padre. Non so dirle tuttavia quando tornerà a Parigi.

~~*Posso fornirle la mail di Yves*~~

Cancello e mi blocco. Vuoi che non ce l'abbia già? I fatti risalgono a quattro anni fa. La gente non cambia mail o numero di telefono tanto facilmente. E comunque Valeria ha tutte le risorse per reperire i contatti di Yves sul web, come del resto ha trovato il mio. Non è una sprovveduta e di questi tempi, per non essere contattabile facilmente su Internet, devi essere gente tipo, non so, Angelina Jolie.

Al momento, se dovesse interessarle, sono entrambi a Roma.

Le auguro buona giornata,

Alice Allevi

Mi sembra di percepire il suo conflitto interiore. Apro o no questa porta sul passato? E se lo faccio, non è che lascio entrare una raffica di vento talmente impetuosa da stendermi?

Ma magari questo è un film che come al solito mi sto facendo io con la mia fantasia, venendo tuttavia contraddetta dai fatti poco dopo.

Cara dottoressa,

grazie per la sua pronta risposta.

So di chiederle qualcosa che esula dalle sue mansioni, ma potrebbe farmi avere il numero di Yves Kishimba?

Le sembrerà strano ma l'ho cancellato anni fa per non avere mai, mai, la tentazione di chiamarlo. Però... dopo tutto quello che è successo a Francesca e al bambino, sento che è giusto farlo.

Nel caso in cui non se la sentisse, lo capirei perfettamente.

La ringrazio comunque per l'ascolto,

Valeria

Okay. Sto solo mediando un contatto. Ma sì, per agganciarmi a quanto scritto da Valeria, va certamente oltre il mio lavoro.

Dear Yves,

hope t

Non avevo sentito i passi di Claudio alle mie spalle, mentre digitavo al computer poggiata all'isola in cucina. Forse è stata la concentrazione o magari il rumore della macchina da caffè americano – abitudine che mantengo ricordandomi una fase felice non ancora troppo lontana dal mio cuore.

Lo trovo alle mie spalle, gli occhi sul monitor, un sopracciglio inarcato.

« Be'? Ti fermi? »

« Non è come pensi. »

« Dipende. Non penso che tu gli stia scrivendo per incontrarvi segretamente. Ma quasi quasi lo preferirei. Che combini, Alice? »

Gli mostro le mail di Valeria. Cerco di spiegargli che, per quanto ne sappiamo, Francesca potrebbe aver sacrificato la sua vita per farli rincontrare – ipotesi tutta da dimostrare, ma al momento appare quanto meno congruente. Gli faccio presente che potrebbe essere per il bene di Emi.

« Non so, Alice. Io ho grandi difficoltà a pensare alla mia vita e a tenere in ordine i miei sentimenti adeguandoli a chi mi sta vicino. Non capirò mai come riesci a sentirti a tuo agio calandoti nelle vite degli altri. Quindi... okay, se anche Yves è d'accordo, mettili in contatto. Ma ricordati che non puoi sostituirti alla ragazza del collegio. »

Lo so, lo so. E in ogni caso, né io né lei possiamo sostituirci al destino.

19

Così fa la vita
Gioca con te
A volte ti ama
A volte ti umilia.
Kader Abdolah, *La casa della moschea*

Luglio.

Il clima è rovente. Non si respira se non con un condizionatore acceso.

Guardo fuori dalla finestra e la vegetazione è immobile. La noia mi ingoia in un boccone.

È mezzogiorno in punto quando Lara fa capolino nella mia stanza.

« Organizziamo un pool party a casa della Lastella? »

« La Lastella ha la piscina? »

« Ma perché, non lo sai? Non si capisce se papà Lastella ha ereditato o ha vinto al lotto o ha sventrato un bancomat, fatto sta che si sono fatti questa villa a Trigoria. »

« Che fortuna! »

« Ma la fortuna la si deve condividere. È questione di karma. La Lastella lo sa e quindi compriamo due pacchi di patatine, un po' di Crodino, ci infiliamo il costume e ci depositiamo a binario morto fino a quando non rinfresca l'aria. »

« Io però arrivo dopo le cinque » dico. Prima ho il

monitoraggio da Tabucchi, ma non mi sento di raccontarglielo.

«Va bene uguale. Ti mando la posizione.»

L'idea di immergermi nel turchese fasullo delle fresche acque di una piscina da cui qualcuno ha provvidamente già tolto con il retino i calabroni morti mi tiene occupata la mente; almeno fino al momento in cui il ginecologo mi annuncia che a metà mese mi esploderà un follicolo «sensazionale», parole sue, e che va assolutamente colto l'attimo.

Non riesco a impedirmi di farmi due conti... Se ce la facciamo a questo giro nascerebbe in aprile... Smettila, Alice, smettila. Pensa alla piscina, di nuovo. Mettiti un podcast sul Medioevo del professor Barbero per tutti e venti i chilometri da percorrere verso Trigoria. Ma smettila di pensare al follicolo.

Finalmente arrivo davanti al cancello di Villa Lastella, dove scopro che altro che autoinvito con côté morti di fame: alla fine, Erica ha messo in piedi un pool party in grande stile.

Meno male che mi sono portata dietro il cambio: gonna floreale a vita alta e lunga fino alle caviglie e pezzo di sopra del bikini a triangolo genere Alexander Wang, ma caduto in disgrazia, anche perché la pelle della pancia (dove faccio le punturine per la stimolazione) è infuocata da un rush che secondo il dottor Tabucchi è normale. Vedo che Lara indugia con lo sguardo sul mio addome. Ho paura che per quest'estate dovrò prendere un costume intero...

Tuttavia con questa mise non sfiguro davanti alle amiche di Erica, che sembrano uscite da uno scintillante scenario glam che fa un po' Panarea, o Formentera, posti così. Mi spalmo su un lettino a bordo piscina di fianco a Lara, mentre Paolone si è tragicamente addormentato e rischia un'insolazione.

« Svegliamolo, poi si sente male. »

« Ma che... È come l'erba cattiva. Per fortuna siamo venuti oggi, poi Erica deve andare a Stoccolma al congresso... »

« Non me lo ricordavo. Tanto per me è fuori questione. »

« Claudio è pronto? »

« Al concorso? »

« No, al congresso. Ci va anche lui. Sveglia, Alice! »

« Eh? »

« A Stoccolma. Doveva andarci la Wally ma alla fine ci va lui... »

Lara rallenta, iniziando a sospettare che non ho dimenticato: proprio non lo sapevo.

« Deve avermelo detto, in realtà. Magari ho la testa troppo presa da altro e non me lo ricordo. » Il che è possibile. Forse me lo ha detto mentre ero su Pinterest, e come già successo un'altra volta, gli ho anche annuito mentre guardavo nuovi tagli di capelli.

« Sicuro » si affretta a confermare lei.

« Eccerto. »

Fatto sta che l'agognata nuotatina – che poi voleva

essere un galleggiare in balìa dell'acqua e della vita – perde la sua allettante freschezza, tanto che alla fine lascio Trigoria con una scusa prima del barbecue programmato per la sera.

Trovo Claudio davanti al computer – e su questo poche sorprese. Di fianco al monitor, un bicchiere di vino bianco, vuoto ormai per due terzi.

Una volta ho letto in un libro che nessuno è al proprio meglio con i capelli bagnati e lo stesso vale per me; ma il chiarimento non può essere rimandato.

«Già finito il barbecue?»

«Ma ti sembra normale che io debba scoprire dagli altri che vai a Stoccolma una settimana?»

Chiamando a raccolta tutto il contingente di pazienza di cui dispone, Claudio abbassa il monitor del suo computer e si avvicina.

«Primo. Non è una settimana. Quarantotto ore. Ho fatto in modo di stare il meno possibile, il tempo delle due relazioni e di tornare in aeroporto. Secondo, l'ho saputo ieri e sì, mi è passato di mente di dirtelo, anche se, a pensarci bene, quando avrei dovuto farlo? Ieri sei andata al cinema all'aperto con Silvia, oggi sono stato in tribunale tutto il santo giorno a farmi cavare il sangue dagli avvocati, poi tu sei andata al monitoraggio e poi dalla Laftella.»

«Claudio, quarantotto ore... che cavolo. Che cavolo» ripeto.

«Che c'è?»

«C'è che non puoi mancare tutto questo tempo la prossima settimana.»

« No? Perché no? »

« Coincide con l'ovulazione... »

« Alice, parliamoci chiaro, io ti appoggio ma non sono un erogatore automatico di spe... »

Lo interrompo. « Non essere volgare. »

« Ma che ti devo dire? Che non vado al congresso? »

« In questa cosa sto investendo tutti i soldi che ho. Se la settimana prossima non mi pagano una fattura, vado in rosso. Sulla pancia sembra che ho il fuoco di Sant'Antonio. » Scorgo l'ombra di una smorfia di ilarità che mi infiamma ancora di più.

« Te li do io i soldi, non ho mai fatto problemi. »

« Ti ringrazio, ma non è questo il punto. Fammi finire. Sai benissimo che a questa cosa tengo da morire. Da morire. E oggi Tabucchi mi ha detto che la settimana prossima mi esploderà un follicolo spettacolare. »

« Non ti dico cosa sta per esplodere a me, Alice. Meglio. »

« Non fai squadra. »

« Squadra? Lo dici a me? Ti volevo sposare e non te n'è nemmeno fregato niente. Ti sei convinta che senza un bambino sei, anzi, *siamo* incompleti. Non pensi ad altro, io ti vedo, sempre su Internet, sempre su siti in cui si parla di sterilità, di trattamenti, sempre al telefono con tua cognata... »

« Uno nella vita non può desiderare intensamente qualcosa? Devi proprio farmi sentire così, come se il mio desiderio fosse una fissazione? Che poi, se non mi avesse stirato una moto due anni fa per le ragioni che ben sappiamo, magari non saremmo nemmeno qui a parlarne.»

Che cose meschine si riescono a dire quando si è arrabbiati.

Sono pentita, ma una volta dette le parole non si possono ritirare, non è consentito un rewind, per questo ci si dovrebbe pensare prima, è l'abc, viene insegnato da bambini, eppure eccoci qui adulti, a cascare in pieno nell'errore di farci comandare dall'area del linguaggio senza prima porla al vaglio di tutto il resto del cervello.

Non mi risponde subito. Poggia il bicchiere di vino sull'isola, va verso l'ingresso e si infila le scarpe.

«Giusto. È sempre colpa mia e di quello sbaglio. Brava, Alice, ricordalo sempre, non passarci sopra, non andare avanti.»

«Dove vai?»

«A prendere un po' d'aria. E sai che c'è? È meglio se me ne sto quarantotto ore a Stoccolma. Rimpiango solo che non siano di più.»

20

Puedes decir que tienes miedo
Yo tengo miedo también.
La Bien Querida, *La verdad*

Claudio è partito stamattina all'alba, ma a me sembra che sia via da un mese.

Non è stucchevolezza. Ma tale è stata la distanza tra noi nell'ultima settimana che a sancirla non occorreva la sua salita a bordo di un aereo.

Rimanendo lui fedele al grido di battaglia – Non sono un erogatore automatico! – ognuno se n'è stato abbarbicato sulla propria sponda del letto.

La sveglia del suo telefono ha vibrato prima dell'alba. Lui si è preparato e, prima di andarsene, mi ha dato un timido bacio sulla spalla. Io gli ho sfiorato una guancia.

Non ci siamo detti nulla.

Sono stata insopportabile, ne ho preso coscienza un istante dopo, e tutte le mie scuse suonano un po' come le lacrime del coccodrillo. Non che lui si sia ritirato sull'Aventino, offeso, ma il fatto è che certe liti restano tenaci e operative nel campo elettrostatico delle persone. Tu apparentemente l'hai superata a parole, ma il corpo continua a respingere, a dibattersi, a star male.

Faccio colazione nella casa silenziosa, pigra, sulla solita isola. Preciso come sempre, lui ha già messo in lavastoviglie la roba che ha usato.

È ancora presto quando mi ritrovo a piluccare i frutti di bosco previsti dalla mia dieta progestinica sognando un cornetto alla crema. Quando ho capito l'andazzo ho sospeso le punture e il monitoraggio, nonostante il parere ostinatamente avverso di Tabucchi.

« Se ne parla al prossimo ciclo » ho pensato. E così gli ho detto. Ma gli accorgimenti per fronteggiare la mia insulinoresistenza li seguo ancora. Mentre mangio, per non sentire il sapore cambio mentalmente la distribuzione dei mobili della sala. Sposto lo specchio, il tappeto, la smoking chair inglese di pelle logora che ho preso in un mercatino anche se Claudio diceva che era un ricettacolo di pulci millenarie. Poi però mi stanco e inizio a girare su Etsy pensando al nuovo hobby che potrei mettere in piedi: creare abat-jour con le bottiglie di gin vuote. Infine, apro l'homepage di un quotidiano e scorrendo mi imbatto in notizie sul ritrovamento di una cittadina congolese residente a Parigi, di cui non si avevano notizie da quasi un mese.

L'articolo evidentemente parla di Assireni, riportando in generale tutto quello che già so (in realtà anche meno, perché per esempio io so che verosimilmente non ha subìto violenze ma le ha simulate), e si conclude specificando che « *la ragazza è stata affidata a un Centro Accoglienza specializzato* ».

È intuitivo che nell'Urbe centri accoglienza specializzati per donne che hanno subìto violenza ce ne sono diversi, ma tentare non nuoce, perciò mando subito un messaggio a Samanta.

Spero di trovarti bene, bla bla bla, hanno per caso portato da voi la tata di Emi, Assireni?

Dagli ultimi accessi su WhatsApp mi sono resa conto che Samanta non è di quei tipi sempre incollati agli smartphone. A volte tra un accesso e l'altro passano anche tre ore, cosa per me impensabile. In effetti la risposta arriva a metà mattinata, mentre sono intenta a scrivere la tesi, boccheggiante di caldo e rivolta in direzione di quel reperto bellico che è il ventilatore a pale della mia stanza.

Ciao, Alice, che bello risentirti! La Mwamimi non è al Fraternidad, ma in un altro centro, dove lavora una mia amica. Si chiama Figlie di Maddalena, sta a Monteverde. Se ti interessa le chiedo un appuntamento.

Le rispondo che non occorre un appuntamento, ma che volevo solo sapere se si sta riprendendo bene e se ha bisogno di qualcosa.

Ti passo il contatto di Marcella, la mia amica. Ma lo hai saputo che Emery torna a Parigi la prossima settimana? Lui e suo padre sono passati di qui a salutare. Che belli che sono! Non sono abituata a vedere un lieto fine, non me ne capitano tanti, mi pare un miracolo. Baci, Alice, ti aspettiamo al Fraternidad, quando vuoi!

E così la parentesi italiana di Emery volge al termine. Mi chiedo se dovrei dirlo a Valeria. Sono in piena fase impicciona, perciò concludo che sì, devo farlo.

Quindi, nell'ordine: 1) finisco il capitolo della mia tesi per tacitare la coscienza; 2) scrivo una mail a Valeria dicendole che, se non l'ha ancora fatto, e se sta valutando di incontrarlo, è il momento di scrivere ora a Yves, perché poi la vita potrebbe portarlo prima a Parigi ma poi ovunque; 3) scrivo un messaggio a Marcella, l'amica di Samanta, che, molto disponibile a sentirci, mi esorta a chiamarla anche subito.

Non me lo faccio ripetere due volte.

Vinto facilmente l'iniziale disagio di due persone che non si conoscono e parlano al telefono per la prima volta, Marcella va al sodo.

«Abbiamo un po' di difficoltà con lei» mi spiega, riferendosi ad Assireni. «Non collabora in nulla e per nulla.»

«Riceve visite?»

«È venuto soltanto quel tipo per cui lavora.»

«Con il bambino, Emery?»

«No, da solo. E non dev'essere stata una conversazione piacevole, perché subito dopo lei era più nervosa del solito, con un grugno che non ti dico.»

« È venuto solo una volta? »

« Finora sì, anche se a quanto ho capito Assireni non resterà molto a lungo qui. »

« Che tu sappia, tornerà a Parigi e riprenderà il suo vecchio lavoro? »

« Come ti dicevo, scucirle due parole è un'impresa. Ma con una mia collega ha più feeling e a lei ha detto che appena possibile andrà a Kinshasa, dove ha un fratello che studia Medicina. »

« Ho capito. Grazie, Marcella. »

« Grazie a te. Vuoi che riferisca un messaggio ad Assireni da parte tua? »

E cosa potrei mandarle a dire? Lasciamo stare. « No, grazie ancora, va bene così. »

Dopo aver chiuso con Marcella trovo la mail di qualcuno che, al contrario di Samanta, evidentemente accede al proprio telefono con discreta frequenza.

Cara Alice,

la ringrazio per la sua mail. Mi trovo a Roma. Sarei felice di invitarla a prendere qualcosa.

Crede che sia possibile?

Valeria

Altro che chiamarmi fuori, o mollare la presa. Sono ancora immersa in questa storia più che mai e certamente più di quanto voglia ammettere con Claudio o con Calligaris.

Mi dà appuntamento in un posticino in cui, dice,

andava sempre con Francesca. *Le dispiace se ci troviamo lì? È piccolo, ma è un ricordo.*

È nei pressi di piazza Barberini, che attraverso per raggiungere il locale, mentre uno sciame di taxi bianchi lambisce la fontana del Tritone. Hanno montato un enorme ponteggio su uno dei palazzi che aggetta sulla piazza, già comprato come spazio pubblicitario. Il claim interroga i passanti: *Quanto può essere difficile?*

Il locale è un po' defilato ed è uno di quegli angolini frequentati da chi a Roma vive davvero.

Sono in anticipo e mentre aspetto Valeria prendo una spremuta d'arancia mettendomi a leggere un libro che ho portato con me, ma faccio appena in tempo ad avanzare di una manciata di righe che lei arriva, un po' più magra, rinnovata nel look – frangia fresca di salone che prima non aveva –, una camicia verde smeraldo di H&M di qualche stagione fa che le sta molto bene.

Le guance sono rosee, illuminate di vita e novità. Ha un bel sorriso: lo vedo senza ombre di amarezza per la prima volta.

Valeria ordina anche lei una spremuta e aggiunge un dolcetto. Io penso alla mia insulinoresistenza e al mio ovaio che non ovula, poi mi dico amen e ne prendo uno anche io.

« Credi che possiamo darci del tu? Siamo vicine d'età e tra colleghi è una regola non scritta. Oppure ti sembra inappropriato per via del tuo ruolo? »

L'appropriatezza del mio ruolo si è persa già da un pezzo.

Annuendo le domando: « Di cosa ti occupi? »

Lo so già, ma si deve pur partire da qualcosa.

« Chirurgia generale. »

« Le donne che fanno i chirurghi mi suscitano sempre grande ammirazione. »

« Scorre in noi una vena di pazzia... »

« Naaa. Di coraggio, sicuramente. E tanto sangue freddo. »

« Non lo nego. E non so cosa sarebbe stato della mia vita senza il mio lavoro, specialmente dopo quello che mi è successo in Congo. »

Non so bene cosa dire. Che parole si possono trovare per replicare a un'allusione a quel fatto orribile? Per fortuna lei non si aspetta una risposta. Anzi, prosegue: « Sai che ho iniziato a far formazione alle giovani donne che vanno in missione in quei paesi? Non bisogna scoraggiarle, semmai educarle, prepararle ».

« Ma nel tuo caso... un militare... Non so, io non ci avrei pensato. Io sono abituata a riporre fiducia nelle forze dell'ordine. »

« Giusto, in linea generale. Ma esistono anche pezzi di merda ben nascosti da un'uniforme. A me è successo così. Lui... Non sembrava, eppure lo era. E in Congo c'è ancora strada da fare per sentirsi al sicuro in certi contesti. »

« Posso intuirlo... Una vita fa sono stata in Sudan... So che non vuol dire nulla, magari sono paesi molto diversi, non saprei dirlo così su due piedi, però credo che abbiano in comune il fatto che un'europea che si trova lì possa provare un po' di timore in certe strade, in certi momenti del giorno.»

«Sudan? Posso chiederti come mai?»

«Per amore! Avevo un fidanzato reporter che aveva preso la malaria e sono andata a trovarlo.» Oggi mi sembra una vera follia, quella che ho fatto all'epoca con Cordelia. Dà la misura di quanto amassi Arthur e di quanto abbia creduto in quella nostra storia. Eppure non ho rimpianti, sono felice di aver vissuto al massimo certi attimi, nonostante il tempo li abbia portati con sé senza lasciarmi altro che ricordi, che per di più iniziano ad appannarsi.

«Be', anche tu non scherzi allora, quanto a vena di pazzia!»

«Indubbiamente. In amore, e non soltanto.»

«Alice... so che ci conosciamo appena e magari non ci incontreremo più, dopo oggi – anche se mai dire mai – però volevo dirti che ho rivisto Yves. Ma senza... il piccolo, naturalmente.»

«Com'è andata?»

«Penso che la morte di Francesca abbia contribuito ad abbattere qualche muro... a dimostrarci che la vita è davvero un attimo, come si dice. Comunque abbiamo parlato di Emery, principalmente. E del passato. Come fanno due come noi a non parlare del passato? Non ci lascerà mai in pace. Però, insomma, se ho deciso di fare questo passo è anche grazie a te e al vicequestore Calligaris.»

Questa poi. Giubilo al pensiero di quando glielo riferirò. « Non ti conosco bene. Però penso che tu fossi già pronta a farlo, questo passo. Tua sorella l'aveva capito. »

La commozione al pensiero di Francesca la spinge sull'orlo delle lacrime, che tiene a bada con enorme difficoltà, tamponandole con il tovagliolino marrone del locale, anche se parzialmente sporco di crema.

« Oddio, piangere in pubblico. Nemmeno nelle soap opera. »

« Ma che. Ormai c'è tutta una liberazione dei sentimenti e delle emozioni. Guai a reprimerli. Tutti fanno come cavolo gli pare. E poi tu ne hai tutte le ragioni. Viene da piangere persino a me, che Francesca non la conoscevo. »

« Nessun passo avanti nelle indagini, vero? » mi domanda, con voce ancora un po' malferma.

« Assireni è stata ritrovata. Lo sapevi? »

Non mi sfugge che Valeria si adombra, ma che la causa non è più il doloroso ricordo di sua sorella. Bensì il nome di Assireni.

« Sì. »

« Non ne so molto, d'altra parte non sono un'inquirente, ma da quello che ho capito qualcosa nel suo racconto non torna. »

« So soltanto che ha messo a rischio anche... Emery. »

Non riesce ancora a inserire in una frase Emery, che sia il suo nome o un riferimento a lui, senza esitare, senza vincere un groppo fermo in gola.

« Yves che ne pensa? »

« Tutto quello che so è che è pentito di averle dato fiducia. »

In verità non è un'informazione di poco conto, se si pensa invece a come si era sperticato in lodi sul conto dei fratelli Mwamimi quando è stato a cena da noi. Chissà che ne penserebbe Calligaris.

« E di Baptiste, il fratello di Assireni, ti ha detto niente? »

« Ha detto solo che deve farsi passare una bella incazzatura nei loro confronti. Però mi ha giurato che non c'entrano con quello che è successo a Francesca. Tu... ci credi? »

« Penso che se sa qualcosa dovrebbe dirlo. In polizia si sono fatti l'idea che sia reticente. »

« Lui è uno abituato a risolvere problemi, e a far tutto da sé. »

« Sì, d'accordo. Ma qui non è in Congo, e soprattutto ci sono andate di mezzo altre persone. Come fa a escludere che la strana sparizione di Assireni sia legata a Francesca? »

« Mi ha detto di fidarmi. E io so di poterlo fare. Neanche lui avrebbe mai desiderato che succedesse qualcosa a mia sorella. E poi non ne avrebbe motivo. »

« Non dubito di questo. »

Valeria resta in silenzio, giocherellando con l'orlo della tovaglietta all'americana a scacchi rossi, ormai piena di briciole. Aveva ragione, quando aveva paura che parlare con Yves avrebbe potuto tranciare il filo spinato in cui si è avvolta per difesa. Un filo spinato che evidentemente le fa male, ma l'aveva fatta sentire protetta. La conosco appena ma ci vuole davvero poco per capire che il tempo è passato in senso fisico, ma solo in quello. Là, tra i suoi sentimenti, non è trascorsa neppure un'ora.

« Vorrei tanto che ci fosse Francesca, vorrei poterlo dire anche a lei... »

« Cosa? »

« Che... rivederlo ha cambiato qualcosa in me. Lui continuerà con la sua vita, io con la mia... Ma io ho sentito qualcosa. »

Mi aspetto che stavolta si sciolga in lacrime e in effetti ci è vicina.

Rispondo d'impulso. « Questo qualcosa non deve perdersi, credo io. Ma non sono nessuno per darti un consiglio. »

« Francesca però avrebbe detto la stessa cosa. »

Ci scambiamo un sorriso. Ricevo un altro « grazie », le dico che sono sempre felice di rendermi utile. Insiste per pagare, ci salutiamo con una stretta di mano e con stima. Per raggiungere la mia fermata, attraverso per la seconda volta piazza Barberini. Il cielo si è annuvolato, promette un temporale estivo. Anche l'odore dell'aria è diverso, come di asfalto bagnato anche se ancora non ha iniziato a piovere.

Quanto può essere difficile?

La domanda è ancora lì, gigante, sul telo del ponteggio affiancato a un palazzo anni Venti. Le risposte cambiano in continuazione, mi dico. Vanno a giornata.

A volte, è meno difficile di quanto sembri.

Chiamare Calligaris è frustrante. Ci provo un paio di volte, si attiva sempre la segreteria telefonica. Poi penso alla moglie, ha diritto anche lei a una bella vacanza senza che nessuno importuni suo marito.

Devo farmene una ragione, chiamare la Questura e farmi passare l'interno dell'ispettore Sofia Vattimo.

« Dottoressa? Come posso aiutarla? »

Il tono non si premura di celare la sorpresa, ma almeno non trasmette netto fastidio.

« Non vorrei disturbarla. »

« Si figuri. Prego, mi dica. »

All'atto pratico, abituata come sono ad avere carta bianca con Calligaris, non so da dove cominciare. Sono tentata di inventare una scusa su due piedi tipo « ho sbagliato numero ». Alla fine invece la prendo larga.

« Volevo chiedere se ci sono novità sull'uomo che avrebbe sequestrato la Mwamimi. »

Posso parlare liberamente, Claudio ha consegnato la sua perizia prima di partire per Stoccolma.

« Lei si ostina a ribadire la sua versione. Ma, ovviamente, quest'uomo non si trova. Come forse saprà già, la Mwamimi aveva lasciato il telefonino in albergo. Questo ha sempre impedito di usarlo per localizzarla. Abbiamo soltanto la sua parola. »

« E forse... anche la parola di Kishimba...? »

« Dottoressa, mi scusi proprio, ma devo lasciarla. Magari ne può riparlare con il vicequestore al suo rientro, che ne pensa? »

E nemmeno posso dire che è stronza. Manca di amabilità come probabilmente io manco di riserbo.

« Un momento. Solo un momento. Voglio soltanto raccontarle che Yves Kishimba ha riferito a Valeria Rebaldi di essere sicuro, assolutamente sicuro, che Assireni non c'entra con il caso di sua sorella. »

« E dunque? »

Come già ho detto a Valeria, ribadisco che il fatto che lo escluda in maniera così categorica potrebbe indicare che sa qualcosa in più.

« D'accordo. La ringrazio molto. Arrivederci. »

Iena.

21

Used to have a little, now I have a lot.

Jennifer Lopez, *Jenny from the Block*

Il volo di ritorno di Claudio da Stoccolma è stato dirottato ad Amburgo a causa degli effetti di un vulcano islandese in piena eruzione. Le quarantotto ore si allungano, perché è costretto a dormire nella città tedesca e a ripartire l'indomani.

Gli dispiace, dice, non ne ha colpa. Ovviamente. Lui sa produrre gli stessi effetti perniciosi di un vulcano, ma non in questa circostanza, in cui a essere rovente e devastante come il magma sono stata io.

Mi preparo a un'altra serata in casa, un po' delusa perché desideravo dal profondo del cuore rivederlo e lasciarmi alle spalle la virulenta lite della scorsa settimana.

Ho appena acceso Netflix per abbandonarmi al mio piacere segreto – cenare sul divano – quando squilla il mio cellulare.

Di sera, nella mia settimana di turno, non può che essere... la Procura.

Mi mandano una volante per farmi portare direttamente in Pronto Soccorso, per accertamenti in un caso di tentativo di suicidio. C'è il dubbio che possa essere stato istigato o che sia in realtà il risultato di un'aggressione.

Mi tolgo gli ignobili pantaloncini grigi da casa muniti di buco all'altezza del cavallo, mi vesto e mi predispongo in attesa della polizia, consumando rapidamente la cenetta a base di finte salsicce vegane e vere patate fritte che mi ero preparata pregustando il piccolo party in solitudine. Il trillo del campanello ne sancisce drammaticamente la conclusione.

A bordo della pantera, sul sedile anteriore lato passeggero, la mia spina nel fianco.

« Buonasera. »

« Buonasera, ispettore. »

« Se desiderava notizie di Assireni Mwamimi, eccole qui. »

« Che vuol dire? » domando, mentre oltre il finestrino la città scorre elettrica e vitale come ci si aspetta di venerdì sera.

« Non le hanno spiegato cosa va a fare? »

« Sì. Tentativo di suicidio, da verificare che non nasconda altro. »

« Esattamente. Ma la persona in questione è Assireni Mwamimi. »

« Oddio! »

« Il caso si complica, eh? »

« Non mi è mai sembrato semplice. »

« Il pm avrebbe preferito che ci fosse il dottor Conforti... » butta lì. « Sa, solo per un discorso di continuità. »

« Ma ci sono io di turno » ribatto gelida.

« Certo, certo. Attento, agente. Piano con le curve. »

Ne ha una per tutti.

« Ma Assireni era ancora nella struttura protetta, o sbaglio? »

« Sì. »

« E come ha fatto? »

« Si è buttata da una finestra. »

« Della sua stanza? Un posto del genere non ha inferriate? »

« Perché dovrebbe avere inferriate? Non è un carcere. »

Precisetti.

« Metto la sirena, ispettore? » domanda, non senza timidezza, l'agente alla guida, alludendo a un incolonnamento all'orizzonte.

« Non è urgente. »

« Deduco quindi che Assireni non è in prognosi riservata. »

Gara tra Precisetti.

« No, infatti. Ha giocato a suo favore che sia caduta su una sorta di lucernaio di lamiera. Lei mi insegna che sul cemento, da un terzo piano, sarebbe stata spacciata. »

« Con ogni probabilità. Aveva lasciato biglietti, messaggi, avvisi? »

« No. Forse è stato un gesto impulsivo, sempre ammesso che sia un vero suicidio. »

Misteriosa Assireni, che ti muovi come una funambola tra verità e menzogne...

« È cosciente? »

« È sedata. »

In ogni caso non saprei come dialogare con lei, e non è solo un problema linguistico.

La coda defluisce, la volante riacquista velocità e saettando su una corsia preferenziale raggiunge il Pronto Soccorso.

Che lunghe, le sue ciglia. Com'è morbida, la sua pelle.

Cosa ti è passato per la testa, Assireni? Cosa sta succedendo nella tua vita? Quale disastro ha di nuovo mandato in fumo tutto quello che hai costruito dopo che sei stata tirata fuori dall'inferno?

Che questa bella addormentata d'ebano sia viva lo segnala solo il *bip bip* del monitor multiparametrico. La fortuna le ha strizzato l'occhio.

Tutte le ferite di cui è ricoperto il suo corpo sono compatibili con la caduta da oltre dieci metri su una struttura di lamiera. Le altre lesioni, quelle che ho visto in precedenza con Claudio, seguendo la degradazione dell'eme ormai sono diventate giallastre.

Nuovi segni di violenza, causati da aggressioni? Non mi sembra.

Vorrei che Claudio fosse qui. Mi torna in mente una volta in cui abbiamo affrontato insieme un caso simile, quando ero ancora una specializzanda. Dio, sembra passata un'eternità. Anche in quell'occasione, una ragazza aveva tentato di uccidersi lanciandosi nel vuoto e mi sforzo di ricordare tutto ciò cui lui aveva prestato attenzione, ciò che aveva annotato. I segni cui aveva dato peso, quelli che invece aveva ritenuto irrilevanti.

Ma questo cordone ombelicale va tagliato, insomma. Anche se ammetto che mi andrebbe bene pure Lara, tanto per fare un esempio. O Paolone. Insomma, una persona di cui mi fido che mi dicesse « sì, hai ragione, te lo confermo ».

La verità è che ogni medico prova questo desiderio, e che forse questa conferma resta comunque, sempre, aleatoria. E bisogna farci i conti. È solo una stampella emotiva, che prima o poi va accantonata, trovando il coraggio di camminare sulle proprie gambe.

Prima di andarmene, dal momento che sono da sola con lei, mi viene l'idea di fare una cosa apparentemente priva di senso. E forse non solo apparentemente.

Prendo il mio telefono e digito su YouTube *Jenny from the Block*, facendola partire a basso volume per non attirare l'attenzione dell'infermiera di turno.

Used to have a little, now I have a lot
No matter where I go, I know where I came from.

Un tempo avevo poco, adesso ho molto / Non importa dove vado, so bene da dove provengo.

Quante volte sentiamo nostre le parole delle canzoni...

Assireni, sentivi tue queste parole di J.Lo? Le ascoltavi tanto spesso da farle conoscere anche a Emi? O è il solito film che mi sono fatta io?

Che poi, hai ragione. J.Lo è sempre una spalla sulla quale consolarsi: ogni volta che si è tristi lei è lì pronta per ricordarti che ce la puoi fare. Perché? Perché ti insegna che l'unica cosa che davvero importa è dare il massimo. Fare sempre del proprio meglio.

Per tre minuti siamo solo due ragazze e una canzone, non un'aspirante suicida con una vita allo sbando e un medico legale lievemente svalvolato. Due ragazze e una canzone, come mille altre sparse in tutto il mondo in questo stesso momento.

Due ragazze, una canzone e un'illusione.

Uscita dalla stanza della terapia intensiva mi levo la cuffia, la mascherina, i guanti, il camice. È mezzanotte e so che fuori troverò la Vattimo ad aspettarmi. La previsione non mi alletta affatto, ma prima ancora, nell'anticamera, seduto su una sedia rigida di quelle fisse al pavimento che sembra troppo piccola per le sue lunghe gambe, c'è Yves Kishimba.

« Alice! »

« Ciao, Yves! »

« Sei qui per Assireni? » si precipita a chiedermi, teso in maniera quasi elettrica.

« Già... »

« Puoi dirmi qualcosa? Come sta? La polizia mi tratta come se fossi colpevole di qualcosa che non so. »

« È fuori pericolo, ma è stata una specie di miracolo. Dovrà essere operata a un gomito e alla tibia e ha svariate costole rotte. »

« Oh, Dio, grazie. »

Porta le mani al viso, come a volerlo coprire. Sta piangendo sommessamente, senza singulti né singhiozzi, però è evidente.

Gli sfioro un braccio – ha muscoli d'acciaio, buon Gesù.

« Dev'essere dura per te. »

« È colpa mia. Perché ho deciso di rimandarla a Kinshasa. »

Io alludevo a tutti i tragici eventi che hanno bussato alla sua porta. Anzi, non hanno bussato, sono proprio entrati a forza. Ma il suicidio di Assireni, per fortuna mancato, sembra averlo messo ko in maniera definitiva.

« Yves. Dov'è Emery? » gli chiedo, con fare pratico.

« Con mia madre. È arrivata ieri. »

« Bene. Dunque non hai fretta, giusto? »

« No... » risponde confuso.

« Con la polizia hai finito? »

« Spero di sì. Ne ho abbastanza. »

« Hai detto tutto quello che sai? Proprio tutto? È importante, credimi. »

Nei suoi occhi il velo di un'espressione interrogativa. Poi li sbatte con lentezza e stanchezza, infine mi risponde: « Sì. Tutto ».

« Allora aspettami qui. »

Deve solo darmi il tempo di liquidare Sofia Vattimo, che in effetti mi sta aspettando fuori, sotto l'insegna rossa illuminata del Pronto Soccorso.

« Allora? »

« Mi sento di escludere che ci siano lesioni da difesa... e in generale segni che lascino pensare a un'aggressione. Tutte le ferite che ha addosso sono compatibili con la caduta. Di sospetto, non ho visto nulla. »

« Bene. La riaccompagniamo a casa. »

« Preferisco rientrare da sola. »

L'ispettore mi sembra sobbalzare. « Come, da sola? »

« Sì » confermo, come se non fosse una stranezza. Ed è comprensibile che ai suoi occhi appaia tale, non ne dubito.

« Ma perché... » mormora, senza chiedere.

« Se permette... è personale. »

« Oh. Certo. Abbia cura di sé, dottoressa. »

« Anche lei. »

La saluto con un gesto della mano e un sorriso così tirato che in realtà più che altro è un ghigno.

Lei raggiunge la volante voltandosi di tanto in tanto, un po' sospettosa.

Lo capirà il perché. È troppo furba. O forse lo ha già capito...

22

In tutte le lacrime indugia una speranza.

Simone de Beauvoir

Di spalle, immobile davanti a un distributore automatico che quasi raggiunge in altezza, Yves sta aspettando un caffè.

Forse intende rimanere qui tutta la notte.

Sta parlando al telefono in inglese. Anzi, sta registrando un vocale.

I can't help thinking of you...

Non posso fare a meno di pensare a te.

Chi riceve un messaggio del genere, declamato dalla sua voce, non può che sciogliersi... E io spero tanto che la destinataria sia Valeria. Che una volta tanto, a qualcuno possa andare a finire bene.

Voltandosi, si accorge di me e mette via il cellulare con prontezza.

« Eccoti. Vuoi? » Mi porge il bicchierino con il caffè fumante. Per carità. Il caffè a quest'ora mi manderebbe in tilt l'epifisi. « O altro? Acqua, aranciata... »

« Sto bene, davvero. »

Annuisce e torna a sedersi. Lo affianco, la sala è vuota e il silenzio crea una piacevole distensione, una sospensione della stanchezza mentale.

« Hai intenzione di rimanere qui fino all'alba? »

« Non so se serve, probabilmente no, ma andarmene mi farebbe sentire peggio. »

Manda giù il caffè tutto in una volta.

« Posso chiederti perché volevi che Assireni tornasse a Kinshasa? »

La vera domanda sarebbe a che titolo decideva per lei. D'accordo, aveva preso sotto la sua ala lei e Baptiste e la ragazza lavorava alle sue dipendenze. Certamente lui aveva il diritto di licenziarla, specie se ha messo a rischio Emery con comportamenti incauti di cui non sono ancora a conoscenza. Però decidere per lei al punto da privarla della speranza e spingerla letteralmente sull'orlo di un baratro emotivo è un po' diverso. Ed è forse per questa ragione che adesso lui si sente schiacciato dal senso di colpa.

La risposta di Yves diventa un racconto che va indietro nel tempo fino a quando ha portato via i due fratelli da un contesto di povertà e crudeltà inauditi, soprattutto nei confronti di Assireni perché, come ho già avuto modo di constatare tante volte, il mondo è sempre un po' più cattivo con le bambine, con le ragazze, con le donne.

Rimetterli in sesto non è stato semplice ma i due Mwamimi erano brillanti, infaticabili, curiosi, desiderosi di crescere. Ma a Yves è sfuggito un dettaglio cruciale: la marcia inarrestabile verso il miglioramento ha fatto saltare loro la barriera della legge, come fosse anche quello un ostacolo da lasciarsi alle spalle. Un po' come dire che l'appetito viene mangiando, ma che quello che c'era sulla tavola non bastava. Si poteva avere di più e quel di più faceva gola a entrambi.

La storia è semplice. In prossimità del suo rientro in Congo dall'Italia, Baptiste accetta di trasportare da Roma a Kinshasa una gran quantità di dollari in contanti. La proposta arriva da un *muzungu*, cioè un uomo bianco. Costui è diventato, da qualche mese, il fidanzato di Assireni. Si sono conosciuti a Parigi. Lui è un piccolo delinquente italiano non ancora schedato che fa la spola tra l'Italia e la Francia per conto di organizzazioni malavitose ben radicate. È un furbetto emergente al momento inedito alle forze dell'ordine, che la riempie di attenzioni e amore. E regali, tanti regali. La giovane congolese è affascinata.

Baptiste e Assireni sono cresciuti nella corruzione e nell'illegalità. Ne percepiscono il pericolo, ne comprendono ormai la portata, ma in quanto elevati da Yves e dalla fortuna a un rango superiore, commettono l'errore di sentirsi intoccabili. Perciò, compiono insieme una scelta di campo. Sono stanchi di dipendere dalla beneficenza di Yves, vogliono prosperare da soli. Ma il duro lavoro allunga la strada, non la accorcia di certo.

Il visto da studente di Baptiste sta per scadere. Il biglietto di ritorno a Kinshasa è già stato acquistato (da Yves, *ça va sans dire*). Il *muzungu* gli fa avere libri di anatomia finti che al loro interno contengono le banconote. Parliamo di quindicimila dollari. Vanno messi in una valigia da imbarcare in stiva. Nessun rischio, assicura il *muzungu*.

Nel frattempo Francesca e Isabella hanno scritto a Yves per ristabilire un contatto, offrendo ad Assireni sul piatto d'argento la possibilità di venire in Italia e rivedere il fratello. Assireni conosce sommariamente le vicende dietro la nascita di Emery, la madre italiana che lo ha abbandonato a Parigi senza riconoscerlo – anche se forse non sa il perché. E gioca un ruolo non da poco nel convincere Yves ad accettare il ramoscello d'ulivo.

« Perché io, Alice, mi fidavo di Assireni, della sua sensibilità, della sua intelligenza, e soprattutto del suo attaccamento a Emery. »

Non avrebbe mai potuto prevedere che Assireni potesse essere in grado di nuocere a suo figlio abbandonandolo nel bel mezzo di una strada di Roma.

Ma Assireni è un po' la traviata della storia. Il *muzungu* esercita su di lei un potere che lo stesso Yves non ha mai avuto, e per di più lei è convinta che sia amore, amore vero. Almeno fino a quando Baptiste perde i soldi.

O meglio, è evidente che qualcuno più furbo di lui glieli ha rubati.

Baptiste è costretto a dirlo al *muzungu*, che ovviamente monta su tutte le furie, e mette in piedi la sceneggiata del rapimento di Assireni per convincerlo che fa sul serio. Baptiste deve ritrovare subito i soldi, i quindicimila dollari. Il valore della sua perdizione. Il valore di sua sorella, a quanto pare.

Sceneggiata, perché Assireni è complice.

E questa è tutta la storia, così come Yves l'ha saputa per intero da Assireni soltanto dopo la sua ricomparsa.

«E così hai pagato tu...»

Mi mostra il polso sinistro. «Per realizzare soldi facili ho venduto il mio orologio. Il regalo dei miei genitori per la laurea. Ma non ho fatto in tempo a consegnarli.»

Perché Assireni si è pentita. Tra la cenere della sua coscienza sopravvivevano piccoli lapilli ancora ardenti. Un gigantesco «che cazzo ho fatto» deve essersi materializzato nella sua mente, ma pur riuscendo a liberarsi – del resto, non è affatto prigioniera – non ha il coraggio di affrontare integralmente le conseguenze delle proprie azioni. Non riesce ad ammettere con Yves che lei è complice del *muzungu*. Porta avanti l'alibi della vittima, e chissà, da un punto di vista psicologico è anche vero. Ma alla fine nella sua coscienza divampa un fuoco. Con Yves ammette ogni cosa. È pentita, e non perché veda la sua posizione compromessa. È sinceramente pentita. Ha bisogno di essere perdonata. Desidera soltanto la sua vita di prima, non vuole altro che tornare a Parigi e occuparsi di Emery.

Che è proprio tutto ciò che Yves le sottrae, senza alcuna pietà. La Parigi che ha imparato ad amare, il Jardin du Luxembourg, le Galeries Lafayette, quel mondo in cui ora lei si sente inclusa. Ma aver voluto di più, aver voluto troppo e aver voluto male sono errori che per Yves non prevedevano perdono.

E di tanto rigore, probabilmente anche legittimo,

Yves adesso paga le conseguenze. Voleva continuare a vigilare sui suoi due scapestrati protetti. Dentro di sé riconosceva la possibilità di un errore di gioventù, un grosso e potenzialmente disastroso errore, ma chi è senza peccato...

Il piano di Yves era quindi il seguente: i due fratelli sarebbero tornati a Kinshasa. Baptiste avrebbe dovuto rimettersi a studiare dimostrando serietà, correttezza e pentimento; Assireni avrebbe iniziato a lavorare nell'azienda di legname della famiglia Kishimba, che le piacesse o no. Accudire Emery dopo quanto accaduto era fuori discussione.

Assireni non regge la colpa e la perdita. Ed eccola qui, salvata, per mera fortuna, da un lucernaio di lamiera.

« Giuro che la riporto a Parigi. Magari non come tata di Emery, ma le troverò qualcosa. Il giudizio è solo di Dio. »

« Be', Yves, io non so a memoria la Bibbia, ma mi pare che anche il perdono lo sia. Vacci piano anche tu con i sensi di colpa. Quale altro padre riporrebbe fiducia in una persona che è stata capace di comportarsi come Assireni? Ottimo che si sia pentita, ma chiunque avrebbe fatto lo stesso e l'avrebbe allontanata dalla famiglia. Che non significa abbandonarla... »

« Però avrei dovuto capirli, sia Baptiste sia Assireni. »

Personalmente credo che, invece, tutta la vicenda possa insegnare a entrambi una lezione per la vita, che con loro era stata più generosa rispetto a tanti altri bambini. Ma quasi potesse leggermi nel pensiero, Yves prosegue: « Non sono cresciuti come noi, Alice. Come me, come te, come Claudio. Tu non hai idea di cosa hanno passato, di cosa hanno visto, di cosa hanno subìto. Recuperare ragazzi così non è una favoletta con il lieto fine. L'abbaglio è dietro l'angolo, bisogna metterlo in conto, bisogna saperlo gestire. E... no, non lo so se ci sono riuscito. Se Assireni fosse morta, l'errore di chi sarebbe stato, se non mio? »

Chissà se Yves riuscirà mai a togliersi di dosso il mantello del benefattore che deve caricarsi di ogni male del mondo per mettere a tacere il suo senso di colpa. Non ci vuole Freud per capire che prova un profondo e radicato disagio per la fortuna di essere nato ricco e privilegiato in una città come Kinshasa: ogni suo passo sembra un tentativo di colmare la distanza tra sé e gli svantaggiati.

Intanto dalla finestra si fa largo il chiarore di una nuova alba, che soffonde una luce rosata al bianco freddo del neon ancora acceso sul soffitto.

È trascorsa una notte intera, e benché non possa negare di sentirmi stanca, avverto altresì che non è quel tipo di fatica che svuota, bensì che riempie. Non so bene di cosa, ho prima bisogno di metabolizzare ogni parte del suo racconto.

Ma da tutta questa storia emerge anche con chiarezza l'effettiva esclusione di punti di contatto con chi ha ucciso Francesca Rebaldi, e soprattutto, eventuali motivazioni.

Siamo al punto di partenza, la connessione tra gli eventi è crollata come un castello di carte.

E questo sì che mi fa sentire svuotata.

La lunga attesa di Yves, occupata dal racconto degli avvenimenti degli ultimi mesi, si è rivelata inutile, come già io sospettavo.

Non gli viene dato altro aggiornamento a parte: « La paziente è stabile » e ovviamente non gli viene consentito di vederla.

« Yves, io vado. »

A malincuore replica: « Anche io ».

Percorriamo il breve tratto fino all'uscita, convenendo sull'opportunità di prendere un taxi insieme, dato che il suo albergo è di strada verso casa mia. Ne avvisto uno in un parcheggio e glielo indico, mentre mi sfilo il maglioncino di cotone che avevo indossato durante la notte.

Ed è in quel momento che la presenza di un tipo in moto attira la mia attenzione.

Dapprima non era che un dettaglio sullo sfondo, come ce ne sono tanti altri. Come la 500 color petrolio parcheggiata male che ha già il verbale di una multa infilato sotto il tergicristallo, o come il furgoncino giallo *Imbianchino decoratore al tuo servizio!* con la sagoma di un gran fusto in salopette bianca.

Ma poi il dettaglio diventa mobile, e che il suo movimento sia indirizzato verso di noi forse non è una casualità, certamente non lo è quando da una tasca tira fuori una pistola che punta verso Yves. E fa fuoco.

Non posso dire di aver pensato. Ho urlato, era il mio istinto a farmi strillare come una gallina cui stanno tirando il collo. Come pure è stato il mio istinto a indurmi a dare a Yves uno spintone con tutta la forza che avevo in corpo. Uno spintone che lo ha fatto scostare, nulla più di questo – la sua stazza costituisce un ingombro non da poco.

Uno spintone che però probabilmente lo ha salvato.

Quanto a me, due passi e sono tornata in Pronto Soccorso. Terrorizzata, ma sulle mie gambe. E non lo do per scontato.

23

Mi sento bene, un po' stordita, ma gioiosa, ma gioiosa.

Prozac+, *AcidoAcida*

« Sessantuno ore, sono mancato. Sessantuno in luogo delle quarantotto previste. E ti trovo in ospedale. »

Fa il severo. È il nostro gioco delle parti.

L'aereo di Claudio era partito da Amburgo alle sei, con il risultato che appena atterrato a Fiumicino l'ho avvisato dell'accaduto e così è venuto direttamente qui.

Il proiettile mi ha colpito di striscio al braccio, quello che ho proteso per spingere Yves. Niente di grave, me la cavo con un paio di punti e una paura che mi ricorderò finché campo. Adesso sono sdraiata su una brandina in un ambulatorio di Chirurgia.

« Visto, che non dovevi lasciarmi sola? » gli dico con un sorriso.

Intanto uno dei medici del Pronto Soccorso entra per controllare la medicazione, dicendo che sono stata fortunata, e bla bla bla. Verifica la mia frequenza cardiaca, poi sfila lo stetoscopio e ausculta il cuore. Lo so da me che scalpita come una mandria di cavalli indemoniati. « Alice, sei ancora molto agitata. Se sei d'accordo, vorrei darti un ansiolitico. Solo per oggi. »

«Volentieri, e cosa mi date di buono?»

Ostento un umore giocoso, ma mi sento un vero schifo. La mancanza di sonno, il grandissimo spavento. In tutta franchezza desidero solo che mi mandino a casa per dormire come se non ci fosse un domani.

Siamo di nuovo da soli e io aspetto l'effetto rilassante delle gocce che ho appena preso quando, dopo un mezzo giro in cerchio, Claudio mi fissa negli occhi dicendo, con spaventosa serietà: «Alice, a questa cosa dobbiamo mettere un freno».

«*My love*. L'ha detto anche lui. È solo per oggi. Non diventerò dipendente, lo giuro.»

«Sai benissimo a cosa mi riferisco. Non alle gocce, ovviamente. E non me ne frega niente che ora sei sotto shock. Per rispetto alla tua intelligenza non ripeterò che bastavano un paio di centimetri e potevi restarci, e tutte le altre cose che già sai. Alice. Basta. Devi smetterla. La Vattimo mi ha detto che ieri notte ti avrebbe riaccompagnata a casa ma tu no, dovevi rimanere qui a tenere la manina a Yves Kishimba. Ma vuoi imparare a farti i cazzi tuoi? Ma non ti bastano la tua vita, il tuo lavoro, l'Istituto, le tue amiche, *io*? Ma cos'altro cerchi?»

Evviva l'ispettore Vattimo, che non ha perso tempo ad alzare le braccia come a dire «se l'è cercata».

Però. Lo so che è vero.

Quasi profeticamente il buon Calligaris lo aveva detto: molla la presa, Alice.

«Te ne approfitti che mi stanno facendo effetto

le benzodiazepine e non ho la prontezza per risponderti.»

Lui insiste. «Cosa cerchi, Alice?»

«Di base c'è che non mi rassegno alla morte. Devi accettare questa parte di me.»

«E tu devi accettare che la morte esiste. Esiste il male, esiste l'ingiustizia. Di questo noi ci occupiamo e non sono le tue indagini amatoriali a rimettere a posto le cose o a far tornare in vita le persone.»

«Però se non fossi rimasta a tenere la manina a Yves, come dici tu, magari sarebbe rimasto gravemente ferito. O sarebbe morto.»

«Meglio tu? Vuoi dirmi questo? Sei incosciente.»

«Claudio. Ho sonno. Non riesco più nemmeno a parlare, figurati a litigare. Che poi hai il solito garbo del rinoceronte, te lo posso dire? Non puoi proprio farne a meno. Mi dimettono tra un paio d'ore. Se vuoi, torna a prendermi più tardi, ma ora lasciami tranquilla.» Si siede sul ciglio della brandina che emette suoni tutt'altro che rassicuranti. «Attento che la ribalti.»

«Alice, okay, forse non era il momento giusto per parlarti, però... Io mi preoccupo per te. Perché ti amo. Ti amo profondamente, quanto nessuno prima di te, per sempre...»

Le sue parole mi giungono ovattate – al punto che mi resta il dubbio, forse le ho sognate? Sì, dai, dev'essere per forza un incrocio tra un sogno e un'allucinazione, non è il suo genere, sono le goccine – mentre vengo vinta dall'indomabile voluttà del sonno.

Sono a casa, mi hanno dimessa con una prognosi di una settimana. Niente cure: solo tanto riposo.

Il braccio fa un po' male, una buona scusa per non cucinare e non fare i piatti.

Il tizio che mi ha sparato non è stato ancora acciuffato; l'ipotesi più verosimile è che si tratti del *muzungu* di Assireni o chi per lui, attualmente ricercato in contumacia per tutta una serie di reati. L'obiettivo era Yves, non di certo io. Vendetta per aver indotto Assireni a tentare il suicidio? O per aver fatto saltare i suoi programmi? Non è dato sapere.

Dal nostro piccolo incidente Yves è uscito del tutto illeso. Ho la casa piena di fiori, orchidee, rose rosa, rose gialle, peonie, persino tulipani fuori stagione – che manda lui tutti i giorni (« anche basta » è il commento di CC) – come pure tutti i giorni suona il corriere portando dolci sempre diversi (« anche meno », dice ogni volta CC).

Quanto ad Assireni, dopo un intervento al gomito e uno alla tibia, è stata dimessa anche lei – o almeno così ho saputo da Yves. Benché provi a farmi un detox dei fatti degli altri, da questa storia mi schiodo a fatica.

Un cavallino Dala di legno, di quelli svedesi rossi decorati, si è accampato su una mensola della stanza da letto. Me lo ha portato Claudio da Stoccolma, insieme alle scuse per non avermi capita fino in fondo. Alle sue ho risposto con le mie, perché quanto a capacità di comprensione anch'io ho fatto un po' schifo.

Scivolare tra le sue braccia, ogni sera, è l'unica cura di cui ho bisogno.

« Yves vorrebbe venire a trovarmi » annuncio a Claudio, dopo aver letto il messaggio che ho appena ricevuto.

« Non ce lo siamo tolto più di dosso. »

« Dai. Ti stava simpatico prima. »

« Tutti mi stanno simpatici, a piccole dosi. »

« Vuole portare con sé Assireni. »

« Posso dire un bel chi se ne fo... »

« ... ed Emery. »

Cambia espressione, come sempre quando c'è di mezzo Emi. « In tal caso... »

« Adesso che Assireni può sostenere il viaggio, partiranno domani per Parigi. Dopo quello che è successo non si sentono più al sicuro qui. Come dargli torto... » Lui annuisce, distrattamente. « Gli dico che va bene oggi intorno alle sei? »

« Cerca di non rimanere coinvolta in altre sparatorie. »

« Tu non ci sei? »

« *Nope.* »

« Come mai? »

« È arrivato il presidente della commissione del concorso. Io e la Wally andiamo a parlarci. »

« Per dirgli che? »

« Di darmi il posto. » Silenzio. « Ci hai creduto? »

« ... »

« Ovviamente scherzavo. Andiamo a fare gli onori di casa. »

« Claudio... comunque dovesse andare... »

« Non mi dire 'tu per me hai già vinto' che mi mette una tristezza... »

Come diamine fa a imitare la mia voce alla perfezione?

24

Ogni storia d'amore è una tragedia se si ha la pazienza di aspettare.

The Handmaid's Tale

Alle sei in punto, suona il citofono di casa.

Assireni si muove con un po' di impaccio, poggiandosi su due stampelle. Niente mise appariscenti: una semplice T-shirt di cotone rosa su una gonna a fiori blu e un paio di Birkenstock ai piedi. Niente più treccine; si è tagliata i capelli e li ha lasciati al naturale, un soffice casco di ricci fittissimi.

È ancora più bella di prima, ma resta sempre un po' distante e non riesco a capire se il suo è disagio o indifferenza.

Emi mi ha portato un disegno, uno dei suoi acquerelli che sembra opera di un pittore impasticcato. Ritrae me, con lui e Claudio. È così allegro e originale che potrei farlo incorniciare e appenderlo in sala.

Per prima cosa agevolo la seduta di Assireni sul nostro divano. Emi si siede di fianco a lei, mentre Yves mi segue fino in cucina dove mi trova intenta a preparare un vassoio con qualche bevanda e una ciotolina di ceramica piena di patatine – se mi vedesse Tabucchi...

Colgo l'occasione di essere sola con lui per chiedergli: « Niente più Kinshasa per Assireni? »

Lui prende una patatina dalla ciotolina rossa, con un gesto confidenziale. « È la cosa migliore. Allontanarla così di netto poteva sembrare la scelta più giusta, ma spedendola a Kinshasa la perdo per sempre. » Forse avverte che lo guardo in maniera confusa, perché le sue parole suonano come quelle di una persona che prova qualcosa in più di un semplice affetto fraterno. Possono essere travisate, come minimo, e sembra che lui se ne accorga perché aggiunge: « Non in quel senso. Non amo Assireni in quel modo ». E chissà chi ami. Magari Valeria, ancora? Può un amore non corrisposto (o presunto tale) resistere tanto a lungo? « Io credo che abbia imparato molto, da questa storia. »

« Lo spero. » È tutto quello che posso dire.

« Mia madre si occuperà di Emery finché non troverò una nuova tata. È escluso che continui ad affidare mio figlio ad Assireni, per mille ragioni che immagini. Dopo tutto quello che è successo, lei dovrà fare un percorso di psicoterapia importante e quando si rimetterà in piedi senza stampelle le piacerebbe trovare lavoro come commessa in un negozio. »

« Spero possa ritrovare un po' di pace. »

« Lo spero anch'io. »

« Ci sono notizie del... aspetta, come lo hai chiamato... muzzu... »

« *Muzungu*. Nessuna. È furbo. Non riesco a credere che tutto quello che è successo sia partito da quindicimila dollari. »

« C'è chi li guadagna in un anno, non sono pochi. »

« Non sono nemmeno un'enormità. » Per lui di sicuro no, però capisco cosa intende dire. « Ma d'altra parte, in un mondo ideale, nessuna cifra dovrebbe giustificare la morte di una persona. E nel mio paese si muore per molto, molto meno. Però non credevo che anche qui la vita valesse così poco. »

Gli chiedo di prendere lui il vassoio con i bicchieri e il succo di frutta. Il mio braccio è ancora un po' dolorante.

« Con la polizia è tutto a posto? » gli domando.

« Per Assireni c'è in piedi un'accusa di calunnia, ma come tipo di reato non c'è pericolo di fuga tale da subire misure cautelari. Quindi può tornare in Francia, perché si può rientrare anche con procedimenti pendenti a carico. Tra l'altro, avendo lei ritrattato tempestivamente e data la situazione... il mio avvocato è fiducioso che non ci saranno conseguenze. Per di più Assireni ha collaborato attivamente alle indagini, senza reticenza. Stessa cosa non può dirsi di me... Nessuno dei due ha fatto una gran bella figura con la legge italiana. Ma, a quanto pare, non finiremo in galera per questo. Né per altro. »

Insomma, un'altra cosina non da poco a carico di Assireni ci sarebbe. « L'abbandono di Emery... »

« Ma per quello lei non ha colpa. Lui l'ha davvero presa mentre camminava per la strada e non le ha dato il tempo di provvedere al bambino. Erano complici per quanto riguarda i soldi e il finto rapimento. Ma non per l'abbandono del bambino.»

E però, penso e non dico, avrebbe portato con sé e con quel delinquente anche Emery... Forse credeva che, finché fosse stato con lei, comunque non avrebbe corso alcun rischio. Ma il *muzungu* non doveva pensarla allo stesso modo, anzi forse vedeva nel bambino solo problemi.

Guardando di sottecchi il modo in cui Assireni si rivolge a Emery, nell'altra stanza, e percependo l'amore con cui lo stringe tra le sue braccia, mi ritrovo a pensare che non può che essere infinitamente pentita di tutto. Assireni aveva perso la bussola, sì, ma non fino al punto da mettere a rischio Emi. Anche perché, da quello che so, lei e sua nonna Anouket sono state la madre che a Emery è mancata.

Forse è stato proprio il modo in cui la situazione è degenerata a discapito di Emi a farle mettere in discussione la strada sbagliata che aveva intrapreso. Chissà. Commetto sempre l'errore di attribuire agli altri i ragionamenti che io stessa farei.

«E anche per quanto riguarda la morte di Francesca...» aggiunge intanto Yves, il vassoio tra le grandi mani scure ma lui ancora inchiodato al pavimento della cucina. «Assireni non c'entra niente.» Questo sono arrivata a capirlo pure io. «Anche se probabilmente è una delle ultime persone ad averla vista viva» prosegue. «E anche se Assireni le ha raccontato dei soldi.»

«Eh?»

Per fortuna il vassoio lo tiene lui, altrimenti mi sarebbe caduto dalle mani. «Assireni ha raccontato a Francesca dei quindicimila dollari rubati a suo fratello Baptiste?»

Yves annuisce, lo sguardo oltre la porta per assicurarsi che Assireni non sia in ascolto. Non credo che capisca così bene l'inglese, ma potrebbe aver udito il proprio nome e quello del fratello.

«Ma non ha senso!» La mia esternazione, se fosse messa per iscritto, avrebbe bisogno di una decina di punti esclamativi. Cioè, ti trovi a pranzo con una ragazza che conosci appena, in una circostanza che già di per sé è delicata, c'è anche il bambino presente, e tu butti lì come niente fosse che qualcuno ha rubato a tuo fratello i quindicimila dollari che avrebbe dovuto trasportare illecitamente in Congo?

Tengo per me le mie perplessità, ma lui le intuisce: «Non le ha detto l'importo, solo che erano parecchi soldi. E non le ha detto che Baptiste avrebbe dovuto portarli in Congo».

«Ma perché lo ha fatto? Non ha senso» torno a ripetere. A meno che...

Yves non ha dubbi. «Le ha menzionato i soldi perché a rubarli, secondo Baptiste, è stato un ragazzo della band in cui suonava qui a Roma. E Assireni sapeva che Francesca era molto vicina a uno di loro.»

Federico!

Allora il legame tra le due storie c'era, c'è sempre stato.

Non posso non ricordare il sentimento con cui

cantava quella bellissima canzone degli Editors, che certe volte non mi esce dalla testa – *earworm*, lo chiamano in inglese, quando non riesci a impedire la ripetizione continua di una musica nella tua mente. *A ton of love, a ton of hate*. Una tonnellata d'amore, una tonnellata d'odio, come se lui i due contrappesi li conoscesse intimamente. E poi, mi torna pure in mente che lui era mancato alla fiaccolata in onore di Francesca, assenza che poteva dipendere da mille motivi: aveva un concerto, oppure era già andato ai funerali in Trentino...

« E questo Assireni lo ha riferito alla polizia? »

« Sì, certo. Come ti ho già detto, è pienamente collaborativa. Lei e Francesca hanno pranzato insieme il giorno dell'incidente e Assireni ha raccontato tutti i dettagli, anche cosa hanno ordinato. »

« Secondo te posso farle una domanda? »

« Non credo ci siano problemi, ma meglio che tu la faccia prima a me. »

« Cosa sperava che Francesca potesse fare? Intendo dire, se Assireni le ha parlato, anche solo dicendole mezze verità, è perché aveva uno scopo. Quale? »

Lo sguardo sveglio di Yves torna a poggiarsi oltre la porta della cucina, su Assireni, che sta leggendo a Emi un libro che hanno portato con loro.

« Assireni, *écoute...* »

Le traduce la mia domanda, mentre Emi le tira la maglietta perché vuole che prosegua.

La ragazza si irrigidisce impercettibilmente, prima di rispondere in francese parlando molto in fretta, troppo veloce perché io possa cogliere anche solo una parola. L'unica cosa che intuisco è che è preoccupata e mi dico che dopo questa risposta non chiederò altro.

« Lo scopo era, ovviamente, che Francesca potesse aiutarli a recuperare quei soldi. Convincere quel ragazzo a tirarli fuori. » Ed evitare la sceneggiata messa in piedi dopo la morte di Francesca – anzi, forse questo evento, magari appreso da Baptiste, è stato la spinta a farlo. Del resto, la polizia sarebbe facilmente risalita al fatto che Assireni e Francesca si erano viste proprio poco prima.

Aver messo a parte Francesca della storia dei soldi ha fornito a Federico un movente. È possibile che lo pensi soltanto io?

Mi invento una scusa e li pianto nella sala nascondendomi in bagno per chiamare Calligaris.

« Alice? Non sento niente... Alza la voce. »

« Non posso! »

« Ma sei al mare? »

Magari! È l'acqua del rubinetto, che ho aperto come quando non si vuole rischiare che gli altri, in una stanza vicina al bagno, malauguratamente sentano il rivoletto di pipì che scende nel water. Mia nipote Camilla, che a scuola è stata coinvolta nel progetto « custode dell'acqua », mi sgriderebbe con ogni sua fibra.

« Dottore, non ho molto tempo. »

« Alice, che è successo? Non è che ti sei infilata in un altro guaio? Dimmi dove sei, ti mando subito una volante. »

Perché, oltre al rimbrotto di Claudio, mi sono sciroppata anche il suo. Ed è bello percepire l'affetto tangibile degli altri, meno lo è sentirsi trattare come una sprovveduta. D'altra parte, se gli altri si creano una determinata opinione di noi forse è il caso di farsi due domandine.

«No. È tutto in ordine. Sono a casa mia. Volevo solo dirle che Federico Bercante ha un movente per l'omicidio di Francesca.»

«Non è una novità. Lo ha sempre avuto. È un innamorato respinto e, secondo statistiche e criminologi, è il candidato numero uno, purtroppo, in questi casi. Ma Federico ha un alibi, Alice.»

«Non è l'amore. O comunque non solo. Assireni Mwamimi ve lo ha detto che forse è stato Federico a rubare i soldi di Baptiste? Quelli che doveva trasportare in Congo? E che lei in persona ha chiesto aiuto a Francesca per ritrovarli?»

«Ma questa resta un'illazione di Baptiste Mwamimi che lascia il tempo che trova e che qualunque avvocato ti straccerebbe alla velocità della luce. Anche perché ti ricordo che Baptiste se n'è scappato a Kinshasa a gambe levate il giorno dopo la scomparsa della sorella e che, per quanto ci riguarda, i soldi potrebbe esserseli tenuti lui. Abbiamo aperto una rogatoria internazionale per poter andare a fondo della questione. Comunque, Alice, che questo sia un movente è potenzialmente vero, ma molto, molto difficile da dimostrare. E ti prego di metterci una pietra sopra. Non ti è bastata la pallottola che ti sei presa?»

« Dottore, non ci si metta pure lei... »

« Invece sì, mi ci metto pure io. Mi sento responsabile. Ti ho sempre concesso troppo spazio, e questi sono i risultati. Alice, devo mettere la parola fine a questa storia. Ti prego di limitarti al tuo ruolo. Te lo dico per il tuo bene. Non chiamarmi più per parlarmi di questo caso. »

Calligaris è freddo, severo e rigido come mai in tutti questi ultimi anni. Era così quando non ci conoscevamo ancora bene, ai tempi della morte di Giulia Valenti. Poi mi ha sempre trattato come una sua pupilla, una sua allieva, anche se la verità è che io non lo sono mai stata davvero, non formalmente. Adesso sta alzando una barriera di cui comprendo il razionale, ma non di meno mi sembra un provvedimento troppo duro e improvviso, e mi lascia spiazzata.

« Intesi, Alice? Voglio una tua risposta. »

« Sì, vicequestore. »

« Ti saluto. »

Riattacca mentre ancora io sto mormorando « arrivederci » e prima di tornare in sala ho bisogno di sciacquarmi il viso.

Malgrado Emery – rivederlo è sempre una gioia priva di qualsiasi ombra – è un vero sollievo quando Yves e Assireni si alzano dal divano annunciando che vanno via. Avverto una sensazione strana, non dissimile da quando ci si ingozza di cibo difficile da digerire, ma io so che il mio malessere nulla ha a che vedere con le funzioni digestive, semmai con quelle emotive.

Poggiata sulle due stampelle, Assireni mi ringrazia in inglese. Non lo aveva ancora fatto e d'altra parte non c'è un motivo per cui farlo. O almeno così credo, perché a un certo punto pronuncia, con voce tremante, un po' parlando un po' intonando: « *Don't be fooled by the rocks that I got, I'm still, I'm still Jenny from the block* ».

Emi riconosce la canzone, sorride e batte le mani. Yves è attonito e le chiede spiegazioni, cui Assireni risponde in francese.

« Cos'ha detto? » gli chiedo. Emozionata, in fondo. Perché non ne farò una giusta, sarò anche un'impicciona che ha problemi con il limite dei ruoli, ma forse a volte l'andare oltre può fare la differenza per qualcun altro.

Assireni non smette di guardarmi, mentre Yves traduce, ancora piuttosto perplesso. E in realtà lo sono anche io. Forse quando ho fatto partire la canzone di J.Lo la sedazione di Assireni si era appena superficializzata.

« Dice che è una cosa tra te e lei. »

Due ragazze e una canzone.

Due ragazze, una canzone e un imprevedibile futuro.

25

Uneasy lies the head that wears a crown.
William Shakespeare, *Henry IV*

In Istituto c'è un clima di tensione che ha pochi precedenti.

È il giorno del concorso per il posto da ordinario e alla bassa manovalanza è stato ordinato di rintanarsi nelle stanze e non uscire da lì se non in caso di emergenza.

La commissione esaminatrice dovrà fornire tutti gli elementi comparativi che suffragano l'idoneità di un candidato rispetto a un altro. Claudio è un fascio di nervi, sa che la partita è tra lui e Ciminna e sa che si gioca su un terreno che va oltre la prova di oggi.

Ci sono pochi momenti in cui un uomo rivela veramente chi è, e probabilmente lo sguardo davanti alla vittoria che è lì a un passo – ma la sconfitta lo è altrettanto – è la traccia più tangibile di quella verità.

Nel primo pomeriggio lo intercetto al volo, ma lui mi dice soltanto: « Non mi aspettare, tornatene a casa ».

E così faccio, lo aspetto tutto il pomeriggio astenendomi dal tormentarlo al telefono per chiedergli notizie. Me ne darà quando ne avrà.

Sto quasi per scoppiare per l'ansia quando sento la chiave che ruota nella toppa e lo vedo rientrare, la cravatta e la giacca sul suo braccio, scomposte come soldati morti in battaglia. Corro ad abbracciarlo, perché non ho bisogno di dichiarazioni esplicite per capire che, a dispetto di tutto l'impegno e di quanto ci tenesse, questa volta non è andata.

« Alice, non esiste un piano B. »

È mezzanotte e noi siamo ancora sul divano. Io sono seduta, mentre lui si è steso e si lascia accarezzare come un gatto, di temperamento irascibile ma troppo stanco per ribellarsi.

« No? »

« Che facciamo, scappiamo? »

« L'America... »

« Non possiamo ripartire per l'America dall'oggi al domani. Il mondo nel frattempo è molto cambiato, non è più quella città aperta di un tempo. Se il desiderio era rimanere lì, allora non saremmo dovuti tornare. »

Non posso negare la mia nostalgia per Washington, anche se in realtà è stata una dimensione temporale così anomala – in cui non facevo nulla di tutto ciò che facevo di solito, nel modo in cui lo facevo di solito – che a guardarla adesso mi sembra come una parentesi vissuta da una me che non ero io. Le piccole abitudini della nostra vita americana mi facevano sentire finalmente adulta. E non un'adulta qualunque, ma quella che sognavo di essere. Felice, persino.

Credo che dipendesse dal grande salto che avevo fatto, scegliendo Claudio nonostante tutto. O forse dipendeva dall'essere tanto lontana da casa. O magari era per via dei primi tempi, che hanno sempre un che di magico e prezioso. Ma mentre ero a Washington mi mancava fare il vero medico legale sul campo; mi pesava non essere indipendente da un punto di vista economico. Mi pesava la mancanza di un ruolo definito.

E oggi gli propongo di tornare lì? Come Madame Bovary, che voleva morire e che però allo stesso tempo voleva anche andare a Parigi? – più o meno. Non che qui a Roma tutto quello che ho avviato lì si sia perso, ovviamente. Il punto è che non mi sento ancora certa di niente e che l'esito del concorso di Claudio non fa che accentuare questa sensazione. Arriverà mai il momento in cui diremo *sto*, come quando si gioca a sette e mezzo? O forse il nostro destino è rimpiangere un passato cristallizzato che è perfetto solo in quanto lo si guarda a posteriori?

« Non c'era da fidarsi della Wally. »

« È costernata, credimi. Fosse dipeso solo da lei, non sarebbe andata così. È meno perfida di quanto credi. La verità è che l'esito di questi concorsi non è mai veramente prevedibile. Basta una variabile e tutto si scombina. Accetterò la cosa *con calma, dignità e classe.* » Spero che a questo punto non inizi a disperarsi come Gene Wilder e a urlare « non voglio più vivereeeeeeeee ohhh mammmaaaaaaa ».

« Claudio... Io ho davanti gli ultimi due mesi di dottorato e non c'è posto per me in Istituto, ne sono consapevole. Non ho alcuna vocazione per la ricerca scientifica, né per l'insegnamento. Quindi non sarò io a dover sopportare il cambiamento. » Mi sembra però che lui mi ascolti a tratti.

« Io ho l'impressione di aver studiato e lavorato tutta la vita per arrivare a questo punto e ci sono arrivato vicino, vicinissimo, tanto che il mio obiettivo lo riuscivo a sfiorare con la punta delle dita. »

Ed è caduto come Icaro vicino al Sole. Ho dentro una rabbia vorticosa, assai peggio di un qualunque torto patito da me.

« È un esito ingiusto. »

« Mi hai idealizzato. »

« Eri troppo bravo per vincere. »

« Non blaterare... »

« Ah, sì? Non tutti vengono chiamati come *visiting professor* a Washington DC. »

« Non tutti, no. »

« Sei il miglior medico legale di Roma. »

« Questo te lo concedo. »

« Del Lazio. »

« Verosimile. »

« D'Italia. »

Tentenna. « Ci si prova. »

« *Ordinario*... è solo un titolo. E nemmeno ti ritrae

davvero, per dirla tutta, perché tu sei tutto tranne che ordinario. »

« Hai insospettabili doti da motivatrice. »

« E poi, senti. 'Giace inquieta la testa che porta una corona.' Lo diceva Shakespeare. Pensa a tutte le responsabilità, ai problemi, alle ferie perse... »

« Ma infatti. » È poco convinto. Del resto come si fa a convincersi che all'improvviso ciò che si è sempre desiderato non va davvero bene senza rischiare l'effetto *volpe e l'uva*?

« Claudio. A parte tutto, so che per te è difficile. Ma sono seria. Se Roma non va più bene, io ti seguo in capo al mondo. »

Si mette a sedere. Ha occhiaie violacee e una stanchezza che emana da ogni poro. « Ma io non sono un calciatore, che gli va male un campionato e l'anno dopo se ne va al Borussia Dortmund. Qui ho il mio posto, e almeno per il momento, qui devo restare. » Non riesco a reprimere un sospiro gonfio di pena. Lui la percepisce e non gli piace, o magari non è così, è soltanto esausto.

« Claudio, pensiamoci. Dico davvero. Prima di partire Shelman ti ha detto che le porte per te restano sempre aperte. Non si può tornare dall'oggi al domani, sono d'accordo. Ma pian piano... »

Lui annuisce, ma poi aggiunge: « Mi rode pensare che sia un battere in ritirata. Vorrei non perdere la dignità – ma forse l'ho già persa ».

« Ma no. La carriera di una persona audace e talentuosa è in perenne movimento. È più difficile spostarsi che sedersi. Eri tornato per un'opportunità, ma se l'opportunità non c'è, te ne stai dove sei più soddisfatto. Tu hai possibilità di scelta, tanti altri no. Eddai. Sfanculiamo tutti e ce ne torniamo lì. Prendo anch'io l'abilitazione e mi cerco un vero lavoro. »

Non ci diciamo altro, se non « andiamo a letto, è tardi ».

Dormo malissimo, inframezzando ricordi di Washington – la strada in cui abitavamo, il nostro piccolo flat piano rialzato, il divanetto modellato sulla sagoma del bovindo su cui mi sedevo a guardar fuori quando nevicava, il *New Yorker* che compravo il lunedì ma poi non leggevo mai per intero, la tremenda Cherry Vanilla Soda Dr Pepper che prendevo al supermercato e per cui CC mi sgridava sempre – e incubi con Ciminna in camicia tropicale che mi tratta tipo serva della gleba. Dopo le quattro non riesco più a prendere sonno, resto sveglia e sento che anche lui lo è. Le mie dita attraversano le lenzuola cercando le sue. Le nostre mani si stringono mentre aspettiamo che la notte finisca.

26

Rallenta, e ciò che stai inseguendo si avvicinerà e ti prenderà.

Proverbio zen

Da quando Calligaris mi ha chiuso i rubinetti delle informazioni non ho altra possibilità se non apprenderle dai giornali, come i comuni mortali. Come per esempio la notizia dell'arresto del *muzungu* di Assireni, il cui vero nome ho già dimenticato tre minuti dopo averlo letto, perché per me sarà sempre e solo il *muzungu*, appunto. È finita la pacchia per il piccolo delinquente dell'Esquilino che stava scalando la piramide della criminalità grazie anche ai suoi rapporti con una rete di malviventi francesi estesa fino a Parigi.

Ne sono lieta.

Mi capita di passare davanti alla Questura, dove c'è l'ufficio di Calligaris. Ogni volta sono tentata di chiamarlo per dirgli di ripensarci, che esistono le vie di mezzo, ma alla fine evito. Quando qualcuno oppone un limite, la persona intelligente che sta dall'altro lato ne deve prendere atto. Anche perché ho capito che lo sta facendo per il mio bene. Ma se faccio fatica io a riconoscere quale sia davvero il mio bene, mi chiedo come possano saperlo tanto nettamente gli altri.

Tuttavia, a sorpresa succede che lo veda varcare la

soglia dell'Istituto – per fortuna senza la Vattimo. Se qualcuno mi avesse detto che un giorno avrei avuto il batticuore al cospetto di Calligaris sarei come minimo scoppiata a ridere. E invece, poco ci manca che lo abbracci investendolo di tutta la mia nostalgia.

«Alice. Come stai? Il braccio?»

«Il braccio bene. È stata davvero una sciocchezza...»

«Il punto non era la ferita in sé. Lo sai. Poteva essere ancora più superficiale, ma il fatto realmente grave è che tu resti coinvolta in queste storie. E come giustamente mi ha detto anche l'ispettore Vattimo, ti abbiamo coinvolta ma tu non hai alcun addestramento, ed ecco i risultati. Sarò felice di lavorare di nuovo con te ma...»

«... nel rispetto dei ruoli» lo anticipo. Mi sembra ieri quando mi ha chiesto di collaborare segretamente perché gli piaceva il mio intuito... Per poi rendersi conto che non soltanto mi lasciava giocare con il fuoco, ma per di più mi spingeva a farlo.

«Esatto. Ascolta, sono venuto per portarti un campione da analizzare.»

Pungente, ribatto sentendomi infusa dallo spirito Precisetti della Vattimo: «Se dobbiamo attenerci al rispetto dei ruoli, io non ho ricevuto ancora nessuna ordinanza dal magistrato... Comunque. Di cosa si tratta?»

«Di tracce ematiche prelevate da un'automobile che potrebbe aver investito la Rebaldi.»

Mi mostra la foto di un'auto rossa. C'è una lievissima ammaccatura sul paraurti, con una linea di rottura che lo attraversa. « Questa praticamente è plastica » aggiunge. « Secondo te è compatibile con l'urto contro un corpo umano? »

« Dottore, è compatibile con qualunque cosa. »

« Eh, lo so. Ma forse il sangue non mentirà... »

« Il sangue non mente mai » gli rispondo mentre ricevo il campione dalle sue mani. « Va comparato quindi con un campione della Rebaldi, giusto? »

« Corretto. »

« Dottore, ma le tracce erano sul paraurti o sul parabrezza? »

« Nel punto di passaggio tra il cofano e il parabrezza. »

« All'altezza delle spazzole tergicristalli? »

« Esatto. Perché me lo chiedi? »

« Per capire da quali ferite eventualmente proviene questa traccia. E senta... a chi appartiene l'auto? »

« Non prenderti il dito con tutta la mano... »

« E su, dottore... »

« Non è il proprietario dell'auto a necessitare della tua consulenza come medico legale. A tempo debito, saprai tutto. »

Se n'è appena andato, ma io già ho tirato fuori il telefono, anche perché nel frattempo la Procura mi ha chiamata per anticiparmi che dovrò recarmi dal pm per ricevere formalmente l'ordinanza per questo esame. Ma, nel frattempo, sono anche pronta a incrociare un po' di dati con i soliti mezzi da detective dei poveri di cui dispongo: i social.

Ed è così che mi accorgo che Isabella e Federico non si seguono più a vicenda.

L'amore tra loro, o quel che era, è già finito?

Pochi dubbi: l'ultimo post di Isabella è un'immagine che ritrae Federico in un luogo che io conosco, quello in cui mi piace tanto andare – ecco dimostrato che non sono la sola.

In lontananza, le torrette di Villa Mazzanti. In primo piano Federico su una bella auto rossa. La caption sottostante recita:

Non si è soli quando un altro ti ha lasciato, si è soli quando nessuno è mai venuto.

Monte Mario. Non può essere un caso. La foto è stata pubblicata due giorni fa, ma gli indumenti non sono estivi. E questo agosto sfinisce per il caldo anche a Monte Mario, che non è mica la Val Gardena. Soprattutto, in quella foto Federico indossa la giacca a scacchi bianchi e neri di Francesca, quella che aveva quando è morta. Vallo a sapere, a questo punto, a chi apparteneva davvero, chi l'ha prestata a chi.

In altri termini la Vattimo non sta lì a scaldare la sedia; studia a fondo i social proprio come me, e ha visto l'auto. Che è la stessa che Calligaris mi ha mostrato. Ma chissà se la Vattimo ha pensato alla stessa cosa cui sto pensando io, mentre compongo il numero di Calligaris per chiedergli di tornare indietro.

Il rispetto dei ruoli, certo.

A partire dalla prossima volta.

Allo stato delle cose, dopo le sue numerose raccomandazioni sullo stare al mio posto, il « Venga nella mia stanza » che dico al vicequestore suonerebbe meno compromettente se contenesse un'allusione erotica. E invece è perché voglio parlargli dell'illuminazione straordinaria che si è affacciata alla mia mente, folgorandomi.

« Giuro che è l'ultima volta. Giuro. »

E bacio due dita.

Ma intanto se non parlo, muoio. D'altra parte non lo sto facendo a vanvera. Ho anche mandato un messaggio a Yves per chiedere conferme ad Assireni.

Se tutte queste cose le sanno già, tanto meglio. Altrimenti...

« L'ultima, intesi? »

« Ma sì. Allora » esordisco, chiudendo la porta della mia stanza e anche la finestra, che non si sa mai. Nessuno potrà sentirci. « Ho messo insieme un po' di tessere del puzzle. Ipotizziamo che Isabella Adrano abbia davvero scritto quei messaggi orribili alla sua amica di sempre. Perché? Perché era gelosa a morte di Federico. Perché era invidiosa: tutti amavano e stimavano Francesca. Oggi tutti la rimpiangono. Le intitoleranno una sala in collegio, lo sapeva? »

« No, e francamente mi chiedo come lo sappia tu... »

« Mi segua. Isabella le era sempre seconda in tutto, e c'è chi questo lo sa tollerare e chi no... Sappiamo che Francesca ha portato con sé Isabella all'incontro con Assireni ed Emi, subito dopo il loro arrivo a Termini. Durante il pranzo, Assireni invoca l'aiuto di Francesca, perché sa che è l'unica a poter parlare schiettamente con Federico dei soldi rubati a Baptiste. Assireni non ha dubbi su suo fratello e fa bene a non averne, perché Federico quei soldi li ha presi davvero – anche se so che secondo lei è una teoria che si può smontare facilmente. Francesca, l'idealista, si infiamma. Dapprima difende Federico, perché l'amicizia prima di tutto. Ma le sembra anche strano che Baptiste, che ha imparato a conoscere, stia accusando l'amico. Francesca intuisce che la faccenda è più grossa e più grave di quel che sembra. Non si parla di pochi spiccioli ma di una cifra che per un gruppo di poco più che ventenni, non abituati a maneggiarne, è significativa. Una cifra per cui vale la pena di superare il confine tra bene e male – sempre se si è predisposti a farlo. E forse Federico lo è. Così, Francesca inizia ad avere tentennamenti, contesta meno le teorie di Assireni, ascolta con pazienza, si lascia sfiorare dal dubbio. Assireni la sta implorando. Quei soldi devono ricomparire o potrebbero succedere delle brutte cose. Il pranzo finisce. Da qui in poi, dottore, sono mie speculazioni perché quello che le ho detto finora lo ha riferito Assireni Mwamimi. E dunque sono fatti di cui è a conoscenza anche lei, giusto? »

« Giusto. »

« Cosa penso? Che Francesca e Isabella abbiano litigato. Molto duramente. Assireni riferisce che durante il pranzo tra loro volavano scintille. Isabella difende Federico – forse addirittura sa dei soldi che lui ha preso. »

« Lo sa, lo sa. » L'improvviso intervento di Calligaris mi mette a tacere. La versione è già cambiata rispetto a quella di qualche giorno fa. « Diciamo che sei sulla strada giusta, Alice. Ovviamente. »

« Però lei ritiene che a metterla sotto con l'auto sia stato Federico. Io stessa l'ho pensato, ma adesso no. Io credo invece che sia stata Isabella che, scaricata da Federico, si è voluta vendicare. E ora si sta giocando il tutto per tutto per incastrarlo, pubblicando sui social quella foto che invia un messaggio a chi lo vuole cogliere. All'ispettore Vattimo, per esempio. O anche a me. Un'auto, e Federico è seduto alla guida. E indossa la giacca di Francesca. »

« Un messaggio in codice, secondo te. »

« Nemmeno troppo criptico, credo. Però, dottore, è Isabella a non avere un alibi. O sbaglio? »

Calligaris ruota il collo facendolo scricchiolare e lasciandosi scappare un « ahia ».

« E va bene, Alice. Ecco come stanno le cose. L'alibi non lo ha nessuno dei due. Né Federico né Isabella. »

« Ma mi aveva detto di sì, che Federico lo aveva. »

« Si è rivelato falso. Un colpo di fortuna, più che altro, nessun dolo. La persona che lo aveva visto all'università aveva fatto confusione. È stato il giorno dopo.

La verità, Alice, è che adesso si accusano a vicenda. Isabella accusa Federico. Federico accusa Isabella.»

«Ma l'auto?»

«Appartiene al fratello di Federico.»

«Ne avevamo parlato, mi aveva detto che nessuno gliel'aveva prestata.»

«Nessuno era a conoscenza di averla prestata, più che altro.»

«Quindi Federico ha preso di nascosto l'auto del fratello?»

«Sì, mentre il fratello era in viaggio a Berlino.»

«Vive ancora con la famiglia, Federico?»

«Sì.»

«E qual è la sua versione? Se accusa Isabella, è evidente che la macchina è passata a lei. E perché non l'ha detto prima?» Un momento. Sto iniziando a intuire le sue convinzioni e mi rispondo da sola. «Voi pensate che fossero *partners in crime*, come si dice. Complici. Cioè che l'abbiano investita insieme.»

Calligaris annuisce con profonda amarezza.

«L'auto è stata lavata. Ma nel garage in cui viene posteggiata ogni sera dal fratello di Federico c'erano tracce di terreno che sono già nel laboratorio del RIS. L'esito dell'analisi, per quanto mi riguarda, è piuttosto prevedibile.»

Sono sopraffatta dalla portata di queste ultime informazioni.

«Perché, dottore? Perché? Come si fa a svegliarsi, un giorno, e a ideare un omicidio con tanta freddezza? Due ragazzi di belle speranze, cui non mancava niente... »

« La cattiveria. La completa mancanza di empatia. L'invidia, l'egoismo. L'avidità. »

« Ma dottore, poi... Riflettendoci bene, davvero Federico ha accettato di ucciderla per paura di essere denunciato? Era più pericoloso il *muzungu* di Assireni, anziché la polizia, con rispetto parlando. No, dottore, è un tranello. Ci ero cascata anche io, Federico è un ladro e un innamorato respinto, ma non ha ucciso. Lo sento. »

« I casi non si risolvono con i sentimenti... »

« Cosa dice lui? Quando avrebbe dato l'auto a Isabella? »

« Nel pomeriggio, dopo il famoso pranzo con Assireni ed Emery. Lei gliel'avrebbe restituita la sera stessa. Questo è quello che dice lui. »

« Perché gliel'ha chiesta in prestito? »

« Perché le serviva per ritirare un nuovo televisore. 43 pollici, pesava troppo per portarselo con i mezzi. »

« Consegna a domicilio, no? E poi la possono tenere una tv in camera, nel collegio? »

« Il regolamento lo consente. »

« Ah, be'. Quand'è così. Però, dottore, c'è una cosa fondamentale da dire. Se Isabella e Federico hanno agito insieme, allora c'è premeditazione. Mentre io resto convinta che sia stato un gesto impulsivo. »

« Hai ragioni tecniche per sostenerlo? Perché se è così ti ascolto. »

« No » sono costretta ad ammettere. « L'autopsia ha

indicato con sufficiente chiarezza la probabile volontà di centrare in pieno il corpo di Francesca in movimento, ma non può dire se il gesto fosse stato pianificato due secondi o due giorni prima. Per esempio, come facevano Isabella e Federico a prevedere che non ci sarebbero stati testimoni oculari? »

« Sapevano bene, però, che non c'erano nemmeno telecamere in zona che potessero inchiodarli. »

« Ma è piuttosto ovvio che Isabella lo sapesse, viveva là... E in quel preciso momento, quando teneva il piede sull'acceleratore, i suoi conti se li era già fatti, tant'è che l'ha investita fuori dall'inquadratura dell'unica videocamera, quella del cancello del collegio. »

Calligaris mi scruta infine di sottecchi, lievemente corrucciato.

« Alice, adesso io vado. Ti auguro una buona giornata. »

« Grazie per avermi ascoltato, dottore. »

Mi sfiora un braccio. « Oh, scusa, è quello ferito? »

« Ma non mi fa più male, le ho detto... »

Indugia su una carezza piena di affetto paterno, quello di un tempo. « Brava, ragazza. »

Quando se ne va, avverto un senso ineffabile di malinconia, quella che si prova quando le cose sono già finite, ma noi non lo sappiamo ancora.

Quando mi conviene sono rapida, rapidissima.

Nel giro di quarantotto ore tra passaggio in Procura e laboratorio, ho già il risultato che mi è stato richiesto. Le cose si mettono male per Federico Bercante: l'esigua traccia di sangue appartiene a Francesca con elevato grado di probabilità.

In altri tempi avrei chiamato al volo Calligaris per anticipargli il risultato. Oggi, in questo lento e pigro venerdì di agosto, l'ultimo giorno di lavoro prima delle nostre ferie, rispetto i ruoli. E non devo neppure impormelo: qualcosa è cambiato. La cicatrice che ho sul braccio significa davvero qualcosa.

Non seguiremo Cordelia nel suo giro in barca nel Mediterraneo, ma ci regaleremo l'Alentejo, in Portogallo, dove Claudio desiderava andare da una vita e che a mia volta scoprirò con gioia. Forse ci aiuterà a lasciarci un po' di cose alle spalle, non è anche a questo che servono le vacanze? Ad accumulare ricordi belli che facciano da baluardo della resistenza nei momenti di fatica?

« Alice, ti disturbo? »

Al telefono è Valeria Rebaldi.

« No, figurati. Ho appena finito di lavorare. »

« Il nostro avvocato ci ha comunicato che c'è una traccia di sangue su un'auto... Che potrebbe aver investito Francesca. Ci ha consigliato di prenderci un consulente di parte, ma io ho detto di no: io mi fido ciecamente di te. »

Le sue parole mi commuovono, tuttavia ribatto: « La fiducia cieca è sempre sconsigliabile... »

« Capisci cosa intendo... »

« Sì, sì. E ti sono grata. »

« Te la meriti, la fiducia cieca. »

« Troppo buona. »

« Tu sai di chi è l'auto...? » azzarda, timidamente.

Mentire è deprecabile, ma talora inevitabile. « No, Valeria, mi dispiace. Non mi è stato detto. »

« Gira la voce che ci sia Isabella di mezzo. Noi non riusciamo a crederci. Aggiungerebbe dolore al dolore. »

« Sicuramente. Sapere che a uccidere Francesca possa essere stata una persona cara, di cui si fidava, rende tutto più angosciante. »

« Angoscia perché ti chiedi: non c'erano avvisaglie? Potevo capire qualcosa prima e salvare mia sorella? Ma è inutile impelagarsi in questi discorsi. E poi... c'è un'altra cosa che volevo dirti. »

« Prego. »

« Ho lasciato il mio lavoro. Il mese prossimo... Mi trasferirò a Parigi. »

« Oddiomio, è magnifico!!! »

Claudio, nel frattempo entrato nella mia stanza, mi fissa perplesso. Si siede di fronte alla mia scrivania e, mentre aspetta che io chiuda, scorre il display del suo cellulare.

« Yves ed Emery c'entrano qualcosa o... è una semplice casualità? »

« Non ho ancora incontrato Emery, ci vogliono il giusto tempo e la giusta preparazione. Ma da qualche parte bisogna pur iniziare... E io finalmente ho capito che voglio riprendere da dove ho lasciato. O quanto meno provarci, a mio rischio e pericolo. Ma insomma, la vita bisogna affrontarla di petto. Giocare d'azzardo, a volte. Francesca aveva ragione e io lo faccio anche per lei. Intendiamoci, non sono ipocrita, lo faccio per me... Però so che lei lo desiderava, e questo mi dà molta forza.»

«Sono tanto felice per voi, Valeria. Spero che il tempo vi riservi finalmente un po' di gentilezza.»

«Lo spero anche io. Sai... Yves non ha mai fatto quel test. Continua a non voler sapere la verità. Dice che per lui è del tutto ininfluente... E questo non mi provoca più rabbia, ma lascia spazio ad altro... A tante altre cose che ci sono sempre state e non si erano spente.»

Al suo menzionare il test di paternità ho un sussulto, di cui per fortuna lei non può accorgersi. Ci salutiamo promettendoci di mantenerci in contatto, rivolgendoci ancora tutti gli auguri di buona fortuna possibile.

Quando riattacco, Claudio mi fissa con le sopracciglia inarcate.

«Sei pallida. Che ti succede?»

«Sai che Valeria Rebaldi si trasferisce a Parigi con Emery e Yves?»

Senza cambiare minimamente espressione né tono di voce Claudio ribatte: «Bello. Buon per loro. Ma la cosa come si ripercuote sui nostri già numerosi guai?»

«In nessun modo. È che lei ha fatto riferimento alla paternità di Emi.»

Pieno di insospettabile tenerezza, Claudio obietta che Emi ha solo un padre, ed è Yves.

«Giura che non mi sculacci, se ti dico una cosa.»

« Non ci penso proprio – a giurare, intendo. Alice, cosa hai combinato? »

« Io... il test del DNA l'ho fatto. »

« Tu. Hai. Fatto. Cosa?!? »

« Ho preso il suo bicchiere quando è venuto a cena da noi. Il DNA di Emi lo avevo già... Dai. Chi avrebbe resistito, al mio posto? »

« Io, per esempio! »

« Ma perché a te manca la curiosità emotiva degli eventi. »

« Non è così, a me importa, ma so cosa si può fare e cosa no, un concetto che tu non hai ancora interiorizzato a dispetto di ben cinque anni di specializzazione e tre di dottorato. »

« Però non l'ho detto a nessuno. Lo sto tenendo per me, nonostante tutto. »

« Nonostante cosa? »

Mi armo di coraggio e rispondo, quasi trasognata: « Nonostante sia bello. Un bellissimo risultato. Perché Emi è figlio di Yves ».

« Chissà che hai combinato con i campioni... »

« Mi offendi. »

« Ma dai, non è verosimile. »

« E tu che ne sai? Eri lì con loro? »

Finalmente serio, Claudio mette via il cellulare e mi fissa concentrato. « E tu davvero non l'hai detto a Valeria? »

« No. Ci ho pensato, eh. Ho avuto un momento interminabile in cui ho pensato 'glielo dico, se lo merita'. Ma... era davvero giusto farlo? Hanno il loro equilibrio. Non devo interferire: ho imparato la lezione. 'Non puoi sostituirti alla ragazza del collegio' mi hai detto tu una volta. Be', non soltanto a lei. Non posso sostituirmi al destino, o a Dio, o insomma, al senso della vita. O meglio, il senso non posso darglielo io. Non posso sostituirmi alla loro decisione, contro la loro volontà. La verità la cercheranno e la troveranno loro stessi, se è davvero importante, se mai la vorranno sapere, quando saranno pronti.»

«Forse mai. C'è chi pronto non lo è mai.»

«Esatto. E sai che c'è? Tieniti forte, sto per dirti una cosa che ti sconcerterà.»

«Vai.»

«Sono affari loro!»

UN MESE DOPO

Non può avermi piantata qui in asso, santo cielo.

Lo sa quanto è importante.

Gli mando un paio di messaggi su WhatsApp, l'ultimo dei quali tutto in maiuscolo e a contenuto sentitamente minatorio.

Poggiata al colonnato, godendomi la luce tiepida di questo splendido ottobre dorato, lascio scorrere con scarso interesse le notizie del giorno.

Il trafiletto intitolato *Chiesti i domiciliari per Isabella Adrano* turba appena la mia calma olimpica. Gli avvocati fanno il loro lavoro, ci mancherebbe.

Alla fine Isabella ha scagionato Federico, ammettendo di aver agito per difenderlo. Quel giorno, subito dopo il pranzo con Emery e Assireni, Francesca e Isabella hanno litigato per Federico. Sia per gelosia, sia per la questione dei soldi. Si sono lasciate in malo modo e Francesca se n'è tornata in collegio mentre Isabella ha incontrato Federico per farsi consegnare l'auto. Gliel'aveva chiesta a voce (per questo non ce n'era traccia nei loro messaggi) quando si erano incontrati il giorno prima nei pressi di Villa Mazzanti, in un locale in cui lui aveva suonato.

È corrispondente al vero che Isabella ha ritirato il suo nuovo televisore 43 pollici. Poi si è avviata verso il collegio ma lì davanti, sulla strada, ha visto Francesca, che usciva dal cancello per recarsi in Facoltà.

E a Isabella non è sfuggito il dettaglio della giacca a scacchi, che nel segreto del suo animo l'aveva fatta indemoniare. Perché Francesca indossava la giacca di Federico? Quando si erano visti? Ma non è che tra i due...

Le ha suonato, le ha detto « e su, dai. Non litighiamo ». Ma Francesca era ancora carica: ha comunicato quindi a Isabella che aveva deciso, avrebbe parlato con Federico e nonostante tutto il bene che gli voleva, se lui non avesse restituito i soldi a Baptiste, era anche pronta a denunciarlo. A quel punto Isabella vuole intimidirla, la minaccia, si disvela insospettabilmente crudele. Francesca è turbata, spaventata, le sembra di non riconoscere l'amica di sempre e sbotta con un « lasciami in pace ». Ed è così che Isabella preme l'acceleratore. Per seguirla, dice lei. « Non volevo investirla » resta la sua difesa.

È stata Francesca a gettarsi sotto la sua macchina, lei non l'ha fatto di proposito, perché avrebbe dovuto? Certo, Francesca mica si voleva suicidare, no, no, non in quel senso. È stato un tragico errore, le forze dell'universo si sono malamente coordinate a discapito della fortuna e della vita: Isabella avrebbe dovuto frenare quando invece ha accelerato, Francesca avrebbe dovuto fermarsi quando invece ha proseguito.

Ovviamente Isabella sta pagando fior fiore di periti per dimostrare la sua versione dei fatti. Tutto si può comprare, anche la propria verità.

Altrettanto ovviamente, sono stata chiamata dal pm in persona a fornire chiarimenti. È possibile o no che la dinamica rappresentata da Isabella Adrano sia veritiera?

Ho risposto con determinazione: « No. Per me Francesca non si è lanciata contro l'auto, le ferite sul suo corpo non raccontano questo. Raccontano che è stata investita alle spalle, dovrebbe essersi lanciata all'indietro come un gambero? »

Lo spudorato consulente di parte assoldato dagli Adrano mi ha letteralmente fatta a pezzi davanti al pm, sostenendo che le ferite sul lato posteriore si sono prodotte dopo che il corpo è stato imbarcato dall'auto. Io lo trovo improbabile: guardandola bene, una delle ecchimosi sembra riprodurre un angolo della targa. Si chiamano lesioni a stampo e trovarle, nella sfortuna, è un piccolo vantaggio. Ma quest'impunito ha anche chiesto l'esumazione del corpo, il rinnovo del consulente con incarico a un medico legale con maggiore esperienza. « Si è da poco insediato a Roma il professor Ciminna, forse sarebbe meglio che se ne occupasse lui... »

Non ci ho dormito la notte. Alla fine il pm ha detto: « Lasciamo riposare in pace Francesca Rebaldi. Non ho bisogno di ulteriori elementi ».

Perizie di qua, perizie di là, Isabella è abituata a cercare di negare l'innegabile o dimostrare l'indimostrabile. Accanto al trafiletto c'è anche un video con una breve intervista all'ispettore Sofia Vattimo, che, per quanto mi risulta, era la principale sostenitrice della teoria dei due *partners in crime*. Fosse dipeso da lei – e per fortuna *non* dipendeva da lei – avrebbe schiaffato in galera anche Federico. Che non è un santo, sia chiaro, ma un ingiusto processo per omicidio volontario non se lo merita nessuno. Certo, non è che la teoria della Vattimo fosse del tutto priva di senso. D'altra parte la questione dell'auto di suo fratello l'ha taciuta lui per primo, mettendosi in una posizione sospetta. Ma adesso mi fa ridere che, tutta tronfia, Sofia proclami gli eclatanti indizi di colpevolezza che gravano su Isabella. « Si tratta di un'indagine estremamente complessa che non ha ancora fatto luce su molte ombre » rivela alla giornalista che la sta intervistando, di cui vediamo solo la mano smaltata che agguanta il microfono. « Tuttavia l'infondatezza delle accuse rivolte a Federico Bercante è parsa subito lampante. »

Che faccia tosta.

Calligaris ha ammesso, ma solo alla fine, che l'ultima chiacchierata che abbiamo avuto ha instillato in lui qualche dubbio, che ha riferito al pm. Proprio sulla scorta di quei dubbi hanno messo Isabella alle strette e lui le ha preparato qualche domanda trabocchetto per farla crollare. L'assenza di alibi, i messaggi carichi d'odio, la più attendibile versione di Federico hanno fatto il resto.

« Eccomi. Scusa. Ho fatto tardi all'Ambasciata. Ci siamo già passati, lo sai che è complicato. » Claudio mi ha appena raggiunta davanti al portone, dove avevamo appuntamento.

« Ma ne vale la pena. »

Sì, attraversiamo nuovamente l'Atlantico, io e il mio CC.

In maniera meno rocambolesca della scorsa volta, calcolando bene ogni implicazione.

Siamo anche riusciti a trovare un appartamento in Dumbarton Street, la stessa strada in cui abitavamo. Un appartamento un po' più grande.

Sarà come tornare a casa, perché Washington era casa molto più di quanto credessi.

Mia nonna mi mancherà in modo profondo e viscerale. Quando gliel'ho detto per poco non le è preso un coccolone.

« Ma come, ve ne tornate in America? »

« Nonna, la vita è così, ti porta dove vuole lei. »

« Sì, vabbè. Non dire fandonie a nonna tua. Non è la vita, state scegliendo voi. Non è che ti fai influenzare dal dottorino, che ci vuole tornare lui e tu t'accodi perché non gli sai mai dire di no? »

« Nonnina, ti sembrerà strano ma sono io che ho

insistito. È lui che s'è accodato. Però devi saperlo: nessuno mi mancherà quanto te. »

« Tornate più spesso... »

« Sì, nonna, promesso, stavolta sì. »

Claudio mi porge le copie del visto H1 che ha ritirato oggi per me e per lui. Quello per personale altamente specializzato con elevato livello d'istruzione. È comunque un visto temporaneo, non è ancora arrivato il momento dello *sto*, cerchiamo ancora il sette e mezzo...

« Andiamo? » gli chiedo, la mano già sul campanello, il cuore in gola.

« Andiamo. »

La segretaria dello studio di Tabucchi mi accoglie festosa.

« Era un po' che non la vedevamo! »

« Già... »

« Prego, accomodatevi. Lei sa già che può servirsi ciò che preferisce in attesa di entrare dal dottore. »

« Sì, grazie. »

Mi accosto al tavolino, la solita selezione assortita di tisane speziate e camomilla.

« Ti va un 'infuso mistico e spirituale'? » gli propongo recitando il nome sull'etichetta.

Fa cenno di no, tamburella le dita, nervoso. Per distrarlo gli elenco tutta una serie di cose da fare prima della partenza, fissata il 5 gennaio. Mancano ancora un paio di mesi, ma mai il tempo è tanto relativo come quando si tratta di lunghi viaggi...

«... stasera facciamo il bonifico per le assicurazioni... E io devo mettere insieme tutte le carte per l'ECFMG, rinvio sempre ma sono già in ritardo.»

Stavolta arrivo alla Georgetown University con il PhD già conseguito, il mio status è cambiato. Il mio obiettivo è fare il mio lavoro, ma ci sono molti step da superare per ottenere l'abilitazione in America. Forse nel frattempo saremo rientrati di nuovo, o forse decideremo di rimanere lì per sempre. Per l'intanto, inizio a compiere i passaggi necessari.

«Alice? È il suo turno.»

Eccoci. Pronti.

Si fa per dire.

Tabucchi ci accoglie con un enorme sorriso.

«Claudio. Finalmente ti conosco. Possiamo darci del tu, tra colleghi...»

Si stringono la mano con intesa e Tabucchi non può fare a meno di cantarsela e suonarsela. «Non sapete che gioia è per un ginecologo che si occupa di riproduzione quando le cose vanno così bene. La soddisfazione... non ha prezzo. Alice, sdraiati sul lettino.»

Obbedisco. Sollevo il golfino di cotone bianco, resto in attesa della sensazione di freddo sulla pelle, quella del gel applicato sulla sonda dell'ecografo.

Tu-tu-tu-tu-tu-tu-tu.

Il *suo* cuore è un rullo di tamburi. È la prima volta che lo sento e Tabucchi è costretto a darmi un po' di carta assorbente a mo' di fazzoletto per asciugarmi gli occhi. Due anni di attesa – e posso anche dire che mi è andata bene, c'è chi aspetta molto di più, c'è chi aspetta in eterno e senza nessuna ricompensa finale.

Quanto ti ho desiderato, Dio mio. Quanto. Sei ancora un ammasso di celluline e già hai il tuo cuore che batte all'impazzata. Se sapessi quanto forte va il mio, quanto profondamente ti amo.

Cerco la mano di Claudio, ma mi terrorizzo quando lo vedo sbiancare.

« Oddio. Che c'è? Va tutto bene? Claudio? Dottore? »

Tabucchi alza la sonda, la sposta in un'altra posizione. Ciò che ha fatto impallidire Claudio si palesa alla mia vista anche se inesperta di ecografia ostetrica. Ma questa cosa la capirebbe anche un principiante.

Io e Claudio ci guardiamo, le mani ancora più strette.

Per poco non svengo quando, trillando come un fringuello, Tabucchi annuncia: « Sono due! »

Ringraziamenti

Entrare nuovamente nella scombinata vita di Alice è stata una sfida.

Scritte le prime righe mi sono detta: « Caspita, è come mettermi le ciabatte dopo aver camminato sui tacchi... » perché il senso di familiarità che ho con lei, per mille ragioni, è insostituibile. Però è vero altresì che la posta in gioco è alta, Alice è molto amata. Spero di essere stata all'altezza.

E quindi, le prime persone da ringraziare sono tutte quelle che questa nuova avventura di Alice l'hanno richiesta e aspettata.

Desidero ringraziare con tutto il mio cuore il team Longanesi, che ha assecondato la mia voglia di sperimentare senza mai dirmi: « Che ne pensi di scrivere un nuovo Alice? »

È stata proprio la libertà creativa di cui ho sempre goduto a consentire ad Alice di tornare spontaneamente.

Grazie a Stefano Mauri e Cristina Foschini, che vigilano su di lei.

Grazie a Carmen Prestia, che vigila su di me.

Grazie sempre a Fabrizio Cocco, che si prende cura della nostra Alice come nessuno, e grazie infinite a Giuseppe Strazzeri, Raffaella Roncato, Diana Volontè, Ernesto Fanfani, Alessia Ugolotti, Patrizia Spinato, Elena Pavanetto, Giulia Tonelli, Giacomo Lanaro, Giulia Fossati e Graziella Cerutti, che la accompagnano nelle sue peripezie fino a condurla per mano in libreria. Grazie anche a tutti i librai che l'hanno presa a cuore sin dal suo esordio, il 27 gennaio 2011.

Poi, alcuni ringraziamenti per l'aiuto specifico nella stesura di questo volume li devo a: Santi Delia, per la gentilezza e la generosità che dimostra sempre di fronte alle mie richieste d'aiuto, Stefania Giovenco, che ha prestato il suo francese a CC, Alberto Vaiarelli, che ha prestato le sue conoscenze al dottor Tabucchi. Resta inteso come sempre che eventuali errori o imprecisioni sono colpa mia.

Grazie ad Alessandra e Lino, perché Alice e Claudio continuano ad avere i vostri volti, la vostra voce e certe volte anche le vostre battute.

Grazie ad Anna Dalton, la rossa del mio cuor, per avermi regalato la Maranta e molto altro.

A Saskia Avalle per avermi invitata in un collegio facendo accendere dentro di me l'idea di includerne uno in un romanzo.

Benché io sia un medico legale, e certe cose quindi dovrei saperle, compio sempre le mie verifiche. Ho trovato molto utile il testo *Collisioni veicoli-pedoni: dinamiche e parametri di riferimento* di Rosario Colombrita, Christian Donnini e Salvatore Leonardi.

Un altro testo scovato su Internet che mi è stato molto utile nello sviluppo della trama è *Stratigrafia e assetto geologico dell'area romana* di Fabrizio Marra e Carlo Rosa.

Grazie a Valentina che mi ha raccontato di come si *jenniferizza* nel momento del bisogno e a certi racconti di Caterina che ben camuffati sono finiti fin qui.

A Mariapina che mi ha regalato una bellissima frase sulla ricerca scientifica. Anche la mia cara Vanessa mi ha regalato una perla, chissà se te ne ricordi!

C'è poi la mia piccola rete di sostegno « Amiche di penna » tra cui ci si capisce e conforta. Voglio ringraziare in ordine sparso e casuale: Cristina Caboni, Nadia Terranova, Stefania Auci, Felicia Kingsley, Paola Barbato e Cristina Cassar Scalia che si è prestata in duplice veste, amica scrittrice e pure oculista. Grazie a Carolina Romanelli, per avermi chiarito un dubbio.

La battuta sul pechinese di Claudio a pg. 121 in realtà è un tributo a Evelyn Waugh, in *Una manciata di polvere*. E la calma, dignità e classe di pg. 262 sono una citazione di *Frankenstein Jr*.

Grazie ai miei suoceri Maurizio e Grazia per essermi vicina. Grazie ad Amalia, per la sua carica e a Maria Grazia per la sua gentile costante presenza.

Grazie alla mia dolcissima mamma e alla mia energica nonnina, per la spalla che mi offrite quando ne ho bisogno e per tutta la forza che mi date.

Infine un ramazzottiano grazie di esistere ai miei adoratissimi Stefano, Eloisa e Bianca.

Come scrive Kader Abdolah in *La casa della moschea*, citando un antico proverbio persiano, la nostra storia è finita ma il corvo è lungi dall'aver raggiunto il suo nido. Mi piace pensare che la storia dei personaggi continui nella mente dei lettori, anche se lasceremo tranquilla Alice per un po' di tempo. Tanto, lo sapete com'è fatta, alla fine torna sempre.

ALESSIA GAZZOLA

L'ALLIEVA

Alice Allevi è una giovane specializzanda in medicina legale. Ha ancora tanto da imparare e sa di essere un po' distratta, ma di una cosa è sicura: ama il proprio lavoro, anche se i suoi superiori non la ritengono tagliata per quel mestiere. Alice resiste a tutto, incoraggiata dall'affetto delle amiche e dal rapporto di stima, spesso non ricambiata, che la lega a Claudio, suo collega e superiore (e forse qualcosa in più). Fino all'omicidio. Per un medico legale, un sopralluogo sulla scena del crimine è routine. Ma non questa volta. Stavolta, quando Alice entra in quel lussuoso appartamento romano e vede il cadavere della ragazza disteso ai suoi piedi, la testa circondata da un'aureola di sangue, capisce che quello non sarà un caso come gli altri. Perché stavolta conosce la vittima.

LONGANESI TEA

ALESSIA GAZZOLA

UN SEGRETO NON È PER SEMPRE

Mi chiamo Alice Allevi e ho un grande amore: la medicina legale. Il più classico degli amori non corrisposti, purtroppo. Ho imparato a fare le autopsie senza combinare troppi guai, però la morte ha ancora tanti segreti per me. Ma nessun segreto dura per sempre. Tuttavia, il segreto che nascondeva il grande scrittore Konrad Azais, anziano ed eccentrico, è davvero impenetrabile. E quella che doveva essere una semplice perizia su di lui si è trasformata in un'indagine su un suicidio sospetto. Soltanto Clara, la nipote quindicenne di Konrad, sa la verità. Ma la ragazza, straordinariamente sensibile e intelligente, ha deciso di fare del silenzio la sua religione. Mi chiamo Alice Allevi e gli amori non corrisposti, quasi più delle autopsie, sono la mia specialità.

LONGANESI TEA

ALESSIA GAZZOLA

SINDROME DA CUORE IN SOSPESO

Alice Allevi ha un grosso problema. Si è appena resa conto di non voler più diventare un medico, ma non ha il coraggio di confessarlo a nessuno, e non sa cosa fare del suo futuro. Sarà l'omicidio di una persona vicina alla sua famiglia a far scoprire ad Alice la sua vocazione: la medicina legale. Forse c'entra il suo intuito, che la induce a ficcanasare dove non dovrebbe, mettendo a rischio le indagini. Forse c'entra l'arrivo della sua nuova coinquilina Yukino, una studentessa giapponese che parla come un cartone animato e che stravolge le abitudini, non solo culinarie, di Alice. Forse c'entra nonna Amalia che, con saggezza mista a battute fulminanti, sa come districarsi tra i pettegolezzi di paese. Una cosa è certa: Alice non lo ammetterebbe mai, ma se sceglierà quella specializzazione, è soprattutto per rivedere Claudio Conforti, il giovane e bellissimo medico legale che ha conosciuto durante il sopralluogo. Vestito in maniera impeccabile, sorriso affilato come un bisturi, occhi travolgenti. Arrogante, sprezzante e... irresistibile.

LONGANESI TEA

ALESSIA GAZZOLA

LE OSSA DELLA PRINCIPESSA

Benvenuti nel grande Santuario delle Umiliazioni. Ossia l'istituto di medicina legale dove Alice Allevi fa di tutto per rovinare la propria carriera di specializzanda. Sembrava quasi che la sua tormentata esistenza in Istituto le avesse concesso una tregua, quanto bastava per provare a mettere ordine nella sua sempre più disastrata vita amorosa, ma ovviamente non era così. Ambra Negri della Valle, la bellissima, brillante, insopportabile e perfetta Ape Regina, è scomparsa. Difficile immaginare una collega più carogna di lei, ma Alice non arriverebbe mai ad augurarle la morte. Così, quando dalla procura chiamano lei e Claudio Conforti chiedendo di andare a identificare un cadavere appena ritrovato in un campo, Alice teme il peggio. Non appena giunta sulla scena del ritrovamento, però, mille domande le si affollano in mente: a chi appartengono quelle povere ossa? E cosa ci fa una coroncina da principessa accanto al corpo?

LONGANESI TEA

ALESSIA GAZZOLA

UNA LUNGA ESTATE CRUDELE

Alice Allevi, giovane specializzanda in medicina legale, ha ormai imparato a resistere a tutto. O quasi a tutto. Da brava allieva, resiste alle pressioni dei superiori, che le hanno affidato la supervisione di una specializzanda... proprio a lei, che fatica a supervisionare se stessa! Alice inoltre resiste, o ci prova, all'istinto di lanciarsi in fantasiose teorie investigative ogni volta che, in segreto, collabora alle indagini del commissario Calligaris. Il quale dimostra di nutrire in lei più fiducia di quanta ne abbia Alice stessa.
Ma è difficile far fronte a tutto questo insieme quando, nell'estate più rovente da quando vive a Roma, Alice incappa in un caso che minaccia di coinvolgerla fin troppo. Il ritrovamento dello scheletro di un giovane attore teatrale, che si credeva fosse scomparso anni prima e che invece è stato ucciso, è solo il primo atto di un'indagine intricata e complessa...

LONGANESI TEA

ALESSIA GAZZOLA

UN PO' DI FOLLIA IN PRIMAVERA

Quella di Ruggero D'Armento non è una morte qualunque. Perché non capita tutti i giorni che un uomo venga ritrovato assassinato nel proprio ufficio. E anche perché Ruggero D'Armento non è un uomo qualunque. Psichiatra molto in vista, studioso e luminare dalla fulgida carriera accademica, personalità carismatica e affascinante... Alice Allevi se lo ricorda bene, dagli anni di studio ma anche per la recente consulenza del professore su un caso di suicidio di cui lei si è occupata. Eppure, in una primavera romana che sembra portare piccole ventate di follia, la morte violenta di Ruggero D'Armento crea sensazione. Pochi e ingannevoli indizi, quasi nessuna traccia da seguire. L'indagine su questo omicidio è impervia, per Alice, ma per fortuna non lo è più la sua vita sentimentale. Ebbene sì, Alice ha fatto una scelta... Ma sarà quella giusta?

LONGANESI TEA

ALESSIA GAZZOLA

ARABESQUE

Tutto è cambiato, per Alice Allevi: è un mondo nuovo quello che la attende fuori dall'Istituto di Medicina Legale in cui ha trascorso anni complicati ma, a loro modo, felici. Alice infatti non è più una specializzanda, ma è a pieno titolo una Specialista in Medicina Legale. Quando le capita il suo primo incarico di consulenza per un magistrato, Alice si rimbocca le maniche e sfodera il meglio di sé.

Al centro del caso c'è una donna di quarantacinque anni, un tempo étoile della Scala e oggi proprietaria di una scuola di danza. In apparenza è deceduta per cause naturali. Eppure, Alice ha i suoi sospetti e per quanto vorrebbe che le cose, per una volta almeno, fossero semplici, la realtà è sempre pronta a disattenderla...

LONGANESI TEA

ALESSIA GAZZOLA

IL LADRO GENTILUOMO

Alice Allevi, finalmente Specialista in Medicina Legale, ha dovuto affrontare scelte difficili sia sul piano professionale che su quello affettivo. In un momento di smarrimento sentimentale chiede un trasferimento. E lo ottiene: a Domodossola. Per sua fortuna, o suo malgrado, Alice non avrà molto tempo per indugiare sul proprio destino, perché subito un nuovo caso la travolge. Durante quella che credeva essere un'autopsia di routine, Alice ritrova un diamante nello stomaco del cadavere. Per questo, Alice si premura di convocare un ufficiale giudiziario a cui consegnarlo in custodia. Il funzionario che si presenta da lei è un uomo distinto ed elegante, dai modi cortesi ed impeccabili, e Alice non esita ad affidargli il diamante. Ed è a quel punto che il fantomatico ufficiale sparisce nel nulla e i guai per Alice iniziano a farsi enormi...

Vincitore del Premio Bancarella 2019

LONGANESI TEA

ALESSIA GAZZOLA

QUESTIONE DI COSTANZA

Verona non è la mia città. E la paleopatologia non è il mio mestiere. Eppure, eccomi qua. Com'è potuto succedere, proprio a me? Mi chiamo Costanza Macallè e sull'aereo che mi sta portando dalla Sicilia alla città del Veneto dove già abita mia sorella, Antonietta, non viaggio da sola. Con me c'è l'essere cui tengo di più al mondo, sedici chili di delizia e tormento che rispondono al nome di Flora. Mia figlia è tutto il mio mondo, anche perché siamo soltanto io e lei... Lo so, lo so, ma è una storia complicata. Comunque, ce la posso fare: in fondo, devo resistere soltanto un anno. È questa la durata del contratto con l'Istituto di Paleopatologia di Verona, e io – che mi sono specializzata in Anatomia patologica e tutto volevo fare tranne che dissotterrare vecchie ossa, spidocchiare antiche trecce e analizzare resti centenari – mi devo adattare, in attesa di trovare il lavoro dei sogni in Inghilterra. Ma, come sempre, la vita ha altri programmi per me...

LONGANESI TEA

ALESSIA GAZZOLA

COSTANZA E BUONI PROPOSITI

Tutto avrebbe pensato, ma non di fare la paleopatologa dopo la laurea in medicina. Non di vivere a Verona, così distante da Messina, la sua casa. Non di avere una figlia piccola a carico, la buffa Flora. Non di rintracciare il padre della suddetta figlia dopo diversi anni, di trovarlo affascinante come quando l'aveva conosciuto e di scoprirlo perfetto con Flora. Non di provare ancora qualcosa per il suddetto padre. Non di poter vantare una discreta collezione di situazioni ed esperienze imbarazzanti. La vita di Costanza Macallè può dirsi, insomma, abbastanza travagliata. Eppure la trentenne dai capelli rossi ribelli e con il cappotto troppo leggero per l'inverno del Nord può contare su pochi ma buonissimi assi nella manica che la aiutano ad affrontare giorno dopo giorno le sfide della vita. Perché l'importante è avere sempre buoni propositi. La nuova vita che Costanza ha appena iniziato a costruire potrebbe, però, essere sul punto di cambiare un'altra volta...

LONGANESI

Questo libro è stampato col sole

Azienda carbon-free

Fotocomposizione Editype S.r.l.
Agrate Brianza (MB)

Finito di stampare
nel mese di ottobre 2021
per conto della Longanesi & C.
da Grafica Veneta S.p.A. di Trebaseleghe (PD)
Printed in Italy